KÖNIGIN GENEVIER
Band 3

ROMANTRUHE

Diese Reihe besteht aus folgenden Bänden:

Band 1: **Verzweiflung, Hoffnung, Neubeginn**
Band 2: **Aufbruch nach Britannien**
Band 3: **Unter dem Banner der Göttin**

Herausgeber:
Romantruhe-Buchversand
Röntgenstr. 79 · 50169 Kerpen-Türnich

Bestellungen und Abonnements:
Telefon 0 22 37 - 92 49-6
Telefax 0 22 37 - 92 49 70
Internet: www.romantruhe.de
E-Mail: info@romantruhe.de

Titelbild: shutterstock

Satz: DigitalART, Bergheim

GENEVIER im Internet:
www.romantruhe.de, www.genevier.de

KÖNIGIN GENEVIER

Eine Frau kämpft für das Recht

FRANK BRUNS

UNTER DEM BANNER DER GÖTTIN

ROMANTRUHE

Prolog

Burg SAN SALVADOR DE VERDERA an der heutigen span./franz. Grenze – hoch in den Pyrenäen über dem Badeort Port de la Selva – ist nachweisbar die alte Gralsburg des Amfortas. Urkunden, Templergeschichte von Castello, wie auch Wegbeschreibungen geben eine klare Antwort. Das bedeutet nicht, dass andere Forscher Unrecht haben, denn dort wo Zweige der Gralsfamilien lebten, sind diese natürlich auch als Gralsburgen zu bezeichnen. Doch hier lebte nach dem Tode des Artus die ehemalige Hochkönigin. Aufgrund von Band 1 haben Archäologen die Fundamente des DIANA-Tempels unter dem berühmten Kloster San Pere de Rodes gefunden.

Zu den geschilderten Ereignissen in Band 3 – der große Kampf mit Doran – ist überliefert:

Um 484 brachen barbarische Horden aus dem Bereich der griechischen Inseln in EMPORDA ein und verwüsteten das Land. Sie plünderten und mordeten und machten auch vor der alten Stadt Emporion nicht Halt.

Ein großes Heer – bestehend aus Kriegerinnen einer Pyrenäenburg, sowie verbündeten Rittern aus Amorica (Klein-Britannien) und einer Schiffsflotte – drängte die Eroberer endlich zurück.

Dies deckt sich mit der in Alt-Emporda überlieferten Geschichte, dass Donna Genebra in einem verwegenen Kampf Doranos, den Anführer der Barbaren, ins Meer zurückschlug und so die Dörfer des Plimizolo vor der Versklavung bewahrte.

Genebra wird heute bei den katharischen Zweigen der Bevölkerung immer noch hoch verehrt.

Frank Bruns
Museumspädagoge

Wege des Schicksals

1

»Doran hat anderes mit ihr vor!«, ertönte eine Stimme.

Verdammt – durchzuckte es Genevier. Da war sie doch tatsächlich einer Vorhut dieses Usurpators in die Hände gefallen.

Sie spürte einen stechenden Schmerz zwischen den Beinen, dann wurde ihr Körper angehoben. Tränen traten ihr in die Augen, sie biß sich so heftig auf die Unterlippe, dass diese blutete.

»Na – wie gefällt dir das?«, kam es höhnisch.

Genevier war nicht fähig zu antworten. Der Schmerz im Vaginalbereich nahm ihr den letzten Atem.

Der plötzliche Lärm und die erschreckten Schreie führten dazu, dass sie sämtliche verbliebenen Kräfte aufwandte, um die Augen zu öffnen.

Was sie mit verschleiertem Blick sah, konnte sie nicht glauben. »Oh Diana…«, hauchte sie.

Ygrain fuhr wie eine Rachegöttin zwischen die Griechen. Ihr Schwert schlug tödliche Furchen in die Reihen der Männer, die kaum wussten, wie ihnen geschah. Dann ertönte mit mächtiger Stimme ein Schlachtruf, den Genevier nur zu gut kannte.

»Pelrapere!«

Einer Urgewalt gleich ritt Feirifis alles nieder, was ihm im Wege stand.

Ohnmacht umfing Genevier.

Als sie wieder zu sich kam, sah sie als erstes das besorgte Gesicht Arianes.

»Große Göttin – sie kommt zu sich!«

»Ygrain hat sie gerade noch rechtzeitig gefunden«, vernahm die Königin wie durch Watte die Stimme Sherazedas.

Sherazeda? – Das konnte doch nicht sein!

Genevier versuchte mit aller Macht einen klaren Blick zu bekommen. Da beugte sich auch schon das schöne, von pechschwarzen Haaren umrahmte Gesicht über sie.

»Hallo, große Königin. Eigentlich hatte ich mir den Besuch hier nicht so dramatisch vorgestellt.«

Genevier versuchte sich aufzurichten, doch die Muskeln versagten den Dienst.

»Langsam«, gebot Alyshia und zog die Decke wieder ordentlich über Geneviers Körper.

Die Stimme der Königin klang matt und rau, als sie fragte: »Wieso bist du hier?«

Da trat Ygrain vor. »Genau genommen hast du Sherazeda dein Leben zu verdanken. Sie begegnete einer griechischen Galeere vor dem Hafen vom Emporda. Das wäre zwar nichts Ungewöhnliches, aber sie glitten so nah aneinander vorbei, dass Sherazedas Steuermann den Schurken Orest erkannte. Er machte seiner Herrin Meldung und Sherazeda beschloss, Timaios darauf hinzuweisen. Im Palast traf sie auf Feirifis und Blanche. Nun Feirifis zählte eins und eins zusammen. Blanche nahm den geheimen Weg durch den Brunnen. Da wir wussten, dass du mit Erec an der Küste unterwegs warst, bin ich mit einem Trupp los. Wir ritten das Ufer von Emporion aus an und trafen mit Feirifis zusammen. Keinen Moment zu früh.«

Genevier schloss ermattet die Augen.

Sherazeda sah die Tränen auf ihrem Antlitz. Sie beugte sich zu Genevier herab.

»Wo ist Sir Erec?« Sie ahnte etwas.

»Tot«, flüsterte Genevier.

Lastendes Schweigen hing über dem Krankenzimmer.

Alyshia gab der Königin ein Beruhigungsmittel. Kurz danach schlief sie ein.

Es war schon später Nachmittag, als sie wieder erwachte.

Sie fühlte zwar noch jeden Muskel, jede Sehne, aber sie konnte wenigstens wieder klar denken. Als sie aufstehen wollte, trat ihr eine äußerst energische Alyshia entgegen.

Erst zum Abend gestattete ihr die Ärztin einen kurzen Rundgang.

In der Vorhalle traf sie auf Ygrain. Genevier drückte sie fest an sich.

»Ich danke dir für mein Leben«, flüsterte sie.

Die Heerführerin wehrte ab. »Es ist nicht mein Verdienst. Danke Sherazeda, Feirifis und Blanche, die so rasch gehandelt haben.«

Genevier nickte. »Das werde ich noch tun. Aber nun müssen wir über die neue Lage beraten…«

Ygrain schüttelte den Kopf.

»Du schonst dich! Feirifis hat alles im Griff. Außerdem ist da ja noch dein phönizischer Freund.«

Genevier lehnte sich nachdenklich an die Steinwand. »Ich hoffe, sein Plan gelingt.«

Dann richtete sie den Blick traurig auf Ygrain. »Habt ihr Erec gefunden?«, wollte sie leise wissen.

Die schöne Keltin schüttelte den Kopf. »Nein! Bist du sicher, dass er tot ist?«

»Der Pfeil traf ihn genau in die Mitte des Halses. Ich sah ihn vom Pferd stürzen.«

»Das bedeutet nichts. Erec ist robust. Mehr Sorgen bereitet mir, dass er Dorans Mannen in die Hände gefallen ist.«

In Genevier flammte ein Fünkchen Hoffnung. »Wie viele von den Bastarden haben überlebt?«

Ygrain zuckte die Achseln. »Ich hoffe keiner. Aber genau weiß man das nicht.«

Genevier fasste Ygrain fest am Arm. »Ihr Schiff! Was ist mit dem Schiff? Sie könnten Doran warnen!«

»Feirifis hat es verbrannt. Keine Sorge. Sie konnten höchstens in den Sumpf am Plimizol flüchten.«

Plötzlich überkam wieder Schwäche die Königin. Ygrain konnte sie eben noch auffangen.

Am nächsten Mittag fühlte sich Genevier wieder kräftig genug, den Kriegsrat einzuberufen. Daran nahmen auch Feirifis und Blanche teil.

Feirifis und Genevier begrüßten sich nun besonders herzlich.

»Ich war in dem Glauben, du seiest ermordet worden«, sagte die Königin unter Tränen.

Der schwarze Mann lachte. »Beinahe wäre es soweit gewesen. Aber die Götter wollten es anders. Auch hier hatte Doran seine Hand im Spiel.

Weißt du übrigens, dass dieser Usurpator damals Childerich eine Flotte zur Verfügung gestellt hat?«

»Nein – das wusste ich nicht. Ich kannte bis vor kurzem nicht mal seinen Namen.«

Plötzlich ertönte vom Hauptturm das durchdringende Hornsignal.

Genevier zuckte zusammen. »Was hat das zu bedeuten?«

Die Antwort ließ nicht lange auf sich warten und kam laut und polternd.

»Was ist denn das hier für ein Kindergarten?! Kann man euch denn nie allein lassen? Genevier! Mein Wickelkind! Wo bist du?«

Genevier traute ihren Ohren nicht.

»Boltar!«, schrie es aus ihr heraus.

Wie ein Dinosaurier enterte der Wikinger trompetend die Halle. Unter dem rechten Arm trug er Fässchen Rum, dass er nun donnernd auf den Eichentisch stellte. Ein Wunder, dass das Fass nicht in tausend Stücke zerbarst. Dann wollte er Genevier an sich reißen.

Eine helle, aber keinen Widerspruch duldende Stimme ließ ihn mitten in der Bewegung erstarren.

»B o l t a r ! Wir hatten abgesprochen, dass du dich leise verhältst!«

Dann tauchte die kleine Gestalt der Sprecherin hinter dem Riesen auf.

»Sanderah!«, rief Genevier und eilte auf die Freundin und zweite Heerführerin zu. Sie umarmten sich ausgelassen.

Boltar räusperte sich, was sich so anhörte, wie ein mittleres Erdbeben. »Und ich?«

Mit einem Blick auf seine ihn ernst anschauende Gattin meinte er: »Ich bin ganz vorsichtig.«

Dann riss er die Königin an sich, dass man ihre Rippen knirschen hörte.

»Genevier! Mein Liebling. Ich hörte unten im Hafen, du seiest in Schwierigkeiten.«

Als er Genevier wieder auf den Boden herab ließ, musste sie erst einmal tief Luft holen. Ihr noch geschwächter Körper hatte mit dieser stürmischen – für Boltar sehr zart ausfallenden Begrüßung – zu kämpfen.

Da trat Sanderah vor.

»Wir trafen unterwegs einen uns bekannten Phönizier, der uns mitteilte, er solle zu Herbans Flotte bei den Inseln des Nebels stoßen. Er berichtete uns alles. Er war von Timaios unterrichtet. Da hat Boltar sogleich den Hafen von Emporion angelaufen.«

Genevier musste sich erst einmal setzen.

»Uiih!«, entfuhr es ihr. Dann strahlten ihre Augen. »Bei so viel Freunden, kann Doran uns nichts anhaben.«

Da fiel Boltars Blick auf Feirifis. Er kniff die Augen zusammen. Dann brummte er – was sich wie das entfernte Donnern einer Lawine anhörte: »Ich kenne euch nicht persönlich, aber der Beschreibung nach müsst ihr der Bruder des Ritters Parcival sein, den man nun den Priesterkönig Johannes nennt.«

»Ich bin es«, erklärte Feirifis und drückte Boltar so kräftig die Pranke, dass dieser laut auflachte.

»Ha! Endlich ein Mann, der einen Händedruck verteilen kann!«

Sanderah umarmte Genevier und meinte dann, in die Runde schauend: »Es sieht nach Kriegsrat aus.«

»Doran hat seine Vortruppen bereits unterwegs. Wir wissen nicht, von wo überall sie auftauchen werden oder bereits eingeschleust sind. Außerdem besteht der Verdacht, dass sie mit Chlodwig gemeinsame Sache machen.«

»Der Merowinger?« Boltar zog die Stirn kraus. Dann schlug er mit der linken Faust in die rechte Handfläche. »Diesem Bas…« – sogleich fing er sich und senkte die Lautstärke.

»Bastard – dem sollten wir das Fell gerben.«

Genevier legte ihm die Hand auf den mächtigen Arm. »Nicht so voreilig. geliebter Freund! Es gibt keine Beweise und an zwei Fronten können wir nicht kämpfen.«

»Also – was dann?«

Die Königin nahm an der großen Tafel Platz und forderte Boltar und Sanderah auf, sich gleichfalls zu setzen.

»Timaios von Emporion hat Patrouillen ausgesandt. Längs der Küste bis Escalla. Wir tun dies ab sofort in Richtung Cadaques und Rosaria.

Jeweils Reitertrupps zu zwanzig Reitern – beziehungsweise Reiterinnen. Wir sind inzwischen so viele Verteidiger hier, dass dies kein Problem ist.«

Feirifis und Blanche stimmten zu.

Der König von Vorderindien blickte Genevier an. »Wenn es dir recht ist, stelle ich die Männer Sir Erecs unter mein Kommando.«

Die Königin schwieg einen Moment, dann festigte sich ihr Blick wieder. »In Ordnung!«

Es wurden noch einige grundsätzliche Abwehrmaßnahmen besprochen, doch eigentlich konnte die Besatzung von San Salvador nur abwarten.

Der Tag verging.

Als sich die Sonne dem Horizont zu neigte, entdeckte ein Spähtrupp unter der Führung Ygrains Sir Erecs Leiche.

2

Der nächste Morgen zeigte sich trübe. Tiefdunkle Wolken ballten sich am Himmel. Nieselregen fiel.

Genevier fror, als sie dem Heiligen Hain zustrebte. Sie hatte kaum geschlafen und die rotgeränderten Augen wiesen aus, dass sie um den geliebten Freund geweint hatte.

Sie durchschritt das Diana-Tor.

Scharfer Wind trieb ihr den Regen ins Gesicht und ließ ihr Haar wehen. Ihre bloßen Füße berührten die kleinen Pfützen, die sich zwischen den Pflastersteinen des Hauptweges gebildet hatten. Doch durch die Thermeströmung in dem Rohrsystem, das unter dem Weg hinweg führte, fühlte sich das Regenwasser warm an.

Trotzdem bereitete der Wind Gänsehaut und zerrte an ihrem dünnen Tempelkleid.

Tränen verschleierten erneut ihren Blick.

Der Wind verfing sich in den Pinien und es war ihr, als riefe Erec ihren Namen.

Genevier beschleunigte ihren Schritt und sah bald die weißen Marmorsäulen des Tempels durch das Grün schimmern. Wie aus weiter Ferne vernahm sie den Gesang der Priesterinnen, die einen Frühgottesdienst zelebrierten.

»Oh Diana – große Göttin – Mutter allen Seins…«, vernahm sie die wunderbaren Stimmen.

Durch Gesang und Wind drang das Rauschen der Wellen, die gegen das Cap Creus getrieben wurden und sich an den mächtigen Felsen brachen.

Genevier stieg die Stufen zum Tempel empor. Der Wind ließ Haar und Kleid wehen.

»Oh große Göttin, wir empfangen deine Liebe…«, vernahm Genevier den Chor der Priesterinnen.

Ihre Hand ergriff den schweren Bronzegriff des Tores. Doch da versagten ihr die Beine den Dienst.

»Oh Diana...«, schluchzte sie. »Wo war deine Liebe? Weshalb hast du mir wieder den Mann genommen, dem ich mein Herz geschenkt habe?«

Die Tränen rannen wie Sturzbäche über ihre Wangen. Kraftlos sank sie vor dem Tempeltor zusammen.

So wurde sie von Ariane – der Seekönigin – gefunden.

»Genevier – oh Baal, Herrscher des Himmels und der Erde – was ist mit dir?«

Die Kauernde öffnete die geröteten Augen und blickte die Freundin an. Dann streckte sie die Arme nach ihr aus und zog sie fest an sich. Hilflos bebte ihr Körper im Weinkrampf.

In Ariane vollzog sich ein Wechselbad der Gefühle. Sie hatte im Verlauf der Jahre verlernt, Regungen wie Liebe, Vertrauen oder Mitleid zu empfinden. Doch nun, da sie die sonst so stolze, kampfesmutige Herrin von San Salvador in ihren Armen hielt, wie ein Kind, das den Schutz der Mutter sucht, schwappte ihr Herz über. Sie drückte die Freundin fest an sich, küsste ihre Stirn und flüsterte: »Oh Genevier – du hättest beinahe für mich auf grausame Art dein Leben verloren. Ich... ich weiß nicht, wie ich das je ausgleichen kann. Es wird uns ein Leben lang verbinden.«

Sie richtetet den Blick zum Himmel. »Ihr Götter – wer immer ihr sein mögt – wie auch immer man euch nennt – weshalb treibt ihr solches Spiel mit uns Menschen?! Weshalb musste diese Frau ihre frische Liebe wieder verlieren?«

Da spürte sie Geneviers festen Händedruck.

»Mache dir keine Vorwürfe«, flüsterte sie. Ihre Stimme klang rau und fremd. »Dich trifft keine Schuld.«

Ariane schluckte. »Doch! Mich allein trifft alle Schuld. Wäre ich nicht hier an Land gegangen, hätte Doran meine Spur nicht aufnehmen können. Auf See wusste ich, was zu tun ist und habe mehrmals der Flotte des Tyrannen die Stirn geboten. Doch hier bringe ich nur Unglück.«

Nach einer kurzen Pause fügte sie leise hinzu:

»Wir werden San Salvador heute noch verlassen.«

Genevier richtete sich ruckartig auf.

Sie ergriff Ariane bei den Schultern.

»Nein! Das werdet ihr nicht tun!«

Ariane schüttelte die Königin ab.

»Doch ! Wir werden von Timaios ein Schiff erbitten und…«

Genevier unterbrach sie nun energisch. »Willst du alle die Menschen, die bisher alle Unbill auf See überlebt haben, wieder neuen Gefahren aussetzen? Denk an die Kinder, die endlich ein Zuhause gefunden haben !«

Ariane stand auf. »Wir kommen schon durch. Viel schlimmer ist, dass wir all die Menschen, denen wir unsere neue Sicherheit verdanken, in Gefahr gebracht haben!«

Genevier ergriff halb kniend Arianes Hände. »Du hast gesehen, wie viele Freunde da sind. Wir werden gemeinsam Doran besiegen.«

Ariane warf, tief die Luft in die Lungen saugend, den Kopf in den Nacken. »Und wie viel von deinen Freunden sollen dabei sterben?«

Genevier stand nun auf und schaute aus ihren rotgeränderten Augen die Seekönigin an. »Es spielt keine Rolle, ob ihr geht oder bleibt. Doran weiß es nicht und wird unsere Burg bekämpfen. Euer möglicher Tod noch bevor ihr ein Schiff erhalten würdet – brächte keine Wende in den Ereignissen.«

Ariane schluckte und als sie nun den Blick auf Genevier richtete, glitzerten Tränen auch in ihren Augen. Langsam sank sie vor der Königin in die Knie. Sie umfasste ihre Beine mit beiden Armen und drückte den Kopf an ihren Schoß. »Oh Genevier – was soll ich nur tun?«

Die Königin ging in die Hocke und legte ihre Hände auf beide Wangen Arianes. »Bleib mit deinen Leuten hier auf dem Mont Salvage. Hier sind wir sicher. Es ist nicht so einfach, diese Burg zu erstürmen:«

Arianes Gesicht zeigte sich nun tränennass. »Aber wenn Doran nun Geiseln außerhalb der Burg nimmt?«

Genevier erinnerte sich, dass der Sarazene Nirwan so etwas vor Jahren getan hatte. Sie mochte nicht daran denken. »Warten wir's ab. Feirifis und Timaios werden von außen für Sicherheit sorgen.«

Im Verlauf des Tages entwickelte sich ein wahres Unwetter über dem Cap Creus.

Der Orkan pfiff um die Türme von San Salvador. Äste und Zweige flogen durch den Heiligen Hain und den Burghof.

Durch dieses Getöse hallte am frühen Nachmittag die Fanfare der Turmwächterin.

Sogleich wurden Torwachen und Mannschaften in Alarmzustand gesetzt. Genevier und Ygrain eilten auf die Plattform des Hauptturmes. Selenah – die Wächterin – hatte sich in den schützenden Unterstand zurückgezogen, da man sich in den Sturmböen hier oben kaum aufrecht halten konnte

Selenah deutete nach Osten. »Ein Reiter. Allerdings muss das nicht bedeuten, dass er allein ist.«

Ygrain kniff die Augen zusammen. »In unserer momentanen Lage rechne ich mit allen möglichen Fallen. Ist es sicher, dass der Reiter den Weg zum Mont Salvage eingeschlagen hat?«

»Ich sah ihn an der achten Kehre. Ab da kann er noch nach Cadaques abweichen. Allerdings müsste er dann dort auf dem Kamm bald zu sehen sein. Ist er das nicht, reitet er den Berg zu uns hinauf.«

*

Genevier sog die Luft durch die Zähne ein.

»Ygrain, bleib bitte mit hier oben, bis ihr Sicherheit habt, welchen Weg der Reiter nimmt und ob ihm noch andere folgen. Ich informiere Eileen und Blanche.«

Der Reiter nahm den Weg zur Burg.

Ygrain ließ sogleich das Tor schließen und die Brücke hochziehen. »Dorans Drohung zwingt uns dazu«, sagte sie zu Hannah, der Kommandantin der Torwachen.

Genevier und Blanche bestiegen den vorderen, der Zugbrücke zugewandten Wehrgang.

Bald erschien der Reiter. Er trug eine einfache Rüstung, bestehend aus Brustpanzer und Helm über einer Mönchskutte. Die Lanze zierte das verwaschene Banner Roms.

»Das ist Bruder Jonas – der zweite Schreiber des Bischofs von Rom.«

Ygrain runzelte die Stirn. »Hatte nicht Papst Felix seinen Besuch angekündigt?«

Genevier atmete tief durch. »Das wäre ein ungünstiger Zeitpunkt. Doran könnte ihn abfangen.«

Ygrain ließ die Brücke absenken und das Tor öffnen.

»Bruder Jonas«, begrüßte Genevier den Mönch freundlich, aber auch mit erstauntem Blick. »Ich hoffe, ihr bringt keine schlechten Nachrichten?«

Der relativ junge Mann stieg von seinem müden Klepper – anders konnte man dieses Pferd kaum bezeichnen – und drückte der Herrin des Mont Salvage die Hände. »Wie man's nimmt. Felix II kann leider den Besuchstermin nicht einhalten. Er sitzt in Avignon fest. Ein Streit mit Chlodwig. Mal wieder. Der Papst lässt euch aber herzlich grüßen. Er hat mich mit dem Ritt beauftragt, weil…«

Er unterbrach sich selbst durch ein humorvolles Gelächter – »…weil ich so unauffällig langweilig aussähe, meinte der Papst. So kam ich ungehindert durch alle Merowingerkontrollen.«

Da musste auch Genevier lachen. Jonas wirkte wie ein unbekümmerter Jüngling. Oft wurde er nicht beachtet. Dabei fand seine Intelligenz kaum einen Gegenpol am päpstlichen Hof.

Genevier führte den Besucher in die Halle.

»Es erleichtert mich, dass Felix nicht kommt. Wir befinden uns in einem bedrängten Zustand.« Sie gab dem Mönch einen knappen Bericht.

»Oh je!«, rief er aus. »Dann kann ich froh sein, nicht auf diese Mordgesellen gestoßen zu sein.«

Die Königin zuckte die Achseln. »Wir wissen nicht, ob sich dieses Gesindel hier herumtreibt. Aber wir sind vorsichtig. Vielleicht kann Herban mit seiner Flotte den Angriff im Keim ersticken.«

Eine junge Priesterin brachte Brot und Wein.

Während Jonas herzhaft zugriff, meinte er: »Ich hab's nicht eilig. Wenn ihr also noch einen Schwertarm brauchen könnt…«

»Das nehme ich dankend an«, erklärte Genevier.

Der Orkan nahm zum Abend hin weiter zu. Genevier gab Ygrain den Auftrag, die Burg entsprechend zu sichern. Die Wachen des Hauptturm wurden verdreifacht.

»Achtet auf Notsignale vom Meer und aus der Ebene«, mahnte sie.

Als die neunte Stunde der zweiten Tageshälfte anbrach, war es nicht mehr möglich, den Schutz der Räumlichkeiten zu verlassen. Noch rechtzeitig hatte Genevier eine Botin zum Diana-Tempel gesandt und die Priesterinnen aufgefordert, das Tempeltor gut zu verschließen und dort zu bleiben.

Es ging schon auf Mitternacht zu.

*

Genevier saß in ihrer Kemenate und vervollständigte den Wirtschaftsplan für die kommenden Wochen. Der Sturm fauchte im Kamin. Glut wirbelte durch den Raum und selbst die Kerzenflamme flackerte ab und zu bis kurz vor's Verlöschen, wenn eine Böe direkt das ovale Fenster des Turmzimmers traf. Obwohl die Phönizier Meister in der Fensterverglasung waren – solchen Windstößen hielten die Verfugungen dann doch nicht stand.

Die Herrin des Mont Salvage rollte den Plan zusammen und schloss das schwere lederne Haushaltsbuch.

Um sich zur Ruhe zu legen, dazu war sie innerlich zu unruhig. Sie griff zu dem schweren Wollumhang und hatte eben vor, die Kemenate zu verlassen, als es leise klopfte. Beinahe hätte das Tosen des Sturmes das Geräusch übertönt.

Genevier öffnete und schaute in das bleiche Antlitz Arianes.

»Entschuldige… ich… darf ich hereinkommen?«, stotterte die Seekönigin.

Genevier zog eine Augenbraue leicht hoch und fragte besorgt: »Du siehst verstört aus. Ist etwas passiert?«

Ariane schüttelte rasch den Kopf. »Nein, nein – es ist nur…«

Sanft ergriff Genevier ihren Arm und zog sie in den Raum. »Komm! Setz dich an den Kamin.«

Die Königin warf den Umhang wieder in die Ecke und nahm Ariane gegenüber in dem ledernen Feldsessel Platz. »Was bedrückt dich?«

Ariane atmete tief durch, doch man merkte ihr an, dass sie innerlich erregt war.

»Ich denke an Doran, diesen Usurpator. Wird er San Salvador angreifen?«

»Ich weiß es nicht«, antwortete die Königin. »Doch wir haben starke Freunde. Feirifis oder Blanche würden uns sofort in Kenntnis setzen, wenn eine der griechischen Galeeren auftauchen sollten.«

Mit flackerndem Blick schaute die Seekönigin ihr Gegenüber an. »Dieses Wetter wäre doch ideal für ihn. Niemand würde es merken.«

Genevier schüttelte energisch den Kopf. »Die See kocht. Selbst ein abgefeimter Schurke wie Doran würde es nicht wagen, bei solchem Seegang die Bucht von Rosaria oder Cadaques anzulaufen. Viele Untiefen würden seine Schiffe zerschmettern lassen, ehe er auch nur Land gesehen hätte.«

Ariane ergriff Geneviers Hände und drückte sie in Verzweiflung fest. »Oh Genevier – ihr bringt euch alle für mein Volk in höchste Gefahr! Ich… ich weiß nicht…« Sie sank zu Boden und küsste der Königin innig die Hände.

Genevier schluckte. »Ariane – erniedrige dich nicht. Es ist Dianas Wille, dass wir zusammengetroffen sind.«

Ariane schaute mit tränennassen Augen auf.

»Diana«, hauchte sie. »Ich trage ihr Gewand, doch bin ich noch nicht im Glauben an sie verwurzelt.«

Genevier streichelte ihr die Wange. »Ihr verehrt Baal. Im Grunde seid ihr damit von Diana gar nicht so weit entfernt. Es sind verschiedene Namen für immer die selben Götter. Enki, Enlil, Inanna, Dumuzi, Marduk und wie sie alle heißen mögen. Im Ägyptischen sind es Re, Ischtar, Horus oder auch Isis oder Osiris… im Ende benennen sie ein und die selbe Götterfamilie. Inanna, Ischtar, Isis, Astarte und Diana sind alle ein und die selbe Person. Der Unterschied zwischen unserer und den anderen Verehrungen liegt vermutlich darin, dass wir näher am Ursprung sind. Wir nennen unsere Göttin Diana. Wir wissen aber, dass ihr ursprünglicher Name Inanna war. Weiter sehen wir sie zwar als Göttin, aber nicht ungreifbar entrückt. Wir wissen, dass diese Frau einst sehr real war. Nur, sie stammte nicht von diesem Planeten und war uns im Wissen weit voraus. Doch das Wichtigste, das sie uns hinterlassen hat, ist ihre Lehre von Liebe und Verzeihen, aber auch vom furchtlosen Handeln. Besonders den Frauen hat sie gesagt: Fürchtet euch nicht. Nehmt notfalls das Schwert.«

Ariane schwieg einige Sekunden, ehe sie erwiderte: »Also ein Vorbild für uns Frauen.«

Genevier nickte. »Richtig. Vor allem aber gab sie den Frauen den Rat des selbstlosen Zusammenhaltes mit auf den Weg.«

Ariana atmete wieder tief. Sie wischte sich über die Augen und fragte dann: »Es gibt unter euch einen von Diana überlieferten Schwur.«

Genevier legte den Kopf etwas schräg. »Was meinst du?«

»Ich hörte von einem Schwur, der besagt, dass gegenüber einer Kameradin oder Freundin angewendet, man für sie in den Tod geht.«

Die Königin schüttelte nun energisch den Kopf. »Nein – so ist das nicht richtig. Dieser Schwur besagt, dass man die andere schützt. Vor jeder Gefahr. Immer für sie da ist – mit Rat und Tat.«

»Ja – notfalls mit dem Leben.«

Die Königin zögerte etwas, denn eine Ahnung stieg in ihr auf.

»Ich weiß, dass du den Schutzengelkuss meinst. Zwischen zwei Schwestern ausgetauscht bedeutet er, dass jede die andere notfalls auch mit ihrem Leben verteidigen wird. So ist das. Doch diesen Schwur zu leisten braucht wirklich intensiver Überlegung. Solchen Schwur darf man nie leichtfertig geben. Er beinhaltet im Namen der Göttin eine lebenslange Verantwortung für den anderen.«

Die Seekönigin nickte nun. »Deshalb bin ich zu dir gekommen. Ich habe gut überlegt. Du hast mir und meinem Volk mehrmals das Leben gerettet. Ohne auf die eigene Gefahr zu achten, gibst du uns ein Zuhause und eine Zukunft. Es ist an der Zeit, dir mein Leben zu geben. Lass mich fortan dein Schutzengel sein.«

Genevier hatte es geahnt und es lief ihr heiß und wieder kalt den Rücken herunter.

Sie stand auf und erklärte mit fester Stimme: »Nein – du wirst diesen Schwur für mich nicht abgeben!«

Arianes Augen bekamen ein gefährliches Glitzern. »Denkst Du, ich wüsste nicht was ich tue?«

Die Herrin des Mont Salvage fuhr sich verzweifelt mit beiden Händen durch das lange seidige Haar. »Doch! Eben weil ich dir glaube, dass du es weißt, will ich es nicht! Wir wären ewig verbunden! Denk an dein Volk. Es braucht dich mehr als ich.«

»Genevier – Königin des Mont Salvage!« Ariane ergriff erneut fest ihre Hände. Die Hände, die sich so feingliedrig anfühlten und doch so mächtig das Schwert zu führen vermochten.

»Nein – bitte nicht.«, flüsterte die Königin. Ihr Busen hob und senkte sich im nervösen Atem.

»In der Lehre Dianas heißt es, dass niemand der Gemeinschaft diesen Kuss ablehnen darf. Nicht wahr?«

Genevier schluckte trocken. Ihr Hals fühlte sich rau an.

»Stimmt das?«, fragte Ariane energisch.

Genevier richtete sich kerzengerade auf. Sie überragte die Seekönigin dabei ein wenig.

»Ja – das stimmt. Daher kann ich dich nur bitten, es nicht zu tun oder dein Vorhaben gründlich…«

Ihre Stimme versagte etwas. »…gründlich zu überdenken.«

»Das habe ich getan«, kam es fest zurück. Leise fuhr Ariane fort. »Doch soll es nicht unter einem Zwang geschehen. Daher erbitte ich nur von dir, dass ich dir diesen Kuss geben darf.«

Mit diesen Worten schritt sie langsam zur Tür. Kurz davor blieb sie stehen und wandte den Kopf zu Genevier zurück. »Es muss nicht jetzt sein. Auch ohne diesen Schwur werde ich ohne Zögern für dich mein eigenes Leben opfern.«

Geneviers Augen füllten sich in einem mächtigen Schub mit Tränen. Nur völlig verwaschen sah sie Ariane im Schein des flackernden, von einer Sturmböe angefachten Kaminfeuers.

Sie musste mehrfach schlucken, ehe sie leise und rau die Worte heraus brachte.

»Bitte warte. Geh' so nicht fort. Ich…«

Ariana ließ die rechte Hand von der schweren Bronzeklinke gleiten und wandte sich Genevier zu.

Diese machte zwei Schritte auf sie zu. Fest umarmte sie die Seekönigin. Mit zitternder Stimme flüsterte sie: »Das Freundschaftsband zwischen uns wird niemals zerreißen.«

Ariane drückte die Herrin des Mont Salvage fest an sich. »Das wird es nicht!«

Beide blickten sich nun fest in die Augen.

»Lass mich auch dir den Schwur leisten«, bat Genevier.

So flochten sie das Band im Namen der großen Göttin. Es ergab sich von selbst, dass beide bald eng umschlungen die Kostbarkeit der Zuneigung spürten. Und zum ersten Mal, seit dem Genevier wieder einmal vom Schicksal einer Liebe beraubt worden war, verspürte diese das volle Glück. Wie die Überlieferung weiß, hat es niemals einen Bruch zwischen Ariane und Genevier gegeben. Selbst dann nicht, als sie auf große Entfernung getrennt wurden. Ebenso, wie im Reiche Sherazedas, breitete sich auch am Hofe der Seekönigin der Grundgedanke der Lehre Dianas aus.

Genevier und Ariane knieten voreinander. Sie hielten gegenseitig ihre Hände ganz fest.

»Ich möchte gerne eine vollwertige Priesterin der Diana werden«, flüsterte die Seekönigin. »Nicht nur ihr Kleid tragen.«

»Wenn es deine feste Überzeugung ist«, erwiderte die Herrin des Mont Salvage leise, »dann werden wir dich in den Tempel aufnehmen. Doch nun Lass uns in die Halle gehen. Ich kann sowieso nicht schlafen.«

Sie erhob sich und zog Ariane sanft mit.

In der Halle prasselte ein gewaltiges Kaminfeuer. Beinahe alle Priesterinnen hatten sich hier versammelt.

Auch Blanche war da. Sie hatte wieder den Weg durch den Brunnen genommen.

»Die Promenade von Emporion steht unter Wasser«, berichtete sie. »Feirifis hat unser Schiff in den inneren Hafenbereich gebracht. Doch es sieht so aus, als gäbe es eine gefährliche Nacht. Wir überlegen, ob das Schiff auf der offenen See nicht sicherer aufgehoben wäre.«

Genevier wiegte den Kopf. »Denkt an die Untiefen. Ihr säßet rasch auf einem Felsen oder einer Sandbank fest. Doch der innere Hafen gilt als sehr sicher.«

Ein mächtiges Donnergrollen ließ die Wände scheinbar vibrieren. Zahlreiche Blitze warfen durch die Bogenfenster grelle Reflexe.

Da ertönte das Hornsignal vom Turm.

Wenig später tauchte Eileen auf. »Der Alkalde von Cadaques gibt das Notzeichen. Wir wissen nicht was passiert ist. Doch die Feuer flackern von zwei Punkten herüber.«

»Diana!«, rief Genevier. »Wir haben kaum eine Chance, bei diesem Sturm Hilfe zu bringen. Signalisiert zurück und fragt was passiert ist. Die beiden Schwestern, die im Ort unten leben, kennen doch unsere Zeichenschrift.«

Eileen – deren Kleid vom Regen fast durchweicht war und mehr von ihren Formen frei gab, als eine gewisse Grundmoral es tun sollte – eilte wieder auf den Turm.

Da dröhnte erneut ein Donnerschlag durch die Burg, dann zuckte es grell auf und ein gewaltiger Knall ließ alles erbeben.

»Himmel! Was war das?«, rief jemand aus den Reihen der Männer und Frauen, die sich in der Halle aufhielten.

Da kam auch schon Katja angerannt. »Es hat in die Esche des Heiligen Hains eingeschlagen«, keuchte sie. »Ygrain…«

Genevier schluckte. »Was ist mit Ygrain?« Sie fasste Katja fest bei den Schultern.

»Der Baum ist auf sie gestürzt!«

Die Königin wurde aschfahl. Doch dann fing sie sich und rief. »Los! Wir müssen ihr helfen!«

Auch mehrere Ritter und Boltar sprangen auf.

Katja wollte abwehren, doch Genevier war zu realistisch, um sich nicht die Ausmaße des Unglücks vorzustellen.

»Diana wird es uns verzeihen!«

Dann rannten sie los.

Allen voran stürmte Boltar, der Wikinger. Der Sturm fegte sie fast von den Füßen.

Genevier hatte sich nicht einmal die Zeit genommen, sich ein Cape überzuwerfen. Ihr Kleid flatterte und riss an verschiedenen Stellen. Doch sie merkte es nicht. Die Angst um die Freundin stand in ihrem Gesicht.

Katja und Sanderah folgten dem nordmännischen Hünen dicht auf. Knapp vor dem Diana-Tor blieb Boltar stehen. Er warf den Kopf nach hinten, so dass sein Zopf wie eine Troddel flog.

»Zeig' mir den Weg!«, schrie er gegen den Wind zu Katja. Diese drängte sich an ihm vorbei.

So hetzten sie die Stufen hinauf.

Auf der höher gelegenen Ebene des Heiligen Hains vermochten sie kaum gegen den Sturm anzukämpfen. Katja stürzte zweimal, ehe sie die Baumgruppe vor dem Tempel erreichten. Zwei Eichen und vier Eschen standen dort im Halbrund.

Standen?!

An einer der Eschen – der mächtigsten – war die Krone wie ein Strohalm abgeknickt und lag grotesk, einem überdimensionalen Schirm gleich, neben dem Stamm.

»Oh große Göttin!« Doch der Sturm verwehte den Aufschrei der Königin.

Boltar und zwei weitere Männer bahnten sich einen Weg durch das dichte Geäst der Krone.

Genevier folgte, ohne sich darum zu kümmern, dass sie blutige Kratzer im Gesicht, sowie an Armen und Schultern davontrug.

Dann fanden sie Ygrain.

Ein Blitz zuckte auf und die Augen der Verunglückten blickten weit aufgerissen – beinahe geisterhaft. Genevier blieb beinahe das Herz stehen, als sie den dünnen Blutfaden sah, der aus dem linken Mundwinkel Ygrains über das regennasse Kinn bis zum Hals unaufhörlich lief.

Boltar übertönte mit seinem Bass sogar noch das Unwettergetöse.

»Vier Leute auf die andere Seite! Los! Tempo! Oder ich mach euch Beine!«

Genevier kniete in dem nassen Kronenlaub neben Ygrain nieder. Sie sah den eingequetschten Brustkorb und den offenen Bruch des Schlüsselbeins.

Sie blickte wie ein gehetztes Tier über das Gewirr des Geästes. Unterhalb der Hüfte glitzerte das Laubwerk blutig. Sie reckte ihren Oberkörper und teilte mit aller ihr zu Gebote stehenden Kraft die Äste an dieser Stelle.

Da erkannte sie, dass eine gesplitterte Astgabel in Ygrains Bauch gedrungen war.

Unaufhörlich pulsierte dort das Blut.

Mit einemmal trat Stille ein.

Es war, als ob alle Elemente plötzlich erstarrt wären. Kein Lüftchen regte sich – nicht ein einziges Blatt an der Baumkrone vibrierte im leisesten Windhauch.

Da fühlte Genevier Ygrains Hand auf ihrem Arm.

Eileen war es gelungen, eine Fackel zu entzünden und sie hielt diese nun neben der Verunglückten hoch.

Die Königin schaute in das wächserne Gesicht. Die Augen der kleinen Keltin flackerten.

Die blutverschmierten Hände zogen Genevier näher. Der Mund der Heerführerin bewegte sich stumm. Die Königin brachte ihr Gesicht ganz nah an das Ygrains heran.

»G-e-n-e-v-i-e-r…«, kam es geflüstert. Ygrains Hände krampften sich um den Arm der Königin.

»Geni – ich werde sterben.«

Genevier schluckte und sie sah das bleiche Gesicht im flackernden Fackelschein nur durch einen dicken Tränenschleier.

»Bitte…«, stockend fuhr Ygrain fort. »…begrabe mich… neben… dem Tempel… damit ich…«

Ein Schwall Blut trat aus ihrem Mund.

»I-c-h… ich will… Diana nahe sein…«

In diesem Moment setzte der Sturm wieder mit voller Macht ein. Wie in Trance hörte Genevier Boltars Kommando: »H e b t a n !«

Als die Baumkrone sich zur Seite bog, griffen starke Hände zu und zogen Ygrain aus ihrer Falle heraus.

Sogleich waren Alyshia und Sherazeda zur Stelle.

Genevier hatte sich aufgerichtet und lief wie betäubt hin und her, bis sie kraftlos und hemmungslos weinend auf die Knie fiel.

Sie fühlte weder die tiefen blutenden Kratzer, noch den Sturm und die eisige Nässe.

Dann warf sie den Kopf in den Nacken und schrie durch die tosenden Elemente zum Himmel:

»Nein! Oh große Göttin! Lass sie nicht sterben! Ich flehe dich an! Lass Ygrain l e b e n !«

Dann fiel sie vornüber mit dem Gesicht in das nasse, klebrige Gras. Ihre Tränen vermischten sich mit der heiligen Erde. Der Weinkrampf schüttelte ihren schlanken Körper.

Sie spürte nicht Sanderahs Hand, hörte nicht deren Worte…

Sie bekam nicht mit, wie Boltar sie auf seine bärenstarken Arme nahm und zur Burg trug.

3

Der Orkan tobte weiter.

Die Temperaturen sanken unter den Gefrierpunkt.

Als die ersten Schneeflocken zur Erde schwebten, stieg Ygrains Seele zum Himmel auf.

Genevier hatte die ganzen Stunden an ihrem Lager gewacht. Sie war nicht in der Lage, einen einzigen klaren Gedanken zu fassen. Völlig abwesend irrte sie durch die Burg.

Ihre Gefährtinnen wirkten nach dem Tode der beliebten Heerführerin wie gelähmt.

Auch die fremden Ritter ergriff die Trauer und sie spürten die Bedrücktheit, die sich über dem Orden ausgebreitet hatte.

Sanderah lehnte an der breiten, halb vom Bärenfell bedeckten Brust ihres Gatten Boltar.

Der Wikinger, sonst hart im Nehmen, den selbst der mythische Fenriswolf nicht ins Bockshorn jagen konnte, zerquetschte verstohlen einige Tränen. An seinem kurzen Atem spürte man, dass er bis ins Innerste aufgewühlt war.

Es schien, als habe alles andere, was die Welt außerhalb von San Salvador de Verdera betraf, plötzlich keine Bedeutung mehr.

Alles Denken drehte sich nur um den schrecklichen Tod der schönen Keltin.

Als die Morgendämmerung anbrach, hatte sich das Unwetter gelegt.

Eine strahlende Sonne glitzerte auf einer Zuckerbäcker-Schneedecke.

Ygrain wurde im Tempel, zu Füßen der goldenen Statue der Diana, aufgebahrt. Sechs mächtige Kerzen säumten ein mit Goldornamenten verziertes Ruhebett. Darauf lag die Heerführerin.

*

Die Priesterinnen hatten sie sorgsam gesäubert, gekämmt und in ein frisches, duftiges blaues Gewand gekleidet. Am mittleren Zeh des linken

Fußes trug sie den Priesterinnenring. Ihre Hände hielt sie über dem Gürtel, sie umfassten die blitzende Klinge des Schwertes, das sie so vollendet zu führen verstanden hatte.

Das Heilige Feuer brannte und von den Altarstufen sang der Chor der Priesterinnen die Totenhymne.

Genevier kniete vor der Bahre, die Hände und das Gesicht zur Göttin erhoben.

Ihre Augen zeigten sich rotgerändert, doch jetzt hatte sie keine Tränen mehr.

Rau und hilflos erklang die Stimme der Königin, als sie zu Diana sprach.

»Oh große Göttin. Mutter allen Seins. Weshalb hast du Ygrain sterben lassen?«

Ihr ganzes Inneres bäumte sich auf. Weshalb?! schrie es in ihr.

Doch vergeblich wartete sie auf eine Antwort der Göttin.

Mit einemmal fühlte sie von hinten eine zarte Berührung. Sie wandte den Kopf und blickte mit ihren verweinten Augen in das Antlitz Eileens.

Bleich wirkte deren Gesicht unter dem blonden Haar.

»Genevier«, flüsterte sie. »Auch ich habe sie geliebt. Wenn wir auch oftmals Meinungsverschiedenheiten hatten, so war sie mir doch eine Freundin. Aber Selbstverzehrung ändert nichts. Diana hat Ygrain abberufen. Daran ist nichts zu ändern. Doch du trägst eine Verantwortung. Ich weiß, dass dir das Herz fast bricht. Du trauerst, wie du um jede von uns trauern würdest und wie es dir immer das Herz zerreißt, wenn eine von uns stirbt. Sei es durch Krankheit oder auf dem Schlachtfeld. Doch die anderen brauchen dich. Deine Stärke!«

Die Königin zog Eileens weiße Hand zu sich und küsste sie. »Oh Eileen… Ygrain hat mir so oft das Leben gerettet. Ohne sie wäre ich längst nicht mehr.«

Die Bannerführerin nickte. »Ich weiß. Ygrain hat vielen das Leben gerettet. Daher soll ihr Mut für uns alle Ansporn sein. Trotzdem bitte ich dich – komm jetzt mit mir. Seit Stunden kniest du hier. Du bist völlig geschwächt. Du musst etwas essen.«

Genevier schüttelte heftig den Kopf. »Ich kann nicht!«

»Du musst! Bitte! Wir alle brauchen dich. Der Orden braucht dich. Lass Ygrains Tod nicht umsonst gewesen sein.«

Mit aller innerer Kraft stand die Herrin des Mont Salvage auf. Eileen nahm sie in den Arm. Auch in ihren Augen standen Tränen.

»Komm. Wir werden Ygrain heute Nachmittag mit allen ihr zustehenden Ehren der Mutter Erde übergeben.«

Unterdessen hielt Sanderah in der Halle Kriegsrat. Sie hatte automatisch – wie bereits vor längerer Zeit einmal – die Rolle der Heerführerin übernommen. Unterstützt wurde sie von der Castellanin Clarissa und von Blanche.

»Der Wintereinbruch«, so sagte sie, »ist ein glücklicher Umstand. Die Pässe sind zu. Von dort droht keine Gefahr. Bleibt nur die See. Doch diese ist rau und für Unkundige sind die Buchten von Rosaria und Cadaques gefährlich. Das verschafft uns Luft.«

In einem Punkt stimmte ihr nur Boltar nicht zu. »Die Pässe sind zu«, brummte er und es hörte sich immer noch wie ein verhaltenes Erdbeben an. »aber in Bezug auf die See stimme ich dir leider nicht zu. Wenn Doran einen guten nordischen Seemann besitzt, kann er ein Landeunternehmen wagen. Wir Wikinger fürchten die raue See nicht und die nordischen Fjorde – gerade im Bereich Thule – sind äußerst tückisch.«

»Nun gut«, meinte Blanche und stand auf. »Ich muss sowieso zurück nach Emporion. Ich werde sowohl Timaios, wie Feirifis darauf hinweisen.«

*

Clarissa hielt Blanche auf. »Bleib lieber in der Burg. Das ist sicherer.«

Blanche lachte hell auf. »Danke für deine Fürsorge. Aber ich bin Gefahren gewohnt. Außerdem werde ich wieder den Weg durch den Brunnen nehmen. Aber stellt dort zwei Wachen auf.«

Gegen Mittag setzte wieder starker Schneefall ein. Einige Bauern aus den umliegenden kleinen Dörfern klopften ans Tor von San Salvador und baten um Zuflucht, die ihnen selbstverständlich gewährt wurde.

Zur dritten Mittagsstunde brach die Wolkendecke erneut auf und ein goldener strahlender Nachmittag brach an.

Es wäre ein wunderbarer Tag geworden, wenn nicht die Trauer um Ygrain jegliches Denken und Fühlen überschattet hätte.

Die Priesterinnen trafen sich im Tempel zum Gottesdienst, der zu Ehren der Toten abgehalten werden sollte. Die Wikinger und Erecs Ritter hatten sich bereit erklärt, sämtliche Wachfunktionen der Burg zu übernehmen, so dass keine der Priesterinnen von der Trauerzeremonie ausgeschlossen bleiben musste.

Der Altarteil der Tempelhalle erstrahlte im Schein von beinahe hundert Kerzen und Talglichtern. Der warme Schein ließ die vier Meter hohe Goldstatue der Göttin erstrahlen. Das Licht reflektierte von dort aus zur aufgebahrten Ygrain. Es zauberte einen lieblichen Bronzehauch auf das Antlitz der Toten und es verlieh ihr ein hoheitsvolles Aussehen. Genevier hatte ihr persönlich ihren Königsreif ins Haar geflochten.

Der Rubin in der Parierstange des Schwertes Ygrains blitzte wie ein überirdisches Auge.

So lag sie da – auf der goldenen Liege – gebettet auf das kostbare Fell eines Apsis-Stieres.

Der Chor der Priesterinnen stimmte ein Dankeslied an – ein Dank an Diana, dass diese dem Orden Ygrain zum Geschenk gemacht hatte, dass sie ihre Liebe und Kraft dem Kampf gegen das Unrecht weihen konnte.

Die Halle selbst lag im Halbdunkel, aus dem sich die Alabastersäulen schemenhaft, wie Wegweiser zu einer anderen Welt, abzeichneten.

Vier Priesterinnen knieten an der Bahre. An jeder Ecke eine.

Genevier trat an den Altar. Dort lag ihr Schwert Anguis – von Zierah gefertigt und Diana geweiht.

Sie nahm es und hielt es am Heft hoch – zum Angesicht der Göttin.

»Oh Herrin unseres Lebens, Mutter allen Seins – erhöre deine Dienerin. Du hast Ygrain, die wir über alles liebten, in dein Reich genommen. Wir verstehen nicht warum. Es steht uns aber nicht zu, nach dem Grund zu fragen oder an deinen Plänen zu zweifeln. Wir können dich nur bitten, ihrer Seele gnädig zu sein, ihr all deine Liebe zu spenden. Ygrain war eine mutige Kämpferin für das Recht. Unerbittlich gegen das Unrecht und Helferin aller Unterdrückten. Oh große Diana – gib ihr den Platz in deinem himmlischen Reich, der ihr gebührt.«

Nach diesen Worten, die sie zuerst mit fester Stimme, doch dann leiser werdend und mit einem Schluchzen unterbrochen, getan hatte – schritt sie die fünf Marmorstufen des Altars herab. Sie trat seitlich, den Priesterinnen zugewandt, an Ygrains Bahre. Dort nahm sie das Schwert am Griff und hielt es hoch.

»Dieses Schwert, das mir beistand, wenn Ygrain und ich Seite an Seite in manchem Kampfe fochten, soll von Stund an auch zu ihren Ehren der Gerechtigkeit dienen«, sagte sie und ihre Stimme vibrierte dabei unkontrolliert.

»Oh große Göttin – es sei!«, kam es aus dem Chor der versammelten Priesterinnen.

Genevier berührte nun die Heerführerin mit der Spitze des Schwertes an der Stirn.

»Ygrain – ich, die Hohepriesterin des Ordens vom Mont Salvage, dem du dein Leben geweiht hast – erhebe dich in den heiligen Ritterstand im Namen Dianas. Mögest du in einer anderen Welt vollenden, was dir hier auf Erden verwehrt worden ist.«

Sie senkte das Schwert und wirkte mit einemmal kraftlos.

Ihre Knie gaben nach und sie musste sich auf die Bahre stützen. Sie konnte nicht verhindern, dass ihre Tränen Sturzbächen gleich über die Wangen liefen. Sie benetzten Ygrains rechte Hand, die auf dem Heft des Kurzschwertes lag.

Genevier hörte das uralte keltische Lied des Priesterinnenchores nur noch wie aus weiter Ferne.

Da zuckte sie zusammen.

Klar und deutlich vernahm sie eine Stimme. Sie schien von überall zu kommen.

Die Königin kannte diese Stimme. Ein paar mal hatte sie diese bereits vernommen und sich während der letzten Stunden nichts sehnlicher gewünscht, als sie erneut zu vernehmen.

Es war die Stimme der Göttin.

»Genevier – meine oberste Dienerin. Höre mich! Trauer nicht um Ygrain. Deine Tränen sind das Leben.«

Die Königin schluckte.

Durch den Schleier vor ihren Augen glaubte sie ein Licht zu sehen.

Ein Strahl, der das Totenbett und den gesamten Körper Ygrains zu umfassen schien.

Die Königin richtete sich auf.

Das Licht begann zu pulsieren und legte sich dann wie eine lodernde Wolke um die Gestalt der Heerführerin. Wie eine Aura hüllte es sie ein.

Dann wurde die Erscheinung immer durchsichtiger und erlosch…

Genevier schloss die Augen und öffnete sie wieder. Ihr Blick klärte sich. Jetzt vernahm sie auch den Gesang des Chores wieder.

Irritiert schaute sie zu der Versammlung der Priesterinnen.

Konnte es sein, dass wieder nur sie die Stimme gehört hatte?

Dass niemand außer ihr das Licht wahrgenommen hatte?

Was hatte die Stimme noch gesagt? Deine Tränen sind das Leben.

»Oh Ygrain«, flüsterte sie. »Wenn es doch kein Traum gewesen wäre.«

Sie sah die Nässe, die ihre Tränen auf der Hand der Freundin hinterlassen hatte und wollte sie sanft fortwischen.

Als ihre Fingerspitzen Ygrains blasse Haut berührten, glaubte sie, ihr Herz bliebe stehen.

Das konnte doch nicht sein?!

Zögernd berührte sie die Hand erneut. Dann fasste sie voll zu.

Kein Zweifel! Die Haut fühlte sich warm an!

Geneviers Herz raste! Ihr Mund öffnete sich, doch nur ein krächzender Laut kam hervor.

Eileen bemerkte zuerst, dass etwas nicht stimmte. Sie eilte aus dem Halbdunkel der Halle in den Lichterschein des Altarbereiches.

Genevier schwankte. Eileen griff zu. »Was ist mit dir? Warte – ich stütze dich!«

Die Herrin des Mont Salvage presste ihre Finger so fest um Eileens Arm, dass diese einen leisen Aufschrei nicht unterdrücken konnte.

Der Klos in Geneviers Hals löste sich. Sie schrie es heraus: »Ygrain lebt!!!«

Der Chor verstummte. Lastendes Schweigen legte sich über die Szene.

»Ygrain lebt!«, rief die Königin erneut und stieß Eileen zur Seite. Sie ergriff die warme Hand der Heerführerin. Sie fühlte das Pulsieren des Blutes.

Ein Durcheinander von Stimmen erfüllte plötzlich den Tempel. Alyshia und Sherazeda stürmten zur Bahre. Sie berührten die »Tote«, sahen sich entgeistert an – konnten es nicht fassen.

Die Priesterinnen drängten nach vorn.

»Aber – das – kann – nicht – sein…«, stammelte Alyshia und schaute Sherazeda fassungslos an. Alle Farbe war aus ihrem Gesicht gewichen.

Die schöne Sarazenin öffnete rasch Ygrains Gewand und untersuchte die grässlichen Wunden.

Mit zitternden Fingern tastete sie die jetzt festen Verkrustungen ab.

Ihr flackernder Blick richtete sich auf Alyshia, dann auf Genevier.

»Die Wunden haben sich geschlossen«, flüsterte sie.

»Und?«, flüsterte Genevier – auf den erlösenden Satz wartend.

»Sie lebt!«

Einem Raunen gleich verbreitete sich die Nachricht unter den über zweihundert Frauen im Tempel.

Genevier konnte es kaum fassen.

Sie trat an das Fußende der goldenen Ruhestatt und schaute in das entspannte Gesicht Ygrains. Die Haut schien nicht mehr nur durch die Schminkcreme bronzen. Der Brustkorb der Heerführerin hob und senkte sich. Wenn auch kaum merklich, doch man erkannte das Leben.

»Oh Diana«, seufzte Genevier und wusste nicht, ob sie träumte oder wachte, ob dieses Wunders.

Sie ergriff sanft Ygrains Füße und küsste sie innig.

»Ygrain – du bist zu uns zurückgekehrt. Diana hat ein Wunder geschehen lassen.«

Ehrfürchtig sanken alle Priesterinnen auf die Knie.

Sherazeda und Alyshia hielten sich gegenseitig in den Armen und weinten. Doch diesmal waren es Tränen des unfassbaren Glücks.

Die Herrin des Mont Salvage trat vor das mächtige Standbild der Göttin, das im Schein der Fackeln und Talglichter blitzte. Wie Tausende von winzigen Fünkchen pulsierte die mit feinem Goldstaub überzogene Oberfläche.

Stumm hob sie die Arme zum Gebet empor. Unfähig, auch nur ein Wort herauszubringen.

Ihr aufgewühltes Innerstes glich einem Vulkan. Ihre Gedanken wirbelten. Die Statue verschwamm zeitweise vor ihren Augen.

Sie wollte Diana danken, doch unfähig, auch nur lautlos einen Satz zu formulieren, stand sie da.

Sie spürte die Nähe der Göttin – Wärme umfing sie wie ein Mantel.

Genevier sank zu Boden – ihre Hände glitten an den Beinen der Statue entlang – stilles Schluchzen des Unfassbaren ließ ihren Leib erbeben.

Die Nachricht des Wunders, das sich im Tempel abgespielt hatte, verbreitete sich in Windeseile auch unter den Rittern.

Obwohl sie einer anderen religiösen Auffassung angehörten, waren sie alle tief ergriffen.

Zahlreiche harte Männer sah man im Schnee knien und stumm zu ihrem Gott beten.

Selbst das Urgestein eines Wikingers – Boltar – blickte nach Norden und wischte sich verstohlen die Augen.

»Großer Odin«, brummte der Bär von einem Krieger, »du hattest immer einen treuen Diener in mir. Doch jetzt bin ich dein Streiter bis in den Tod. Herr der Welt – diese Frauen besitzen einen anderen Glauben als ich und manchmal weiß ich nicht was richtig ist. Doch ich danke dir für dieses Wunder – wie immer du es auch gemacht haben magst.«

Dies ist sicherlich das innigste Gebet gewesen, was der Hüne jemals in seinem Leben zum Himmel gesandt hatte.

Unter dem Banner der Göttin

1

Genevier wich nicht von Ygrains Seite.

Alyshia und Sherazeda hatten sie ins Hospital zurückbringen wollen, doch die Herrin des Mont Salvage bestand darauf, dass nichts verändert werden solle.

»Diana hat dieses Wunder geschehen lassen, daher soll Ygrain auch hier im Angesicht der Göttin bleiben. Lasst auch alle Lichter an. Licht ist ein Lebensspender. Ebenso wie…« Sie verstummte.

Sherazeda und Alyshia sahen sie abwartend und fragend an.

Genevier knetete ihre Finger. Wie sollte sie den Gefährtinnen alles nur erklären?

Die Sarazenin trat dich an ihre Hohepriesterin heran.

»Was wolltest du sagen, Genevier? Was ist noch ein Lebensspender? Was ist vorhin geschehen? Wir sahen dich wanken, die Augen schließen und scheinbar mit jemandem sprechen. Was hast du gehört oder gesehen, was wir nicht wahrgenommen haben?«

Die Königin schaute beide mit unsicherem Blick an. Endlich erkundigte sie sich leise:

»Ihr… habt wirklich nichts gesehen?«

Beide schüttelten den Kopf. Sherazeda machte eine ausladende Armbewegung in die Weite der Halle, wo sich die übrigen Priesterinnen langsam zerstreuten. Doch man vernahm ihre aufgeregten Gespräche.

»Von ihnen hat auch niemand etwas anderes wahrgenommen, als dein bestürztes Verhalten.«

»Ihr habt nicht das gleißende Licht gesehen und die Stimme der Göttin gehört?«

Alyshia schüttelte heftig den Kopf und die Sarazenin zuckte hilflos die Achseln. »Was hier geschehen ist, übersteigt das normale Denken. Doch wissen wir, dass du bereits mehrmals die Stimme der Göttin gehört hast.«

Die Herrin von San Salvador de Verdera nickte. »Das ist richtig. Es sind Warnungen darunter gewesen. Alles was sie vorhergesagt hatte, ist eingetreten. Ich weiß nicht –«, fuhr sie leise fort, »– weshalb Diana mit mir spricht. Mich warnt, mir hilft, mir Mut macht…«

Alyshia legte ihr den Arm um die Schultern.

»Du bist auserwählt.«

Genevier schüttelte nun ganz energisch den Kopf. »Auserwählt? Was bin ich mehr als ihr? Nein – ich begreife es nicht. Manchmal ist Diana so fern und ich warte vergebens auf Rat – dann wieder ist sie im rechten Moment zur Stelle.«

Die Königin gestikulierte hilflos mit den Händen.

»Manchmal denke ich, sie kommt einfach zu Besuch und sieht was vorgeht. Oder sie kommt, weil sie Gefahr für uns spürt. Aber sie ist nicht immer da. So, wie ein Vogel in den Lüften seine Wege nimmt, so ist auch sie unterwegs.«

Sherazeda schaute Genevier eigenartig an. »Möglicherweise«, so merkte sie sinnend an, »– ist der Vergleich gar nicht so falsch. Denk an die Überlieferung des Götterplaneten.«

Genevier wollte antworten, doch eine heraneilende Botin unterbrach das Gespräch.

»In Cadaques hat es Verletzte durch ein Schneebrett gegeben. Man signalisiert um Hilfe.«

Die Königin straffte sich. Sie warf noch einen Blick auf die reglose Ygrain. »Alyshia – ich bitte dich hier zu bleiben. Sherazeda begleitet mich nach Cadaques.«

Sie verließen eilig den Tempel und liefen durch das neu aufkommende Schneegestöber zur Hauptburg.

»Uii!«, machte die Sarazenin unterwegs. »Ich denke nicht, dass wir barfuß losreiten sollten. Trotz unseres Schwurs.«

Genevier lachte ganz leicht auf. »Diana würde nicht unseren Tod durch Lungenentzündung oder erfrieren wollen. Wenn es auch wieder ungewohnt sein wird, wir werden uns mit Pelzstiefeln und Mänteln anfreunden müssen.«

In der Hauptburg bestürmte man die beiden mit aufgeregten Fragen.

Sherazeda wimmelte alles geschickt ab. Sie wusste, dass Genevier noch zu aufgewühlt war, um auf die Einzelheiten der Geschehnisse einzugehen.

Die Sarazenin suchte zwanzig Kriegerinnen und dreißig Ritter mit ihren Knappen aus, um nach Cadaques auszurücken.

Dieser frühe Wintereinbruch konnte mehr als ungewöhnlich genannt werden. Normalerweise hätten die Bergpässe erst zweieinhalb Monate später unpassierbar sein dürfen. Auch, dass die Schneelage so tief in die Täler reichte, bereitete Genevier Sorgen. Man würde sich also eher auf Zufluchten in die Burg einstellen müssen.

Das Schneebrett aus etwa achthundert Metern Höhe hatte sich seinen Weg durch eine Felsschneise gesucht und dabei zwei hochgelegene Hanghäuser mit gerissen. Es gab zwei Tote und acht Verletzte zu beklagen.

Die Ritter machten sich ohne Umschweife daran, die Verschütteten aus den Trümmern zu bergen.

Zum Glück gab es da keine Schwierigkeiten.

Sherazeda versorgte die Wunden vor Ort, so gut es ging.

Inzwischen hatte der Wind wieder an Kälte und Schärfe gewonnen. Das Meer donnerte in die Bucht des Fischerortes und überspülte die kleine Mole.

Im Gespräch mit dem Alkalden, sprach die Herrin des Mont Salvage mögliche Sicherheitsvorkehrungen durch.

»Eine erneute Lawine braucht ihr im Moment nicht zu befürchten. Allerdings könnte das aufgewühlte Wasser euch gefährlich werden. Räumt vorsichtshalber die Häuser, die am nächsten am Ufer stehen«, riet sie.

Sherazeda bestand darauf, die Verletzten ins Hospital von San Salvador mit zu nehmen.

»Ich muss einige komplizierte Brüche richten. Das geht hier nicht«, erklärte sie und kuschelte sich enger in den dicken Bärenpelz.

Kurz vor Mitternacht rückte der Trupp ab.

Schneetreiben setzte ein. Der Weg die Serpentinen zur Burg hinauf entwickelte sich beschwerlich. Obwohl jeder zweite Reiter eine Fackel trug, verhinderte der immer dichter werdende Schneevorhang die Sicht nach vorn.

Es passierte in einer schmalen Kehre, als eine Windböe einen Ast von einem der dichtstehenden Bäume riss und ihn Geneviers Schimmel direkt vor die Hufe schleuderte.

Das erschreckte Tier stieg vorn hoch und warf seine Reiterin ab.

Die Königin schrie auf, doch dieser Schrei verschluckte der Sturm.

Sie stürzte hart zu Boden, rollte auf den Abhang zu und fand keinen Halt mehr. Panikartig griffen ihre Hände ins Leere. Dann spürte sie nur noch, dass sie unaufhaltsam immer schneller in die Tiefe rutschte. Geäst zerkratzte ihr Gesicht. Völlige Finsternis herrschte um sie. Irgendwann schlug sie mit dem Kopf hart auf.

Sanderah, die dicht hinter der Königin geritten war, hatte noch versucht, die Stürzende zu halten. Das Ergebnis war, dass auch sie vom Pferd fiel.

Die anderen Tiere begannen nun zu scheuen und Reiterinnen und Reiter hatten alle Mühe, eine Katastrophe auf dem engen, steilen Pfad zu verhindern.

Endlich hatte man die Tiere beruhigt und war abgestiegen.

Sanderah rappelte sich auf. Doch wie leblos hing der linke Arm an ihrer Seite herab.

»Am Oberarm gebrochen«, stellte Sherazeda lakonisch fest.

Sanderah schüttelte sie ab. »Sucht Genevier! Das ist viel wichtiger!«

Mehrere der Männer leuchteten bereits mit ihren Fackeln den Hang ab.

Etwa fünfzig Meter tief fand man sie, aus vielen Schürfwunden und einer Platzwunde am Kopf blutend. Doch es grenzte beinahe an ein erneutes Wunder an diesem Tag, dass sonst nichts Ernsthaftes passiert war.

Man brachte die Königin vorsichtig nach oben. Einer der Ritter – Ralph de Vere – nahm sie vor sich aufs Pferd.

Der Trupp brauchte noch zwei Stunden bis zum Burgtor. Alle Verletzten – auch Genevier und Sanderah – wurden ins Hospital gebracht.

Als Genevier die Augen öffnete, schaute sie in Sherazedas besorgtes Gesicht.

»Hallo – willkommen im Leben«, sagte diese leise.

Genevier schien tatsächlich einen Schutzengel gehabt zu haben.

Sie wollte das Lager verlassen, doch sowohl die Sarazenin, wie auch Alyshia verboten es energisch.

Es war kurz vor der Dämmerung. Dichter Schneefall hüllte die Burg ein. Da spürte Genevier den stechenden Schmerz im Bauchbereich. Es schien, als wolle ihr jemand eine glühende Klinge in den Leib stoßen.

Ohne es zu wollen, schrie sie auf.

Ihr Herz begann zu rasen, Funken sprühten vor den Augen, sie bekam keine Luft.

Sogleich stand Sherazeda neben ihr. Sie schien das Hospital noch gar nicht verlassen zu haben.

»Was ist mit dir?«, fragte sie rasch und drückte die sich vor Schmerz aufbäumende Königin auf das Bett zurück.

Genevier war außerstande zu antworten.

Sherazeda begann sogleich mit einer erneuten, aber speziellen gründlichen Untersuchung.

An diesem kalten grauen Morgen verlor Genevier Erecs Kind.

2

Die Sonne brachte das Eis auf dem Rand des Brunnens zum Glitzern.

Die kleine goldene Statue der Göttin wirkte wie mit Zuckerguß eingehüllt.

Vereinzelt schwebten Schneeflocken durch das Geäst der alten Bäume, berührten die jungfräuliche Schneedecke und verschmolzen mit ihr.

Fest eingehüllt in den pelzbesetzten Umhang saß Genevier auf der Kante der niedrigen Einfassungsmauer. Ihr Blick wirkte leer und in eine unergründliche Ferne gerichtet. Ihre Hände hatte sie unter dem Umhang gefaltet, die Finger wie im Krampf umeinander geschlossen.

So saß sie da. Seit Stunden.

Feiner Schnee lag in ihrem bräunlichen, bis über die Schultern wallenden Haar.

Eine Flocke wehte, einer Feder gleich, an Geneviers Nase vorbei und setzte sich auf die rechte Wange des römisch schön geschnittenen Gesichts. Dort, kurz unter dem Auge, begann sie zu schmelzen und lief wie eine Träne herab.

Unbeweglich, wie ein wunderschönes Kunstwerk, saß die Herrin des Mont Salvage da.

Den leichten Schritt im Schnee vernahm sie nicht.

Eileen verhielt kurz neben dem Oleanderbusch.

Sie hatte die Freundin gesucht.

Nun atmete sie tief durch, kam näher, um dann neben ihr auf der Mauer Platz zu nehmen.

Niemand sagte ein Wort und vermutlich nahm Genevier sie gar nicht wahr.

Eileens Blick ruhte sanft auf dem Antlitz der Königin. Nun legte sie beide Arme um sie, zog ihren Kopf zu sich heran und streichelte ihre Wange.

»Es ist schwer. Ich weiß es. Du hast das letzte verloren, was dir von Erec noch geblieben ist. Doch Leid und Freude liegen eng nebeneinander«, flüsterte Eileen.

Sie schwieg und Genevier antwortete nicht. Nur die kleinen Atemwölkchen zeigten an, dass sich Leben in ihrem Körper befand.

So saßen denn beide da – inmitten einer weißen Pracht, die aus einer Märchenwelt entsprungen zu sein schien.

Die Sonne versteckte sich hinter Wolken und immer mehr Schneeflocken schwebten hernieder. Sie hüllten die beiden Frauen wie in Daunen ein.

»Geni«, begann nun Eileen erneut. »Du darfst dich nicht innerlich aufgeben. Ich weiß nicht, weshalb Diana dir solch schwere Prüfungen auferlegt. Aber bist du es nicht gewesen, die zu mir vor langer Zeit gesagt hat: Habe Vertrauen. Alles ergibt irgendwann einen Sinn?!«

Die Königin wandte nun langsam den Kopf. Ein leerer Blick aus rotumränderten Augen traf Eileen.

Der Bannerführerin zerriss es bald das Herz. Noch fester drückte sie die Unglückliche an sich.

»Oh Genevier! Wenn ich dir nur helfen könnte.« Sie seufzte. Dann fuhr sie fort: »Aber denke auch an die anderen. Sie brauchen dich. Ariane und ihr Volk brauchen dich. Denk auch an Ygrain. Du konntest ihr das Leben zurückgeben.«

Genevier schloss die Augen und ihr Körper schüttelte sich.

Bald war der Schneevorhang so dicht, dass man kaum zehn Schritte sehen konnte. Wie unter weißen Kapuzen harrten die beiden Frauen im Heiligen Hain.

»Komm mit zur Therme«, sprach Eileen leise. »Dort wird es dir besser gehen.«

Mit sanfter Gewalt zog sie die apathische Königin hoch und führte sie durch den Tiefschnee zum Hauptweg.

Das unterirdische Rohrsystem mit seinem warmen Wasser – von der Therme her geleitet – hatte hier den Schnee zum schmelzen gebracht. Angenehm warm drang die Wärme durch die Pelzschuhe.

Über der Therme selbst lag dichter Schwaden. Mächtige Nebelwolken vermischten sich mit dem herabfallenden Schnee. Es prickelte wie Nieselregen auf der Haut.

Eileen ließ Mantel und Tempelkleid zu Boden gleiten. Sie schlüpfte aus den inzwischen ungewohnten Schuhen.

Mechanisch, wie von Fäden gezogen, tat Genevier es ihr nach.

Eileen ergriff ihre Hand und führte sie zum Beckenrand. Leicht glitten sie hinein. Sogleich umfing sie wohlige Wärme.

Sie waren ganz allein.

So standen sie Hand in Hand in den aufsteigenden Nebelwolken. Um sie herum tanzten die weißen Flocken und verloren sich auf der warmen Wasseroberfläche wie der Hauch des Windes.

Eileen zog Genevier zu sich heran. Sie legte ihr dann von hinten die Arme um den Leib – ließ sich selbst rückwärts gleiten und zog die Freundin mit.

Sie trieben reglos auf der warmen Quelle, die Blicke zum grauen Himmel gerichtet.

Niemand störte sie. Sie verloren sich in Zeit und Raum.

Es dunkelte bereits, als beide zur Hauptburg zurückkehrten.

In heller Aufregung empfing sie die Castellanin Clarissa. »Ich wollte eben eine Gruppe mit Fackeln losschicken, um nach euch zu sehen.«

Dann schaute sie forschend in Geneviers Gesicht, legte beide Hände an deren Wange und küsste sie auf die Stirn.

»Kleines«, flüsterte sie zärtlich. »Es wird schon wieder. Aber ich habe eine gute Nachricht. Ygrain ist aus der Bewusstlosigkeit erwacht.«

Zum ersten Mal seit vier Tagen füllte sich Geneviers Blick mit Leben.

»Ygrain…«, flüsterte sie. »Ich muss zu ihr.«

Sie machte sich von den Freundinnen los und eilte die Treppen zum Hospital hinauf. Sherazeda hatte darauf bestanden, die Heerführerin doch vom Tempel zurück auf die Krankenstation zu bringen. »Dort kann ich die Wunden besser versorgen«, hatte sie energisch gesagt.

Eileen und Clarissa sahen sich aufatmend an.

Ygrain lag bleich auf ihrem Lager.

Doch sie lächelte matt, als sie Genevier sah.

Die Königin ergriff ihre Hände und küsste sie.

»Oh Ygrain – ich…«

Die Stimme versagte und ein neuer Strom Tränen trat hervor.

Doch rasch hatte sie sich in der Gewalt.

»Was ist denn geschehen?«, flüsterte Ygrain vom Lager her.

Genevier sah sie an. »Du weißt es nicht mehr?«

Die schöne Heerführerin schüttelte den Kopf. »Ich erinnere mich nur an einen herrlichen, aber sonderbaren Traum. Ich kam aus dem Tempel. Draußen stürmte es. Es riss mich bald von den Füßen. Da rannte ich rasch durch den kleinen Eschenhain. Da blitzte es vor mir auf. Mit einemmal schwebte ich über der Burg. Ich sah alles ganz genau. Dann hörte ich wunderbaren Gesang. Ich wandte den Kopf und sah ein helles, wärmendes Licht. Ich glitt darauf zu und stand vor einer schlanken, hochgewachsenen Frau in einer goldenen Rüstung. Nie zuvor war sie mir begegnet und doch wusste ich wer sie war. Diana – die Königin des Universums.«

Ygrain machte ein Pause. Ihre Stimme klang sehr matt.

Endlich fuhr sie fort. »Diana leitete mich in einen Saal, der überwältigend anzusehen war. Goldene und silberne Leuchter. Es funkelte überall wie Diamant.

Die Göttin sprach zu mir.

Ygrain, meine Kämpferin für das Recht. Ich lasse dich in mein Reich schauen, dass du einst betreten wirst, um mit mir Seite an Seite für eine gute und bessere Welt einzutreten. Doch deine Aufgabe ist auf der Erde noch nicht erfüllt. Daher gehe zurück zum Mont Salvage.

Ich… wandte mich zögernd um, doch Diana machte mir ein deutliches Zeichen, dass ich zurück müsse.«

Ygrain schwieg, um etwas Atem zu holen.

»Dann –«, setze sie wieder an, »– erwachte ich hier.«

Genevier hielt ergriffen Ygrains Hände fest. »Ich bin froh, dass du wieder hier bist.«

»Ich – habe – die – Göttin – gesehen. Es war schön, wenn auch nur ein Traum.«

Genevier streichelte ihre Wangen. »Wenn ich dir nun sagen würde, dass du sie wirklich gesehen hast…«

Ygrain wollte sich überrascht aufrichten, sank aber mit von Schmerz verzerrtem Gesicht zurück.

Genevier machte ein entsetztes Gesicht. »Bitte bleib liegen. Deine Wunden dürfen sich nicht wieder öffnen!«

Die Heerführerin schluckte. »Aber was ist denn geschehen?«

Die Königin erzählte es ihr.

Ygrain starrte die Sprecherin – als diese geendet hatte – ratlos an.

»Es ist also durchaus möglich, dass du Diana tatsächlich begegnet bist. Genauso, wie sie zu mir sprach«, versetzte Genevier leise.

Ygrain drückte ihre Hände. »Eigentlich... hast du mir... durch deine Tränen... das Leben zurückgegeben...«

Die Königin schüttelte nun heftig den Kopf. In überschwänglichem Gefühl verschleierte sich ihr Blick wieder. »Nein! Diana ist es gewesen. Ich war höchstens ihr Werkzeug.«

Verwirrt schloss Ygrain die Augen und fiel in einen tiefen Schlaf.

Leise verließ Genevier das Zimmer. Vor der Tür erwartete sie Sherazeda.

»Es wird noch lange dauern, bis sie genesen ist«, meinte diese leise. »Für mich ist alles sowieso unbegreiflich. Ygrain war tot. Innerlich verblutet.«

Die schöne Sarazenin schaute zu Boden. »Was hier geschehen ist widersetzt sich jeglicher Logik.«

Genevier umarmte die Königin von Marrakesch. »Ein Wunder. Wie immer es auch sein mag. Ygrain lebt. Hoffentlich wird sie ganz gesund.«

»Ich denke ja.« Sherazeda löste sich aus der Umarmung. »Doch bis sie wieder das Schwert führen kann, wird noch eine lange Zeit vergehen.«

Die folgenden zwei Tage vergingen damit, dass man umliegenden Gehöften Hilfe brachte oder Menschen aus lawinengefährdeten Gebieten auf San Salvador aufnahm.

Am dritten Tag brach mit Macht die Spätherbstsonne durch die Wolken. Die Temperaturen stiegen enorm an und bis zum Abend hatte sich jeglicher Schnee aufgelöst.

Der vierte Tag ließ die Natur noch einmal erwachen. Die Vögel zwitscherten im Burggarten und im Heiligen Hain. Das Gras begann noch einmal zu sprießen und die Spätrosen öffneten die Knospen.

Es wirkte friedlich auf der Gralsburg.

Genevier sandte Spähtrupps an die Küste aus. Sie selbst machte sich am späten Nachmittag bei fast hochsommerlichen Temperaturen auf, um Timaios und Feirifis in Emporion aufzusuchen.

Die Herrin des Mont Salvage verhielt sich vorsichtig und musterte die Umgebung aufmerksam. Obwohl sowohl Eileen, wie auch Katja und Theodora ihr angeboten hatten, sie zu begleiten – hatte sie sich entschlossen allein zu reiten.

Sie trug die leichte Kampfrüstung, Schild und Schwert und den goldgelben Umhang mit dem Wappen des Pendragon.

Als sie auf der letzten Anhöhe vor dem Plimizol hielt und über die Bucht von Rosaria schaute, musste sie auf jeden zufälligen Betrachter wie das Abbild der Pallas Athene wirken.

Stolz aufgerichtet – den wachen Blick das Umfeld musternd.

Doch es gab nichts Verdächtiges.

So gab sie dem Schimmel ein leises Kommando. Sanft schwingend setzte sich das schöne Tier in Bewegung und trug seine Reiterin in die Ebene hinab.

Die Wellen rollten ruhig über den Sandstrand. Am Horizont zeichnete sich die Silhouette

eines Kauffahrers ab. Er schien den Hafen von Emporion vor geraumer Zeit verlassen zu haben.

Genevier lenkte den Schimmel nach Westen. Ohne Zwischenfälle gelangte sie zur Stadt.

3

Emporion – pulsierendes Leben aus aller Herren Länder.

Eine Weltstadt!

Genevier ritt vorbei an den Tempeln und öffentlichen Gebäuden mit den imposanten Marmorsäulen-Vorbauten, den Alabasterfiguren griechischer Helden – vorbei an den Hochhäusern, gelangte in die Fabrikzone, passierte die Slums und erreichte die winkligen Hafengassen.

Mindesten vierzig Schiffe lagen hier vertäut. Negersklaven und Berber arbeiteten schwitzend auf den Docks, in den Werften oder schleppten Säcke und Ballen von und zu den Handelsschiffen.

Genevier bemerkte auch die zahlreichen Geheimpolizisten – obwohl sie sich scheint's gut getarnt unter das Volk gemischt hatten. Timaios beabsichtigte mit allen Mitteln zu verhindern, durch eine heimliche Invasion überrollt zu werden. Er wusste, dass sich Doran mit Resten der einstigen karthargischen Weltmacht verbündet hatte und auch auf die Unterstützung von Persern rechnen konnte.

Da der Hafen von Emporion von Schiffen aus allen Winkeln der damaligen Welt angelaufen wurde, konnte die Vorsicht nicht groß genug sein.

Genevier bemerkte die bewundernden Blicke, die ihr von vielen Männern zugeworfen wurden.

Sie erreichte eine Kreuzung. Hier verband sich der Hafen mit dem Marktviertel.

Genevier lenkte ihr Ross Richtung Hauptmarkt, der an das Regierungsviertel grenzte.

Plötzlich bemerkte sie laute Rufe und fast gleichzeitig entstand Aufruhr um sie herum.

Menschen liefen durcheinander, riefen sich etwas zu – es kam zu einer Rangelei.

Die Herrin des Mont Salvage sah einen Trupp bewaffneter Polizisten, die zwei Frauen festhielten und zu Boden warfen.

»Verfluchtes Diebespack!«, schrie jemand und trat einer der liegenden in die Seite.

Der Schimmel machte ein unruhige Wende.

Genevier zügelte ihn scharf.

Die beiden Frauen lagen nun direkt in ihrem Blickfeld.

Beide wirkten ärmlich gekleidet. Die eine – wohl um die vierzig Jahre, die andere mochte gerade sechzehn sein. Genevier vermutete Mutter und Tochter.

Zwei Polizisten rissen sie hoch und fesselten ihre Hände auf den Rücken, so scharf, dass sie sich kreischend vor Schmerz auf die Zehenspitzen stellten. Die jüngere verlor eine ihrer ausgetretenen Sandalen.

Ein dicker Mann – er sah aus wie ein Markthändler – trat ihr höhnisch lachend auch den zweiten Schuh weg.

»Lauf gefälligst barfuß, damit alle dich als Diebin erkennen!«

»Ja!«, schrie eine Frau kreischend aus der Menge. »Zieht sie ganz aus. Das Pack soll nackt gepeitscht werden!«

Johlend fiel die Menge in die Drohrufe ein.

Einer der Polizisten lachte hart auf. Dann zerriss er der älteren Frau das braune Leinenkleid über der Brust.

Jetzt griff Genevier ein.

»Halt«, übertönte ihre Stimme gefährlich die aufgebrachte Menge.

»Was geht dich das Diebespack an?«, rief ein muskulöser Bursche und trat aus der Menge hervor.

Zur Antwort zog Genevier das Schwert und setzte es dem Burschen in Sekundenschnelle an die Kehle.

»Zügel dich! Wer und was die beiden sind – wird man feststellen. Aber jegliche Bestrafung ist Sache eines von Timaios eingesetzten Gerichts!«

Da marschierte ein Trupp der Palastwache in klirrender griechischer Rüstung heran.

Der Kommandant ließ stillstehen und wandte sich an die Reiterin:

»Ihr seid die Herrin von San Salvador. Ich kenne euch. Sagt mir, was hier los ist.«

Genevier steckte das Schwert zurück in die Scheide.

»Ich weiß es nicht. Diese beiden Frauen werden als Diebinnen bezeichnet. Ich versuchte eine Selbstjustiz zu verhindern.«

Nun wandte sich der Kommandant an die Polizisten.

»Diese beiden haben Brot und Gewürze von dem Stand dort entwendet. Sie wurden auf frischer Tat ertappt«, erhielt er die Auskunft.

»Nieder mit dem Pack!«, schrie jemand aus der Menge.

»Ruhe!«, donnerte der Wachkommandant. »Es wird sich herausstellen, wie der Hergang war.«

Er wandte sich an seinen Trupp. »Festnehmen und zur Kommandantur bringen!«

Er richtete den Blick nun zu Genevier. »Ich achte euer Eingreifen, Hoheit. Doch ich glaube, ihr verschwendet eure Nachsicht an die falschen Leute.«

Die Königin zog eine Augenbraue hoch und warf dem Kommandanten einen Blick zu, der diesen bis ins Mark traf.

»Es geht nicht um die Tat – sondern um Gerechtigkeit. Wenn ein Vergehen vorliegt, ist das die Sache eines Gerichts in einer fairen Verhandlung, ein Strafmaß festzusetzen. Das hat mit Mitleid nichts zu tun. Ich werde jetzt den Konsul aufsuchen und später komme ich zur Kommandantur. Bis dahin behandelt diese Frauen anständig, bis ihre Schuld und der Tathergang erwiesen ist!«

Damit wandte sie den Schimmel zur Seite und ritt, ohne die Umstehenden eines Blickes zu würdigen, weiter.

Der Konsul empfing Genevier hoch erfreut.

Er umarmte sie herzlich und führte sie auf die sonnenüberflutete Terrasse. Dort hielt sich auch Feirifis auf.

Er drückte der Königin herzlich die Hände.

Timaios ließ Wein einschenken. Dann kam man zur Sache.

Feirifis hatte von seinen Spähern noch nichts über ein Anrücken Dorans erfahren.

»Auch von Herban erhielten wir noch keine Nachricht«, setzte Timaios hinzu. »Allerdings könnte das raue Wetter der letzten Tage verschiedenen Unternehmungen verhindert haben.«

Feirifis blickte nachdenklich über den Hafen hinweg. »Einer meiner Vertrauten hält sich in der Garnison des Sugambräers auf«, brummte er und eine Spur Verachtung schwang bei dieser Bemerkung mit. Genevier wusste, dass er damit Chlodwig meinte.

»Du denkst an ein Bündnis?«, fragte sie.

Feirifis zuckte die Achseln. »Möglich ist es. Wenn auch Chlodwig auf den Bischof von Rom hört, so ist ihm dein Orden nach wie vor ein Dorn im Auge. Außerdem zelebriert Felix II eine Politik, die sehr zu Gunsten des Merowingers ausgelegt ist. Beide sind zur Zeit aufeinander angewiesen.«

»Hm«, machte Genevier. »Aber wir tun Chlodwig nichts.«

Nun lachte Timaios hart auf. »Täusche dich nicht, Genevier! Du behinderst ihn in seiner Reichsausdehnung. Er benötigt strategisch dieses Gebiet hier. Er will das gesamte Mittelmeer bis zu den Säulen des Herakles diesseitig beherrschen.«

Genevier war klar, dass Chlodwig ein Zwist zwischen ihr und Doran nützlich sein konnte.

Feirifis tätschelte ihr die Hand. »Noch habe ich keine gefährlichen Nachrichten erhalten.«

Später kam die Königin auf den Vorfall am Markt zu sprechen.

Der Konsul seufzte. »Ja – leider nehmen Diebstähle in unserer Stadt immer mehr zu. Es liegt am Völkergemisch. Ein Hafen ist ein Schmelztiegel.«

Genevier schüttelte den Kopf. »Die Sache scheint mir anders zu liegen.«

Timaios blickte die Königin forschend an.

»Du meinst Not? Wir sind stolz auf unsere Sozialgesetze.«

Nun musste Genevier laut lachen. »Du weißt genau, dass sich deine Beamten lieber selbst bereichern, als die Armen zu versorgen.«

Der Konsul wandte sich unruhig in seinem Sessel. »Na, na – man muss das …«

Doch Genevier unterbrach ihn. »Lass es gut sein! Mir sind deine Probleme bekannt. Trotzdem möchte ich mit den beiden Frauen sprechen.«

Timaios machte eine ergebene Armbewegung.

»Es sei! Ich stelle dir einen entsprechenden Brief aus. Doch habe kein falsches Mitleid! Wenn sie schuldig sind, werden sie bestraft!«

»Lass uns später darüber reden. Noch weiß ich nicht mehr als du.«

Kurz darauf überreichte der Konsul der Königin das gerollte Dokument. »Damit bist du berechtigt, über die beiden bis zur möglichen Gerichtsverhandlung zu verfügen. Allerdings darfst du ihnen nicht zur Flucht verhelfen«, mahnte er.

»Du solltest mich besser kennen!« Geneviers Augen blitzten in verhaltenem Zorn.

»Gut, gut!«, beschwichtigte Timaios rasch. »Du hast einfach ein zu gutes Herz.«

Bald betrat die Königin die Kommandantur. Man führte sie zu einer Zelle. Dort saßen die beiden Frauen auf dem Steinboden, durch eine lange Kette mit der Wand verbunden.

Genevier gebot, dass man sie mit den Gefangenen allein ließe.

Die beiden Frauen – Genevier erfuhr bald, dass es sich tatsächlich um Mutter und Tochter handelte – waren aufgestanden und schauten ängstlich drein.

Genevier redete sie leise an. »Vor mir braucht ihr euch nicht zu fürchten. Wisst ihr, wer ich bin?«

Die Ältere nickte. »Ihr seid die Königin von San Salvador, die Burg, den man auch Mont Salvage nennt.«

»Richtig! Dann ist euch auch bekannt, dass unser Orden für Recht und Gerechtigkeit eintritt. Sagt mir euere Namen.«

»Ich heiße Yvonne und das ist meine Tochter Alexandra.«

Die Königin musterte die ärmlich gekleideten Menschen. Die zerrissenen Kleider, die verfilzten Haare und die bleiche, von Entbehrungen zeugende Hautfarbe.

»Ihr habt gestohlen?«, erkundigte sich Genevier leise.

Da fiel Yvonne auf die Knie und umfasste durch das Gitter Geneviers Beine. »Ja Herrin. Wir sind zu Diebinnen geworden.«

Plötzlich rannen Tränen ihre Wangen herunter. Genevier erfuhr, dass beide allein in einer Hütte am äußersten Rande der Stadt hausten. Yvonnes Mann, ein Seemann, hatte sich dem völligen Trunke ergeben und war vor einigen Monaten von einer Klippe gestürzt. Ohne irgendwelche Mittel versuchte die Mutter dann sich und die Tochter durchzubringen. Von den Sozialbeamten war sie verjagt worden. Genevier kannte das schon. Dann hatte sie kleine Diebstähle begangen. Zwischenzeitlich hatte die Mutter bei einem Fischhändler gearbeitet, doch der hatte sie versucht zu vergewaltigen. So kam eines zum anderen.

Heute nun, hatte man die Tochter auf dem Markt beim Diebstahl erwischt.

Genevier erfuhr auch, dass der Mann, der am lautesten nach Bestrafung geschrieen hatte, der bewusste Fischhändler gewesen war.

Yvonne schluchzte leise. »Nun wird man uns auspeitschen und in arabische Bordelle schaffen. Das ist schlimmer als der Tod.«

Sie richtete flehentlich den Blick auf die Königin. »Bitte – rettet meine Tochter. Was mit mir geschieht ist egal. Aber Alexandra kann nichts für die Umstände.«

Genevier musterte beide nachdenklich. Sie kannte diese Fälle und wusste auch, dass sie nicht auszumerzen waren.

»Ich denke, ihr könnt beide nichts für die Umstände. Wäret ihr bereit, mit auf den Mont Salvage zu kommen?«

Yvonne machte große Augen. Sie schluckte. »Das –«, begann sie stammelnd, »– würdet ihr wollen?«

Genevier nickte. »Allerdings muss ich vorher mit dem Konsul sprechen. Ich weiß nicht, ob er euch straffrei ziehen lassen wird. Doch ich werde für euch um Gnade bitten, wenn ihr den Schwur auf die große Göttin Diana zu leisten bereit seid und ihr dienen werdet.«

»Oh Herrin«, flüsterte die Frau. »Wir werden deine Sklavinnen sein.«

Nun wehrte Genevier ab. »Nein – ihr werdet nicht meine Sklavinnen sein. Ihr werdet Dienerinnen Dianas sein.«

Damit wandte sie sich ab und verließ die Kommandantur.

Timaios zeigte sich wenig begeistert.

»Verzeih mir, Genevier, aber wenn sich das herumspricht, kämpfst du mit jedem Pack auf deiner Burg.«

Auch Feirifis verzog das Gesicht.

»Gesindel!«, knurrte er nur.

Doch da waren beide an der rechten Adresse.

»Was ist Gesindel? Seid ihr schon einmal mit offenen Augen durch die Armenviertel gegangen? Habt ihr die kranken Menschen dort gesehen? In eurer Macht stünde es, etwas zu ändern. Aber das wäre ja nicht gut. Denn man benötigt Fußabtreter, die man zu Sklaven machen kann!«

Genevier redete sich in Rage und bald standen der Konsul und auch König Feirifis sehr bedrängt da. Die Königin hielt ihnen eine geharnischte Predigt.

Bald winkte der Konsul heftig ab. »Schluss! Du sollst deinen Willen haben. Aber Verbrechen ist Verbrechen!«

»Ha!«, machte die Herrin des Mont Salvage verächtlich. »Wenn deine Sozialbeamten sich nicht nur selbst bereichern würden, sondern den Armen das gäben, was vorgesehen ist, gäbe es diese Art von Verbrechen seltener! Was nützen deine schönen Gesetze, wenn du deren Ausführung nicht kontrollierst?! Konsul Timaios – ich hätte dich für einen besseren Staatsmann gehalten!«

Nun wurde Timaios zornig, obwohl er wusste, dass Genevier recht hatte.

»Misch dich nicht in die Angelegenheiten meiner Stadt ein!«, rief er. Er atmete tief und aufgebracht.

Genevier sah ihn nur eisig an.

Endlich ließ sich der Konsul auf seinen Feldherrenstuhl sinken und blickte auf den kostbaren Ornamentfußboden.

Feirifis hielt sich heraus. Er besaß auch eine ganz andere Mentalität.

Langsam hob der Konsul den Kopf.

»Genevier«, begann er leise, aber deutlich. »Ich erkenne dein Engagement an. Du willst helfen und hast sicherlich in einigen Punkten recht.«

Er erhob energisch die Hand, als die Königin ihn unterbrechen wollte. »Du sollst deinen Willen haben. Ich überstelle dir diese beiden Frauen. Meine Großzügigkeit geht sogar so weit, dass ich ihnen eine demütigende öffentliche Auspeitschung in Emporion ersparen werde. Aber...« Er erhob die Stimme und stand auf. Timaios stellte sich ganz dicht vor Genevier. »Sie werden für den Diebstahl bestraft werden und ich fälle ein

Urteil im Namen des Volkes von Emporion. Dieses Urteil – und da vertraue ich auf dein Ehrenwort – wirst du auf San Salvador vollstrecken.«

Er schaute die Königin abwartend an.

Sie zwang sich zur Ruhe und nickte dann. »Ich werde es tun, wenn dein Spruch nicht barbarisch ausfällt.«

Timaios nickte nun zufrieden. »Hole die beiden auf meine Anweisung aus dem Gefängnis. Über einen Boten werde ich dir das Urteil als Dokument zustellen.«

Auf der Kommandantur gab es keine Schwierigkeiten. Die beiden Frauen fielen Genevier zu Füßen.

»Steht auf!«, gebot sie. »Wir begeben uns sogleich nach San Salvador.«

Genevier bestieg draußen ihr Pferd und lenkte es zur Hauptgasse. Die beiden Frauen folgten ihr zu Fuß.

Vor der Stadtmauer hielt sie ein Abgesandter des Konsuls auf. Er überreichte Genevier ein gerolltes, versiegeltes Dokument.

Gegen Abend erreichten sie die Burg. Genevier hatte mehrere Pausen eingelegt, weil die Frauen durch den beschwerlichen Weg erschöpft waren.

Clarissa musterte die Neuankömmlinge.

»Ich gebe diese beiden Frauen in deine Obhut«, erklärte die Königin. »Alles weitere besprechen wir später. Was gibt es sonst an Neuem?«

Es hatte sich nichts ereignet.

Clarissa sorgte dafür, dass Yvonne und Alexandra ein ausgiebiges Bad nahmen. Danach erhielten sie frische Kleidung.

Auf Geheiß Geneviers nahmen sie in der Halle am gemeinsamen Abendessen teil.

Während dessen stellte die Königin fest, dass sich zwischen den Rittern, einigen Wikingern

und ihren Priesterinnen so manche Romanze anbahnte.

»Herrjeh!«, flüsterte sie der neben ihr sitzenden Eileen zu. »Das gibt wieder Komplikationen.«

Nach dem Essen zog sich Genevier mit Eileen und Clarissa in ihr Arbeitszimmer im Wohnturm zurück. Dort berichtete sie, was es mit Yvonne und Alexandra auf sich hatte.

Eileen begrüßte Geneviers Entscheidung, Clarissa sah das ganze distanzierter.

»Wenn sie sich wirklich aus freien Stücken einfügen, bin ich für sie«, meinte sie etwas später.

Nun zerbrach die Königin das Siegel der Pergamentrolle und studierte Timaios Urteil.

»Nun ja«, meinte sie und reichte das Dokument weiter. »Ich sehe ein, dass der Konsul sein Gesicht nicht verlieren darf.«

Eileen und Clarissa sahen sich ernst an. Dann wandte sich die Senneschallin an die Königin:

»Soll ich das übernehmen?«

Genevier verneinte das. »Wir werden das gemeinsam tun. Morgen wird das Urteil ausgeführt.«

Sie rollte das Pergament zusammen.

»Holt die beiden.«

Yvonne und ihre Tochter schauten ängstlich und verunsichert in die Runde.

Genevier schaute sie aufmunternd an. »Der Konsul vom Emporion hat euch begnadigt.«

Yvonnes Gesicht drückte überschwängliche Freude und Unglauben aus.

Genevier schaute auf das Pergament und fuhr fort: »Folgende Voraussetzungen dazu sind, dass die Herrin des Mont Salvage die beiden Begnadigten der Läuterung unterzieht. Dergestalt, dass sie eine Woche auf der Burg eine Arbeit in demütiger Nacktheit verrichten und sich dann dem Willen des Ordens unterwerfen.«

Genevier schaute auf. Yvonnes Blick war nun sehr verlegen.

»Nackt?«, fragte sie leise und ihre Augen flackerten leicht. Sie sank in die Knie.

Da ergriff Clarissa das Wort. Sie ging vor Yvonne in die Hocke. »Du musst dich nicht schämen. Es ist nicht der Pranger. Außerdem wird es hier niemand als Demütigung empfinden. Nur – Timaios muss sich mit dem Nachsatz seines Urteilsspruches vor dem Senat rechtfertigen können. Man wird ihn fragen, weshalb er zwei Diebinnen nicht auspeitschen ließ, sondern unserer Hohenpriesterin übergeben hat.«

Eileen trat nun vor. »Keine Angst. Euere Nacktheit wird auch nicht einzigartig sein. Unsere Töpferinnen, die das Geschirr hier auf der Burg herstellen, holen sich den Ton aus einer Ton-Schlammgrube. Sie liegt hinter der Therme. Um ihre Kleidung nicht dauernd zu ruinieren, lassen sie sich täglich mehrmals völlig nackt in den Schlamm hinab und fördern ihn so. Ihr werdet unseren Schwestern eine Woche dabei helfen. Damit ist Timaios Spruch genüge getan und den Töpferinnen geholfen. Danach werdet ihr darüber entscheiden, ob ihr hier bleiben wollt.«

Die Bannerführerin schwieg einen Moment und meinte dann augenzwinkernd: »Unterwerfung gibt es hier nicht. So leid es mir für den Konsul tut. Er besitzt eine absolute falsche Auffassung von unseren Regeln. Hier ist jede Gleiche unter Gleichen. Wir leben nach den Gesetzen Dianas. Freiwillig. Ohne Unterwürfigkeit. Aber in Achtung. Achtung vor der Göttin und Achtung für jedes Ordensmitglied.«

Clarissa erhob sich. »Das einzige, was die meistens Menschen in falscher Annahme als Unterwürfigkeit ansehen ist, dass wir nach einem Schwur barfuß laufen. Genau so, wie es Diana vor langer Zeit getan hat. Aber sie tat es nicht aus Demut, sondern aus Stolz.«

Yvonne ergriff die Hände Geneviers.

»Oh große Königin – ich weiß nicht, wie wir euch danken sollen…«

Die Herrin von San Salvador drückte die Hände der Frau fest. »Ich bin nicht Königin, wenn auch zahlreiche Menschen dies in mir sehen. Selbst meine Gefährtinnen erheben mich, obwohl mir das nicht zusteht. Ich bin nicht anders als ihr. Ich diene Diana und erfülle ein Vermächtnis. Es würde meine Seele beruhigen, wenn ich mehr tun könnte, als bisher. Wenn ich Zustände ausmerzen könnte, die Menschen wie euch zu etwas zwingen, was gegen euere Natur ist. Es gibt viele ähnliche Fälle in Emporion und anderen Städten. Doch ich sehe« – sie verhielt kurz. – »ich sehe, dass selbst Menschen mit Weitblick, wie Konsul Timaios, nicht in der Lage sind, Situationen grundlegend zu ändern.«

Sie erhob sich. »Begebt euch jetzt zur Ruhe. Wenn ihr wollt, so habt ihr hier auf San Salvador eine neue Heimat gefunden. Ein Leben ohne die Sorgen, die euch in der Stadt bedrückten.«

4

Der nächste Morgen brach verhangen und regnerisch an.

»Eigentlich untypisch für das Cap Creus um diese Jahreszeit«, bemerkte Eileen. Sie schritt neben Genevier die breiten Stufen der gewundenen Treppe zur großen Halle hinab.

Das Wasser-Heizungssystem bewies wieder einmal mehr seine Nützlichkeit. Trotz des frühen Morgens – die Sonne war noch nicht aufgegangen – und der feuchtkühlen Luft draußen, zeigte es sich innerhalb der Burg anheimelnd. Obwohl beide mit nackten Füßen über den Steinboden gingen, spürten sie nur angenehme Wärme von unten.

Selbst als sie das Portal durchschritten und auf der Treppe standen, die zum gepflasterten Burghof hinabführte, bestand keine Gefahr von Kälte.

Genevier hatte im Verlauf der Jahre das von der Therme gespeiste Rohrsystem so weit auslegen lassen, dass man an beinahe jedem Winkel der Burganlage selbst bei winterlichsten Temperaturen barfuß stehen konnte.

Ausgenommen waren abgelegene Stallungen, sowie die Blumenrabatten, Wiesen und Baumhaine. Jedoch die dazwischen führenden Wege waren beheizt.

So konnte es im strengen Winter ohne weiteres sein, dass die Priesterinnen zwar wollene oder pelzbesetzte Umhänge trugen, aber die Füße nackt blieben.

»Ich bedauere die Nonnen mancher Orden«, bemerkte Genevier, »die ohne solches Heizsystem barfuß laufen, um sich falsche Demut zu verordnen.«

»Sie haben wohl einiges falsch verstanden und ihre Kirchenfürsten sehen keinen Grund dafür, sie aufzuklären«, stellte Eileen fest.

Sie schritten durch den weiträumigen Burghof und näherten sich dem Dianator, dem Eingang zum Heiligen Hain.

»Der Mensch ist nicht so konstruiert, dass er unter bestimmten klimatischen Bedingungen auf warme Körperbedeckung verzichten kann. Die Krankheitsquote durch Lungenentzündungen und Gicht liegen in den meisten Nonnenklöstern bei über neunzig Prozent«, fügte Genevier hinzu.

Der Regen verdichtete sich.

»Komm!«, rief die Königin. »Wir wollen uns eilen, die Therme zu erreichen.«

Sie rannten los.

Niemand hielt sich zu dieser Zeit im Heiligen Hain auf. Alles schlief noch. Sie erkannten nur die Silhouetten der Turmwächterinnen ab und zu.

Nach dem erfrischenden Reinigungsbad begaben sie sich zum Tempel.

Die Morgendämmerung brach an.

Gegen Mittag ließ das schlechte Wetter wieder nach.

Genevier saß eben in der Gemeinschaftshalle mit zahlreichen Schwestern beim Essen, als das Signal vom Turm ertönte.

Clarissa eilte sogleich hinaus, um zu erfahren, wer käme.

Es war ein Bote von Feirifis.

»Hohe Frau«, richtete der junge Ritter das Wort an die Herrin der Burg. »Eine Flotte von fünfzig Galeeren nähert sich Rosaria.«

»Phönizier oder Griechen?«, fragte sie knapp zurück.

»Möglicherweise beides. Mein Herr – König Feirifis – vermutet, dass Doran sich mit einigen griechischen Stadtstaaten verbündet hat.«

»Von Herban keine Nachricht?«

Der Bote verneinte.

»Ich danke euch. Kehrt zu eurem Herrn zurück und meldet, dass der Mont Salvage mobil macht. Wir sind kampfbereit!«

Sanderah und Eileen wurden mit der Aufstellung der Kampftruppe und der Burgverteidigungstruppe beauftragt. Gleichzeitig sollte ein Trupp Bewaffneter den Pass zum Reich Chlodwigs im Auge behalten. Genevier ließ auch nach Cadaques signalisieren, dass man an der Küste auf der Hut sein solle.

Nur eine Stunden später machte sich ein Kampftrupp auf den Weg zum Plimizol.

Ein zweiter Trupp ritt zur Weggabelung nach Cadaques. So konnte rasch an verschiedenen Orten eingegriffen werden.

Am Nachmittag informierten Spiegelsignale aus Rosaria, dass die Flotte einen Ring in der Bucht errichtete.

Genevier führte den Trupp am Plimizol an.

Sie trieb den Schimmel auf einen kleinen Hügel, von dem sie einen Gesamtüberblick über die Ebene und die Buchtregion besaß.

Eine Staubwolke kündigte einen Reiter an.

Feirifis!

»Es ist Doran! Kein Zweifel!«, rief er bereits von weitem. »Er will die offene Schlacht!«

Schwer atmend hielt er seinen Rappen an. In seiner pechschwarzen Rüstung schien er mit dem Pferd verwachsen zu sein.

Die Königin wirkte in ihrer Goldrüstung wie Athene persönlich. An ihrem griechischen Helm funkelten Diamanten, Rubine und Smaragde.

»Denkst du, er wird es wagen zu Lande gegen uns anzutreten? Er und seine Leute sind Seekämpfer.«

Feirifis stieß die Lanze mit seinem Banner in das weiche Gras. »Er hat Perser angeheuert. Das sind die härtesten Landkämpfer seit der einstigen Glorie Roms!«

Da hetzte Katja heran. Ihr Gesicht wirkte kalkig weiß. »Zwanzig Schiffe steuern den Strand von Cadaques an!«

Genevier stieß eine Fluch aus, der jedem Pikten alle Ehre gemacht hätte. Dann traf sie blitzschnell eine Entscheidung.

Mit den Heeren von Erec, Feirifis, der Garnisonsmannschaft des Timaios und den Kämpferinnen von San Salvador standen Doran viertausend Bewaffnete gegenüber. Blanche vermeldete, ihr Spion habe dagegen zwölftausend Angreifer ermittelt.

Genevier lachte hart auf. »Viertausend zu zwölftausend. Es sieht doch gar nicht so übel aus!«

Feirifis schaute die Sprecherin etwas schief unter dem Helmvisier her an. Doch er entgegnete nichts. Er wusste, dass diese Frau in der Führung des Kampfes eine Menge leistete.

Eileen ritt heran. »Ich denke, Doran wird versuchen im Schutz der Dunkelheit zu landen. Jedenfalls in Cadaques. Seht ihr die Spiegelsignale von den Schiffen dort? Man signalisiert, dass unser Heer hier steht.«

»Du kannst ihre Signale verstehen?«, fragte Feirifis verblüfft heraus. Eileen zog zur Antwort nur eine Augenbraue empor. Dann ritt sie von dem Hügel herunter.

»Bemerkenswert, deine Bannerführerin«, brummte der Recke.

Genevier rief alle Unterführerinnen zu sich. Ihr Plan stand fest.

Tatsächlich ließ Doran die zwanzig Schiffe nach Einbruch der Dunkelheit in der Bucht von Cadaques auf den Strand laufen. Die Krieger stürzten an Land und… schauten sich erstaunt um.

Niemand stellte sich ihnen entgegen.

Niemand war mehr da. Der Ort schien völlig ausgestorben.

So passierte genau das, was Genevier vorausgesehen hatte.

In Anbetracht dessen, dass es nicht den geringsten Widerstand gab, stürmten die Invasoren durch den Ort und richteten ihr Augenmerk sogleich auf die Burg.

Dass sie dabei von den gut verborgenen Bewohnern des Ortes beobachtet wurden, konnte ihnen nicht auffallen.

Der Weg nach San Salvador de Verdera führte durch einen Hohlweg. Kaum waren die Krieger darin verschwunden, riegelten die Männer von Cadaques den Weg ab. Blitzschnell wurden die vorbereiteten Barrikaden errichtet.

Da!

Am anderen Ende flackerte es hell auf.

Hier hatten die Kämpferinnen der Burg ebenfalls Barrikaden errichtet und angezündet. Erschreckt verhielten die ersten der Invasoren, was zur Folge hatte, dass der Rest auflief und es ein Durcheinander und Übereinanderfallen gab.

Sogleich steckte man von Cadaques' Seite her die dortigen Sperren in Brand.

Die Fremden waren eingeschlossen.

Es gab ein furchtbares Gerangel und Geschubse, bei dem sich Dorans Männer selber außer Gefecht setzten. Es stellte kein Problem dar, die verwirrten übrig gebliebenen Kämpfer einzusammeln und in Ketten zu fesseln.

Der Angriff von dieser Seite hatte sich bereits im Keime erstickt, ehe überhaupt etwas beginnen konnte.

»War doch ein hübscher Einfall von unserer Geni«, kicherte Eileen und Clarissa grinste.

In der Annahme, dass der Ablenktrupp die Verteidiger des Mont Salvage voll beschäftigte, ging Doran mit seinem Haupttrupp zwischen Rosaria und Emporion an Land.

Vom Ausguck her beobachteten Genevier, Blanche und Feirifis die kleinen Lagerfeuer, die auf dem Sandstrand aufflackerten.

»Sie gehen davon aus, wenig Widerstand anzutreffen«, mutmaßte Feirifis. »Sie sind sehr sorglos.«

Blanche machte eine abwertende Handbewegung. »Doran besitzt das Hirn in Form einer Erbse.«

Genevier lachte leise.

Feirifis ergriff die im Boden steckende Lanze. »Ich denke, sie werden im Morgengrauen gen San Salvador reiten. Mein Vorschlag ist, noch zu warten, bis der Mond über dem Meer verschwunden ist. Dann umzingeln wir die Brut und nehmen sie im Handstreich.«

Die Herrin des Mont Salvage stimmte zu.

Doch es sollte ganz anders kommen.

Plötzlich flackerten in Rosaria Feuer auf.

Erst vereinzelt, dann immer mehr und bald überzog den Nachthimmel ein Gemisch aus grellem Gelb und Rot.

»Beim Scheitan!«, stieß Feirifis aus. »Sie haben Rosaria überfallen.«

Trotz der Dunkelheit konnte man sehen, dass Genevier bleich geworden war.

Doch rasch hatte sie sich in der Gewalt. »Ein Trupp überwältigt die Horde dort unten bei den Schiffen! Der Rest folgt mir nach Rosaria!«

Aber dann besann sie sich rasch eines anderen. »Es könnte genau das sein, was Doran will. Wir sollen Rosaria zur Hilfe eilen und er greift San Salvador an.«

Feirifis schüttelte den Kopf. »Wie sollte er das tun?«

»Ich weiß es nicht. Aber das dort –«, sie deutete mit dem ausgestreckten Arm zu der Feuersbrunst, »– könnte eine Falle sein. Es ergibt sonst keinen Sinn.«

Sie lenkte ihr Ross um hundertachtzig Grad herum.

»He!«, rief Feirifis. »Willst du Rosaria seinem Schicksal überlassen?«

»Wir wären sowieso zu spät. Komm!«

Geneviers Gedanken erwiesen sich als richtig. Über einen Pass waren Truppen des Griechen eingefallen. Wie sich später herausstellen sollte, hatte er mit einer dritten Flotte, bestehend aus persischen Söldnern, einen kleine Hafen jenseits des Cap Creus angelaufen und dort fünftausend Mann abgesetzt.

Genevier und ihre Verbündeten trafen auf das erste Kampfgetümmel auf halbem Wege zum Mont Salvage.

Die Invasoren wirkten völlig überrascht.

Hatten sie doch geglaubt, mit ihrer Übermacht das Verteidigungsheer überrennen zu können, so standen sie plötzlich einer zweiten, mächtigen Front gegenüber.

»Pelrapere!«, dröhnte Feirifis' Kampfruf durch Bäume und Felsen. Dann stürzte er sich auf den am nächsten, wie versteinert auf seinem Pferd sitzenden Kämpfer.

Genevier gab ihrem Schimmel die Sporen.

Es entwickelte sich in dem unwegsamen Gelände eine Schlacht, die in dieser Zeit ihres gleichen suchte.

Schlamm spritzte!

Kleine Felsbrocken, von den Hufen der Pferde losgetreten, sausten wie Geschosse durch das Getümmel. Schwerter klirrten, Schilde brachen, Verletzte schrieen.

Wie von einer Rachegöttin geführt, ließ Genevier die Klinge ihres Schwertes Anguis in die Gruppen der Perser und Griechen sirren…

Bald wussten diese gar nicht mehr, nach welcher Seite sie sich zuerst wehren sollten. Erecs Männer, in Verbindung mit den Priesterinnen des Mont Salvage, schienen überirdische Kampfkraft zu besitzen.

Geneviers Frauen zeigten sich äußerst überlegen, da sie jeden Fuß des Geländes kannten.

Es wurde ein mörderischer Kampf!

5

Als das erste Morgengrau aufzog, sah man Genevier, ohne Helm, aus vielen Wunden blutend und mit zerfetzter Rüstung, leicht vornübergebeugt auf ihrem Pferd sitzen. Das Schwert mit Blut besudelter Klinge abwärts gerichtet, die Augen aber blitzend über das Schlachtfeld gleitend.

Es war ein Todesacker!

Dann sah sie ihn.

Doran !

Sein zerfetzter Mantel wehte im aufkommenden Licht um seine Schultern. Mit dem Handrücken der linken Hand wischte er sich über das schmutzige, verschwitzte Gesicht. Blut aus seinem Mundwinkel verschmierte sich dabei über die rechte Wange.

Den Helm hatte er abgenommen. Er hing an den Befestigungsriemen an der Sattelöse.

»Verräter!«, rief Genevier ihm zu.

Der Usurpator schreckte auf. Er kniff die Augen zusammen, um die Gestalt im Gegenlicht besser erkennen zu können.

Um seine Mundwinkel breitete sich ein satanisches Grinsen aus.

»Ah – die berühmte Herrin des Mont Salvage«, kam es höhnisch krächzend. »Willst du dich etwa auf einen Zweikampf mit mir einlassen?«

Genevier trieb ihren Schimmel näher heran. Der Wind wehte ihr dichtes Haar wie einen Vorhang um das Staub bedeckte Antlitz.

»Weshalb nicht?«, fragte sie ruhig zurück. »Von deinen Kriegern ist nicht mehr viel übrig.«

In Doran kochte das Feuer der Wut. Eine Wut, die ihn blind für klare Überlegungen machte.

»Weib!«, geiferte er. »Ich werde dich vor den Thron deiner falschen Göttin schicken.«

Genevier lachte kurz und hart auf. »Versuch es! Übrigens – wo ist Herban, der Phönizier?«

Der Blick des Tyrannen spiegelte Unverständnis wider.

Da wusste die Königin, dass Herban wohl gewartet hatte, bis Doran mit seiner Flotte fort war und dann Arianes Reich besetzt hatte.

Sie ritt ganz dicht an Doran heran. Das Schwert immer noch gesenkt. Sie schaute ihn an. Ihre Gesichter befanden sich so eng aneinander, dass sie ihren gegenseitigen Atem spürten.

»Dann« – zischte Genevier – »bist du jetzt ohne Heimat.«

Dorans Augen flackerten verunsichert. »Was meinst du damit?«

»Dass Herban deine Hauptstadt besetzt hat, während deine Krieger hier verblutet sind. Ariane wird ihre Krone zurück erhalten.«

Der Tyrann schluckte. »Lüge!«, kam es krächzend.

»Die Wahrheit!«, erscholl eine harte Stimme hinter ihm.

Genevier und Doran wandten den Blick.

Auf einem pechschwarzen Ross mit kostbarem Zaumzeug ritt Herban heran – begleitet von acht seiner Leute. »Das Inselreich ist besetzt und wird von meinem Vertrauten bis zur Rückkehr der rechtmäßigen Herrin verwaltet. Deine Beamten sitzen im Kerker.«

Der Schrei, der nun aus Dorans Kehle den Weg ins Freie suchte, konnte kaum mehr als menschlicher Laut bezeichnet werden. Das Echo hallte von den Felswänden zurück und setzte sich bis zum Plimizol fort.

Mit rotunterlaufenen Augen bog der Usurpator den Oberkörper zurück. Die rechte Hand tauchte unvermittelt über seinem Kopf auf. Die Schwertklinge blitzte im ersten Sonnenstrahl…

Genevier hatte den Angriff erwartet.

Sie parierte sofort!

Jetzt entbrannte sich ein Zweikampf, den die Felsen des Mont Salvage in ihrem Millionen Jahre langen Bestand noch nie gesehen hatten.

Genevier – die durch die nächtliche Schlacht und zahlreiche Verwundungen völlig erschöpft hätte sein müssen, lieferte sich mit Doran ein Gefecht, von dem die Legenden noch lange berichten sollten.

Die Schwerter prallten aufeinander, dass die Funken nur so stoben.

Die Hufe der beiden Pferde zerstampften den aufgeweichten Boden.

Doran trieb Genevier nahe an die Felsplatte, von der es senkrecht in den Abgrund hinab zum Plimizol ging.

Kleine Felssplitter spritzten wie Nadeln unter den Hufen des Schimmels. Die Königin warf den Schild weg, um mehr Bewegungsfreiheit zu erhalten.

Die Morgensonne blitzte in der Klinge ihres Schwertes ANGUIS.

Dorans blutverschmiertes Gesicht schien nicht mehr die Realität wahrzunehmen. In blinder Wut drosch er auf die Herrin des Mont Salvage ein.

Dong! Zing!

Der schrille Ton, wenn die Klingen sich trafen, schmerzte über viele hundert Fuß noch die Ohren.

Eileen, Clarissa, Theodora, Katja, Feirifis und Herban hatten einen weiten Halbkreis gebildet und verfolgten das Duell mit angehaltenem Atem.

Mit einer Gewandtheit und Kraft, die man normalerweise Genevier nicht ansah, führte sie die Waffe gegen den Todfeind.

Geneviers Gedanken wurden umwölkt von Hass und Trauer. Hass auf den Ursupator, der den Frieden der Gralsburg so schändlich zerschnitten hatte. Trauer um beinahe achtzig Menschen. Verbündete, Freunde und Kämpferinnen von San Salvador.

Atemlos jagte Ariane in voller Rüstung auf die Gruppe zu.

Inzwischen sammelten sich die Reste des Gralsheeres. Ausgepumpt, verletzt und in blutbesudelter Kleidung.

Alle sahen dem Kampf zu, der nur – das war allen klar – mit dem Tode eines der Kontrahenten enden konnte.

Ariane riss sich den kostbaren Helm vom Kopf. Auf Anweisung Geneviers hatte sie die Verteidigungsmannschaft auf der Burg befehligt und somit an der direkten Schlacht nicht teilgenommen.

»Bei allen Göttern!«, schrie sie Clarissa an, die ihr am nächsten stand. »Was tut sie da? Das ist mein Kampf!«

Die Castellanin griff ihr in die Zügel. »Bleib hier! Es ist ihr Duell!«

»Aber ich bin der Auslöser!« Die Seekönigin sank auf dem Sattel leicht zusammen. »Oh nein«, seufzte sie. »Sie darf das für mich nicht auf sich nehmen.«

Clarissa schaute Ariane ernst an. »Habt ihr nicht den Schwur geleistet?«

Ariane schluckte. »Woher weißt du…«

Die Castellanin winkte ab. »Es ist ihr Kampf. Für sie und für dich. Dorans Männer haben sie gekreuzigt. Hast du das vergessen? Durch diesen Umstand verlor sie Erecs Kind. Der Sturz von Pferd war nur der letzte Auslöser. Das Kind war bereits tot!«

Ariane wich das letzte Blut aus dem Gesicht. »Sie verlor ihr Kind? Das habe ich nicht gewusst.«

Nur noch eine Handbreite trennte den Schimmel vom tödlichen Abgrund.

Doran lachte irre auf. Er holte zu einem Rundhieb aus.

Die Klinge surrte durch die Luft. Genevier duckte sich. Dorans Schwert verfehlte sie um die Breite eines Haares. Beide Körper stießen zusammen. Geneviers Schimmel stieg vorn hoch. Hoch erhoben, den Arm mit dem Schwert zum Himmel gestreckt, mit der Linken am Zügel, ließ sie ihr Ross auf der Hinterhand einen Kreis schlagen.

Die Umstehenden schrieen auf.

Es gab kein Entrinnen!

Genevier musste in den Abgrund stürzen.

Doch da vollbrachte das brave Tier einen Satz, zu dem nur ein den Göttern geweihtes Ross fähig sein konnte.

Dorans Schrei hallte über den Kampfplatz.

Genevier galoppierte an ihm vorbei.

Der Tyrann versuchte sein Pferd zu wenden, es strauchelte – im letzten Moment sprang er ab.

Das Todeswiehern des Tieres verebbte irgendwo in der Tiefe.

Genevier schaute zurück.

Dort lag Doran im Staub, doch das Schwert fest umklammert.

»Hure!«, krächzte der Grieche. Taumelnd erhob er sich.

Genevier raste auf ihn zu, stoppte ihr Ross nur eine halbe Lanzenlänge vor ihm und sprang zu Boden.

»Bis zum Tod!«, rief sie und parierte Dorans Unterbogenhieb.

Übermächtige Kräfte schienen den Tyrannen zu beseelen. Mit einer Macht ohne Gleichen sauste sein Schwert immer wieder gen Genevier.

Doch der Gewandtheit der Königin konnte er nicht nachkommen.

Da!

Die Klinge des Tyrannen traf die Herrin des Mont Salvage an der Seite. Das Blut rieselte hervor und benetzte den hier hellen Sand.

Ariane und Clarissa schrieen gleichzeitig auf.

Eileen musste mit Macht von Feirifis festgehalten werden.

Genevier sackte in die Knie.

»Ha!«, machte Doran und umklammerte den Schwertgriff mit beiden Händen.

Doch da stand Genevier bereits wieder. Dorans mörderischer Hieb traf ins Leere.

Nun ging es Schlag auf Schlag !

Geneviers Schwertklinge blitzte wie im Feuer. Sie trieb den Tyrannen quer über den felsigen Boden. Es konnte nur noch rückwärts ausweichen und man sah ihm an, dass er nicht begreifen konnte, woher seine Gegnerin diese Energie nahm.

Zang! Zisch und Zang!

Immer wieder traf Geneviers Klinge auf die des Griechen.

Der wollte sich zur Flucht umwenden, doch die Königin ließ ihm keine Zeit.

Plötzlich ein Knirschen, als ob eine Achse bräche.

Im hohen Bogen flog die halbe Klinge Dorans durch die Luft.

Wie versteinert blickte er auf seinen Schwertrest, als könne er es nicht glauben.

Geneviers Blick war kalt wie Eis, als sie nur ein Wort ausstieß: »Mörder!«

Dann trennte sie ihm den Kopf vom Rumpf.

6

Der Regen rann in Strömen.

Genevier genoss die warmen Wasserkaskaden, die munter in das Felsenbecken sprudelten und dichte Dampfschwaden aufsteigen ließen.

Hier spürte sie nichts von der Kälte des Novembermorgens.

Der große Kampf lag nun einige Wochen zurück.

In dem zum großen Teil zerstörten Rosaria hatten die Aufräumarbeiten begonnen. Timaios von Emporion leistete großzügige Hilfe.

Ariane war gestern zur Reise zu ihrem Inselreich aufgebrochen. Begleitet von Herbans Flotte. Feirifis und Blanche hatten vor zwei Tagen mit ihrem Schiff den Hafen von Emporion verlassen.

Von Geneviers Wunden sah man kaum noch etwas. Nur die seelischen waren längst nicht verheilt.

Zweiundvierzig Kriegerinnen hatten im Kampf um San Salvador de Verdera ihr Leben lassen müssen.

»Oh große Diana –«, seufzte Genevier. »Ich kenne deine Wege nicht und dein Denken. Weshalb konntest du ihr Leben nicht schützen?«

Sie streckte ihren trainierten Körper und schwamm in weiten Zügen durch das warme Becken. Das Nass umfing angenehm ihre bloße Haut.

Genevier tauchte tief unter und trieb sich mit kräftigen Arm- und Beinstößen voran, bis sie das Becken dreimal unter Wasser durchquert hatte.

Prustend kam sie wieder hoch.

Die Dämmerung setzte nun ein.

Dunkles Grau, durchsetzt von pechschwarzen Wolken, aus denen sich unaufhörlich der Regen ergoss. Die Tropfen bildeten Kringel auf der Oberfläche des Thermebeckens. Kleine Kringel, die sich dann in weiträumigen Kreisen fortsetzten, sich abschwächten und verschwanden.

Die Herrin des Mont Salvage warf den Kopf in den Nacken.

Nein – der Winter in den Pyrenäen ließ sich nun nicht mehr aufhalten. Bald würde alles unter einer Schneedecke verschwinden. Verwunschen – märchenhaft.

Genevier liebte den Sommer, doch auch den Wintertagen konnte sie einen Reiz abgewinnen.

Glücklicherweise genügte manchmal ein kurzer Ritt hinab in die Ebene, um zur Mittagszeit herrlich warme Temperaturen zu spüren.

»Geni…«

Leise kam die Stimme von rechts.

Genevier hielt in ihren Schwimmbewegungen inne und wandte den Kopf. Ihr langes Haar schwebte wie ein Vorhang auf der Wasseroberfläche um ihr römisch anmutiges Gesicht.

Mit Erstaunen und Freude sah sie die kleine Keltin dort oben am Beckenrand stehen.

»Ygrain!«, rief die Königin freudig und strebte rasch in ihre Richtung. »Du kannst aufstehen… – das ist ja wunderbar!«

Doch man sah der sonst trainierten und sehnigen Heerführerin die Schwäche an. Ihr sonst so schönes Gesicht wirkte eingefallen und blass. Die Wangenknochen standen stark hervor und die Arme hingen müde am Körper herunter. Auch besaß ihre Stimme nicht den Klang, wie Genevier es sonst gewohnt war.

Ygrain schwankte leicht, als eine mächtige Regenböe über die Erhebung des Heiligen Hains strich.

Rasch zog sich Genevier aus dem Wasser und ergriff Ygrains Hände. »Oh Ygrain – ich bin so froh.«

Aus dem ausgemergelten Gesicht schauten zwei traurige Augen.

Oh Diana! durchfuhr es die Herrin des Mont Salvage. Wo ist dieser stolze, mutige Blick? Dieser unbeugsame Wille?

Genevier nahm sie in die Arme und spürte den mageren Körper.

»Ich musste einfach mal raus«, flüsterte die Heerführerin. Dann merkte Genevier, dass der Keltin vor Schwäche die Beine leicht einknickten.

»Komm – setz' dich«, sagte sie rasch und zog Ygrain zum Beckenrand.

Die Königin spürte nun die Kühle des Windes und den Regen unangenehm auf ihrem nackten Körper. Auch Ygrain fröstelte, denn sie trug nur ein dünnes Tempelkleid.

Genevier streifte es ihr ab, was sie wie eine Puppe geschehen ließ.

»Komm ins warme Wasser. Rasch! Bevor du dir eine Lungenentzündung einfängst.«

Während sich Ygrain ins Wasser gleiten ließ, warf Genevier einen Blick auf die vernarbten Bauch- und Brustwunden.

Der Heilungsprozess schien gut voran zu gehen.

»Wissen Sherazeda und Alyshia, dass du dein Lager verlassen hast?«, wollte die Königin wissen, als sie Ygrains Körper sanft im Wasser hinter sich herzog.

Die Heerführerin schüttelte den Kopf. Sie schloss die Augen und man sah, dass ihr die Therme gut tat.

Es wird noch lange dauern, bis sie das Schwert wieder führen wird, ging es Genevier durch den Kopf.

Sie tauchten in den Wasserfall ein.

Dort wusch Genevier ihr mit den bereitstehenden kostbaren Essenzen Haare und Körper.

Gestreckt, mit wohligem Seufzen, ließ die Keltin es geschehen.

Geneviers Finger massierten ihre Kopfhaut durch das kräftige, aber inzwischen verfilzte Haar. Die sonst ungestüme braunrote Lockenpracht wirkte blass und stumpf. Arm- und Beinmuskeln fühlten sich schlapp an.

Ygrain legte den Kopf in eine vom Wasser ausgewaschene Mulde und ließ Arme und Beine seitlich treiben.

Genevier massierte sanft Ygrains gesamten Körper. Sie begann bei den Händen, arbeitete sich zu den Achseln und Schultern herauf und ließ die Handballen über den Brüsten kreisen.

Die Keltin atmete tief und ihre Brustwarzen wurden fest.

Langsam glitten Geneviers Hände zum Bauch hinab. Vorsichtig massierte sie die große vernarbte Stelle über dem Nabel, glitt dann etwas weiter abwärts unter den Nabel und knetete leicht die Bauchdecke.

Ygrains Körper streckte sich ihr entgegen…

Der Regen wurde bald mächtiger. Das dunkle Grau der Dämmerung hatte sich in ein helleres verwandelt, doch drohten bereits neue schwarze Sturmwolken über dem Cap.

Alyshia zeigte sich total entgeistert und aufgeregt, als Genevier – Ygrain stützend – auf der Krankenstation auftauchte.

»Um Himmelswillen! Die Wunden können innerlich noch aufbrechen!«

Gemeinsam packten sie die sichtlich erschöpfte Ygrain ins Bett.

Sherazeda, die hinzukam, untersuchte die Keltin sogleich. Dann richtete sie sich lächelnd wieder auf und meinte zu Alyshia: »Mache dir keine Sorgen. Es ist alles in Ordnung.« Und mit einem Blick auf Genevier sagte sie leise: »Es hat ihr gut getan, denke ich.«

Genevier schaute etwas verunsichert auf die blasse Ygrain. »In der Therme hat sie sich entspannt…«

Die Sarazenin ergriff die Hand der Königin und zog sie mit sich zur Tür. Dort flüsterte sie:

»Sie brauchte es.«

Verwirrt registrierte sie das Schließen der Tür.

Doch sie kam nicht dazu, weiter zu grübeln, denn plötzlich stand Eileen neben ihr.

»Wir haben ein Problem.«

Ob der knappen harten Worte richtete die Herrin der Burg ihre Augen fragend auf die blonde Bannerführerin.

Diese holte tief Luft und platzte heraus: »Wir haben eine Verräterin unter uns.«

Genevier lehnte sich entsetzt an die Wand. Dann zwang sie sich zur Ruhe und fragte: »Was meinst du mit Verräterin?«

»Ist dir noch nie der Gedanke gekommen, wie Dorans Truppen so perfekt hinter den Linien des Plimizol auftauchen konnten? Wir hatten die Landekommandos aus Cadaques in der Falle. Der Rest der Flotte – oder Hauptteil – lag eigentlich in unserem Blickfeld. Trotzdem gelangte Doran persönlich zwischen unser Hauptheer und die Burgverteidiger.«

Genevier malte mit den Zähnen. »Das ist richtig. Aber in meinem Schmerz um die Gefallenen und den Abschied von Ariane und Feirifis, habe ich nicht weiter darüber nachgedacht.«

Eileen warf den Kopf in den Nacken. Sie war kleiner als Genevier und schaute ihr nun mit harten Augen ins Gesicht. »Ich habe einen Gefangenen in unserem Kerker.«

Genevier blieb die Luft weg. Das hatte sie gar nicht mitbekommen. »In unserem Kerker? Unsere Kerker sind nie gebraucht worden!«

Nun lachte die Bannerführerin hart und es klang, als ob Stahl auf Stahl träfe. »Stimmt. Sie sind nass, beherbergen fast durchgerostete Fesselwerkzeuge und eine Folterkammer, in der Ratten und Spinnen seit Generationen wohnen.«

»Und?«, machte die Königin fast lautlos.

»Der Schrottplatz zeigte sich als bestens geeignet.«

»F ü r w a s ?«, fragte Genevier und ihr Gesicht spiegelte eine Erkenntnis wider, die sie aber nicht zu glauben vermochte.

Eileen zuckte die Achseln. »Wenn man vier Tage auf einer morschen, rostigen und mit Unrat übersäten Streckbank zubringt, umgeben von Mäusen, Ratten und allem möglichen Ungeziefer, dazu splitternackt ist und mit Zuckerwasser übergossen wurde, dann...« Sie breitete in unschuldiger Geste die Arme aus.

Genevier stemmte nun verdattert und gleichzeitig in aufkommender Wut die Arme in die Seiten.

»Du hast g e f o l t e r t ?«

Eileen schüttelte mit gerunzelter Stirn den Kopf. »Nicht im eigentlichen Sinne. Ich gab meinem Gefangenen nur Gelegenheit zum ruhigen Nachdenken. Übrigens ein harter Brocken. Aber auch der muskulöseste Krieger schafft es nicht, bei zurückgeschobener Vorhaut Kakerlaken auf seiner Eichel herumkrabbeln zu haben.«

Genevier schluckte. Zu Eileens Ausführungen fiel ihr nichts ein.

Die Bannerführerin plauderte daher munter:

»Aber ich weiß, was für uns wichtig ist. Überlebenswichtig!«, betonte sie dann energisch. »Also vergiss deine Gefühlsduseleien!«

Die Königin lernte eine neue Seite an Eileen kennen. Aber vielleicht befand sie sich ja im Recht.

»Also?«, fragte Genevier knapp mit vorgestrecktem Kinn.

»Eine unserer Mitschwestern hatte eine Liesón mit einem Griechen, der zu Dorans Truppe gehörte.«

»Wer?«

Eileen nannte den Namen.

Die Herrin des Mont Salvage schluckte. Ohnmächtiger Zorn und Trauer lieferten sich in ihrem Inneren ein Duell.

Sie gab Eileen den Befehl, den Gefangenen sofort von der Folterbank zu befreien und ankleiden zu lassen. »Ich will ihn sofort sprechen!!«

Im Südturm, in einem weiten Rundraum, versammelte Genevier den Rat der Zwölf.

Bald brachte Eileen den Griechen. Verschmutzt und taumelnd, aber sonst einigermaßen heil.

Genevier stand vor ihrem Stuhl. Die anderen zwölf saßen an der runden Tafel und blickten dem Eintretenden entgegen.

»Du gehörst zu Dorans Männern?«, wollte Genevier aus seinem Munde wissen.

Der große, muskulöse Krieger schwieg und blickte zu Boden. Er schien mehr Kraft als Verstand zu besitzen. Im geheimen amüsierte sich die Königin nun doch, wenn sie darüber nachdachte, wie die zierliche Eileen den Burschen in die Folterkammer schleppen ließ.

»Hm«, machte sie nun leichthin. »Ist es dir nicht peinlich, wenn du als stolzer Krieger zum weiteren Verhör vor all diesen anwesenden Damen Sklavenketten angelegt bekämest? Nackt natürlich.«

Das brachte den Erfolg und die Erinnerung an den Kerker ließ den Burschen erbeben.

»Ja. Ich gehörte zu Doran.«

»Na also«, seufzte Genevier. »Doran ist tot und kaum jemand überlebte. Du hast meiner Bannerführerin gesagt, dass jemand aus unserer Priesterschaft Doran unseren Verteidigungsplan verraten hat? Weißt du das genau?«

In diesem Moment schluchzte Mirandah an der Tafel laut auf.

Genevier zuckte zusammen. Die anderen richteten den Blick auf die etwa fünfzigjährige Frau, mit dem herben, aber doch aparten Gesicht.

Ehe der Gefangene weitersprechen konnte, winkte die Königin ab. »Eileen – lasse ihn sich ordentlich waschen, versorge ihn mit anständiger Kleidung und gib ihm zu essen. Was weiter mit ihm geschieht, entscheiden wir später!«

Eileen rief zwei Wächterinnen.

Genevier nahm auf ihrem lederbezogenen Feldsessel Platz. Ihr Blick ruhte auf Mirandah. Sie saß da – weiß wie eine Kalkwand – ihre zitternden Hände knetend.

Dann sprang sie auf! Ihr Stuhl stürzte dabei um. Sie sprang auf den schweren runden Eichentisch. Tränen liefen wie Wasserfälle ihre Wangen hinunter. In wilder Verzweiflung zerriss sie ihr Kleid über den Brüsten und sank dann – wie ein Häufchen jämmerlichen Elend – weinend auf die Knie.

Alles starrte auf diese Szene. So, als könnte keiner der elf glauben, dass eine aus dem Rat sie an den Tyrannen verraten hatte.

Die Zeit schien in dem Raum stehen geblieben zu sein.

Als Genevier wieder einigermaßen klar denken konnte, tastete sie nach der Hand der Weinenden. Sie drückte sie fest und fragte leise: »Warum?«

Ein tränennasses Gesicht, umrahmt vom wilden Haar und geröteten Augen hob sich ihr entgegen.

»Ich habe – habe nicht bewusst Verrat begangen«, kam es leise, von Schluchzkrämpfen unterbrochen. »Ich wusste nicht, dass Octavio zu Doran gehörte.« Ihr Kopf sackte auf die Tischplatte. »Ich wusste es nicht!«

Genevier gab Clarissa einen Wink. Sogleich stand sie auf und fasste Mirandah bei der Hand.

Die Königin beugte sich vor und flüsterte: »Bring sie in ihr Zimmer. Aber jemand muss aufpassen, dass sie sich nichts antut.«

Die Castellanin nickte und kam dem Wunsch nach.

Als sie zurückkehrte, gingen die Priesterinnen zur Beratung über.

»Sie soll aus unserer Gemeinschaft ausgestoßen werden«, forderten sie.

Genevier schaute vor sich auf die Tischplatte. »Das wäre sicherlich gerecht«, meinte sie leise. Dann hob sie den Kopf und schaute alle der Reihe nach an. »Mirandah war Bäuerin, von Sugambräern vergewaltigt und ausgepeitscht. Ihre Familie hat man ermordet. Darunter zwei kleine Kinder. Das hat sie bis heute nicht verkraftet. Sie fand bei uns Zuflucht. Hier ist ihre Heimat. Hier konnte sie ihren Schmerz etwas zurückdrängen.«

»Ja!«, rief Katja zornig. »Und verursachte den sinnlosen Tod unserer Schwestern.«

Genevier stand auf. »Das ist richtig. Doch sie hat uns nicht vorsätzlich verraten. Ihr kennt doch noch das Spiel Modreds, Childerichs... genau so hat es Doran angestellt.«

Sie schwieg einen Moment, ehe sie sagte: »Wenn wir Mirandah aussto- ßen, können wir sie auch gleich umbringen.«

Nun schauten alle nachdenklich vor sich hin. Endlich meinte Katja: »Was dann? Sollen wir sie auspeitschen für ihre Tat? Rädern? Brandmarken? Gebärden wir uns wie Barbaren? Sollen wir einfach verzeihen?«

Genevier legte Katja die Hände auf die Schultern. »Keines von all dem. Mein Vorschlag ist, dass sie sich freiwillig für ein Jahr nur dem Dienst der Göttin verschreibt.«

Maranah – die Apothekerin, schaute die Königin stirnrunzelnd an. »Du meinst, wir schließen sie ein Jahr im Tempel ein?«

»Nein!« Die Königin schüttelte den Kopf. »Nicht einschließen. Sie soll sich freiwillig als dauernde Tempelpriesterin zur Verfügung stellen. An Stelle von Cinciah, die vor einem Jahr gestorben ist. Seit dem versieht niemand ihre Nachfolge.«

Katja schüttelte den Kopf. »Das hieße doch einfach verzeihen!«, rief sie zornig.

Genevier hob eine Augenbraue. »Vielleicht. Wenn die Göttin verzeiht, ist es nicht unsere Sache zu rächen.«

Es folgte eine heiße Diskussion, nach der sich aber alle Ratsmitglieder einverstanden erklärten.

Allerdings mit zwei Auflagen.

Eine davon formulierte Clarissa und versetzte damit den Rat in Erstaunen. »Sie soll sich als ein Schutzengel Ygrains verpflichten.«

Katja riss die Augen weit auf. »Mirandah als Schutzengel Ygrains? Bist du verrückt? – Außerdem wundert es mich, dass ausgerechnet du um sie besorgt bist. Ihr kratzt euch doch bei jeder Gelegenheit die Augen aus!« Sie machte eine erneute Pause und fuhr mit einem satanischen Grinsen fort: »Außerdem, wenn Ygrain erfährt, was Mirandah verursacht hat, schlägt sie ihr den Kopf ab.«

Clarissa erhob sich. Sie schaute in die Runde. Leise erklärte sie: »Ihr habt recht, was Ygrain und mich betrifft. Wir mögen wie Feuer und Wasser sein. Doch… als ich sie auf der Totenbahre liegen sah, konnte ich meine Tränen nicht zurückhalten. Jeder Augenblick… tat mir leid, in dem wir…«

Sie schluchzte leise auf.

Genevier kam um den runden Tisch herum und nahm sie in den Arm. »Ich kann dich verstehen«, meinte sie leise und an die Runde gerichtet, sagte sie mit fester Stimme: »Ygrain hat ihre Eigenarten. Sie ist hart in vielen Dingen. Aber auch hart gegen sich selbst. Sie hat viel mitmachen müssen. Ein Schicksal, so wie wir hier alle Schlimmes erlebt haben, bevor wir uns zu dieser Gemeinschaft zusammenschlossen. Doch in unserem Innersten lieben wir sie alle. Horcht in euch hinein und seid ehrlich zu euch selbst.«

Die Herrin des Mont Salvage stand nun hinter Clarissa und hatte ihr die Hände fest auf die Schultern gelegt.

»Ygrain ist hitzig. Geht keinem Streit aus dem Weg und würde selbst vor einer Übermacht eines Gegners nicht fliehen. Sie ist mutig, aber als Heerführerin auch umsichtig. Sie würde nie etwas planen, was sie sich selbst nicht zutraut, noch würde sie eine von euch einer unkalkulierbaren Gefahr aussetzen. Außerdem würde sie ohne Bedenken für jede von euch ihr Leben opfern. Daher sollten wir wirklich überlegen, ob nicht gerade sie es verdient, immer Beistand zu haben.«

Sanderah stand nun auf. »Genevier hat recht. Zwischen vielen von uns hat sich eine Schutzengelbeziehung entwickelt. Still – ohne es anderen zu offenbaren. In der Regel ist es eine Sache zwischen zwei Schwestern. Doch nun möchte ich trotzdem die Frage an euch stellen, die ihr diesem Rat angehört: Wer von euch hat Ygrain den Kuss erteilt?«

Alle schauten sich fragend und auch leicht verlegen an.

Da brach Genevier das Schweigen. »Ich!«

Die Blicke richteten sich auf die hohe schlanke Gestalt.

»In dieser Runde sage ich es offen. Ich habe Ygrain die Füße geküsst«. Leiser fügte sie hinzu: »Nicht nur einmal.«

Teilweise betreten, teilweise innerlich aufgewühlt starrten sie Genevier nun an. So, als könnten sie es sich bei dieser hoheitsvollen Person nicht vorstellen.

»Ungeachtet dessen, stehe ich innerlich jeder von euch so nahe, dass ich sie aus dem größten Feuer holen würde. Jede Schwester dieses Ordens! Das wisst ihr.«

So stand sie da – hocherhobenen Hauptes – jeder Zoll einer Göttin gleich.

»Da ihr aber nun meine Beziehung zu Ygrain kennt und niemand von euch denken mag, ich würde meine Zuneigung, meine Liebe, meine Kraft, mein Tun nur auf eine von euch beschränken, werde ich jeder von euch die Fußsohlen küssen.«

Clarissa sprang auf. »Nein! So hat das hier sicher keiner gemeint. Ich jedenfalls nicht! Ich weiß, dass du für jede von uns durch die Hölle gehen würdest. Ich weiß, dass du damals Sherazeda davon abgehalten hast, sich Nirwan zu opfern, indem du ihr den Schutzengelkuss gabst.« Sie schaute ernst in die Runde. »Welche von euch will sich anmaßen, dass Genevier sich vor ihr erniedrigt? Ich habe auch jemandem den Schutzengelkuss gegeben, weil sich unsere Seelen verbunden haben. Der Kuss auf die Fußsohlen ist etwas Besonderes, nichts Leichtfertiges. Wer einer Mitschwester diesen Kuss gibt, der ist ihr Zwilling. Er folgt ihr in den Tod! Wollt ihr diese heilige Handlung entehren? Sie zu etwas alltäglichen machen? Wollt ihr Genevier so erniedrigen?«

Nach dieser Rede hätte man eine Stecknadel fallen hören können.

»Nein!«, kam es laut und hart von Maranah. »Nein! Das werden wir nicht zulassen. Der Schutzengelkuss ist so etwas Persönliches, er kommt so vom Herzen und aus der Seele, dass sein Ursprung und das damit Empfundene nicht in Worte gekleidet werden kann.«

Sie wandte sich an Genevier. »Doch höre eins Genevier. Wir alle auf dem Mont Salvage haben dir in Gedanken bereits hundertfach die Sohlen geküsst. Zerstören wir einen heiligen Eid nicht mit anmaßenden Eifersüchteleien. Eine für alle, alle für eine – dieser Spruch ist es, der unseren Orden zusammenhält. Und die Liebe zu Diana, unserer großen Göttin.«

Sie wandte sich zu Clarissa. »Dein Vorschlag in Bezug auf Ygrain ist gut. Doch Mirandah muss es aus Überzeugung tun. Man kann jemanden nur aus Zuneigung beschützen. Aus diesem Grunde möchte ich etwas zu Mirandah sagen. Ich habe viele Gespräche mit ihr geführt, weil sie mich in der Apotheke aufgesucht hat. Sie brauchte oftmals etwas, um ihre Alpträume los zu werden. Nun ist mir einiges bewusst geworden und ich schäme mich, dass ich so spontan ihre Verbannung mit befürwortet habe. Der Verrat geschah unbewusst, durch eine geschickt gesteuerte falsche Liebe. Es wird sicherlich noch mehr Mitschwestern geben, die in der Hoffnung einer partnerschaftlichen Zukunft und dem Trauma eines entsetzlichen Schicksals anfällig sind, für gewissenlose Spione. Doran mag das gewusst oder geahnt haben. Jedenfalls landete er einen Volltreffer. Das hat über vierzig Schwestern in der Schlacht das Leben gekostet und viele andere vorher, durch die Vorhut des Tyrannen, der auch Ariane und Genevier in die Hände gefallen sind. Der König von Jerusalem, den man auch den Christus nennt, sagte einmal, als eine Ehebrecherin gesteinigt werden sollte: Wer da glaubt ohne Fehl zu sein, der werfe den ersten Stein. Wer von euch will ihn als erste auf Mirandah werfen?«

Ob dieser geharnischten Rede, wirkten alle tief betroffen.

Wie leichtfertig waren sie doch noch vorher in ihrem Urteil gewesen. Doch Maranah hatte plötzlich die Seelen aufgedeckt.

Genevier trat zu ihr, ging in die Hocke und küsste ihr die Hände. Die Augen der Königin glitzerten feucht. Von unten schaute sie zu ihren Mitschwestern empor. »Wir sollten Mirandah zu uns holen und ihr sagen, dass wir verzeihen. Was sie dann freiwillig aus Buße tun will, ist ihre Entscheidung. Aber wir werden sie keinesfalls unter Zwang erniedrigen.«

Alle Mitglieder des Rates nickten ernst und man sah ihnen an, dass ihre Herzen wie wild schlugen.

Wenig später führte Alyshia Mirandah herein.

Sie sah noch verweinter aus.

Alyshia führte sie vor die runde Tafel. Genevier erhob sich und kam auf die Gefährtin zu.

Mirandah sank auf die Knie, doch rasch sprang Clarissa auf und zog sie aus der Demutshaltung hoch. »Vor uns bedarf es keines Kniefalls«, erklärte sie leise und sanft.

Mirandah schaute ängstlich in die Runde. Als Genevier vor ihr stand, zitterte sie am ganzen Leib.

Die Herrin der Gralsburg nahm sie fest in die Arme.

»Ganz ruhig. Wir haben dir verziehen. Du konntest eigentlich nichts dafür.«

»Doch«, kam es gequält aus Mirandahs Mund und sie machte sich von Genevier los. »Ich bin es nicht wert in eurer Mitte zu sein. Mich trifft die Schuld am sinnlosen Tode meiner Mitschwestern. Ich hätte niemals über bestimmte Dinge reden dürfen. Bitte tötet mich!«

Genevier wurde bleich und schluckte. »Was... redest du da ?! Niemand wird dich töten und komme bitte nicht auf die Idee Hand an dich selbst zu legen. Wir verstoßen dich auch nicht. Du wirst deinen Frieden finden. Höre – wir benötigen deine Hilfe.«

Mirandah schaute ungläubig aus geröteten Augen auf die Ratsschwestern. »Meine Hilfe? Wie könnte ausgerechnet ich euch bei etwas helfen?«

»Setz dich hier an die Tafel«, bestimmte Genevier.

Dann begann sie damit, dass für den Tempel eine Priesterin benötigt würde, die sich ausschließlich um die Belange der Gottesdienste und um das Zwiegespräch mit der Göttin kümmere. »Und das Heilige Feuer darf nie erlöschen.«

Mirandah kam aus dem Staunen nicht heraus. Zweifelnd blickte sie eine der Schwestern nach einander an. »Das wollt ihr mir anvertrauen?«

»Ja!«, bekräftigte Genevier. »Sofern du bereit bist, für ein Jahr dem Weltlichen zu entsagen und nur für die Göttin da zu sein.«

Mirandah – bis vor kurzer Zeit noch des Verrats beschimpft – konnte nur stumm nicken und dann liefen ihr erneut die Tränen über die Wangen.

Genevier legte ihr den Arm um die Schultern. »Und noch etwas...« Jetzt sprach sie von Ygrain.

»Ygrain wird mich hassen, wenn sie erfährt, was ich verursacht habe.«

Clarissa schüttelte den Kopf. »Nein – als deine Beschützerin wird sie das nicht können.«

»Voraussetzung ist allerdings«, warf Samarah ein, »dass du für Ygrain etwas empfinden kannst.«

Mirandah richtete sich auf. »Oh, sie ist ein großartige Frau, eine wunderbare Kämpferin, die ich verehre!«

Genevier lächelte mild und meinte: »Dann ist ja alles in Ordnung. Dann begebe dich zur Ruhe und morgen sieht die Welt besser aus.«

Verstört verließ Mirandah den Rat.

Genevier wandte sich zu Eileen. »Jetzt kannst du deinen Gefangenen frei lassen.«

Eileen knirschte mit den Zähnen. »Verfluchter Grieche! Soll ich ihn nicht noch ein wenig kitzeln? An seinen…«

»E i l e e n !«, kam es streng von der Herrin des Mont Salvage.

Die Bannerführerin winkte ab und verließ den Raum.

Der Rat löste seine Sitzung auf und man traf sich in der großen Halle zum gemeinsamen Essen. Es war spät geworden und der Abend sollte gleichzeitig ein Abschied sein. Ein Abschied von den Rittern, die sich noch auf San Salvador aufhielten.

So manche Träne und so manches gebrochene Herz verursachte dieser Abend auf weiblicher und männlicher Seite.

Es war spät in der Nacht, als Genevier aus dem Halbschlaf schreckte. Jemand klopfte an die Tür ihrer Kemenate. Erst schüchtern und zögernd, dann kräftiger.

Da niemand seine Türen in der Burg verschloss, zündete die Königin ein Talglicht an und rief: »Herein.«

Zu ihrem Erstaunen stand Mirandah da.

»Du?«, fragte Genevier verblüfft. »Was gibt es?«

Die Angesprochene knetete nervös ihre Hände.

Geneviers Lippen umspielte ein Lächeln, als sie aufstand und auf Mirandah zukam.

»Komm –«, sagte sie und legte den Arm um die Mitschwester. »Setz dich und schütte dein Herz aus.«

Zögernd, mit unsicherem Blick auf die Königin, setzte sie sich ganz vorn auf die Kante des Korbsessels.

Genevier sah sie aufmunternd an.

Mirandahs Mund öffnete sich – und schloss sich.

»Na, na«, meinte die Herrin des Mont Salvage da sanft. »Ist es so schwer? Hab' Vertrauen zu mir.«

Da platzte es aus Mirandah heraus. »Ich bin bereit das verantwortungsvolle Amt im Tempel zu übernehmen. Ich möchte auch Ygrains Beschützerin sein. Bis in den Tod!«

Genevier zog eine Augenbraue abwartend in die Höhe.

Als Mirandah weiter druckste, meinte sie: »Das sagtest du am Abend bereits. Aber es scheint, du schleppst noch ein Problem mit dir herum.«

Die Angesprochene nickte. »Ja – es… es ist…«

»Na was denn?«

Mirandah holte tief Luft. »Ich kann nicht hinnehmen, dass ihr mir meine Tat so einfach verzeiht.«

Genevier hob hilflos die Hände. »Was soll das? Unser Orden basiert auf Liebe und Verständnis.«

Nun erhob sich Mirandah und stand stolz aufgerichtet vor der auf der Bettkante sitzenden Königin. »Ich weiß, dass nicht alle Ordensschwestern des Gral mit dem Beschluss des hohen Rates einverstanden sind. Selbst die Ratsmitglieder nicht unbedingt.«

»Mirandah…«, begann Genevier, doch diese unterbrach mit einer kräftigen Armbewegung.

»Ich danke euch allen für eure Entscheidung. Vor allem dafür, dass ihr mich nicht aus der Gemeinschaft ausgestoßen habt. Doch ich werde meine innere Ruhe niemals mehr finden, wenn ich nicht gesühnt habe. Ohne Strafe werde ich keiner meiner Mitschwestern mehr in die Augen sehen können.«

Genevier blickte schweigend zu Boden. Endlich hob sie den Kopf wieder und fragte:

»Was soll ich tun?«

»Lasse mich vor der versammelten Schwesternschaft nackt auspeitschen!«

Genevier sprang auf. »Das werde ich nicht tun!«, rief sie streng und empört aus.

Mirandah fiel auf die Knie. »Du musst es tun!« Leise, mit gesenktem Kopf fügte sie hinzu: »Bitte.«

Genevier lief aufgeregt in ihrer Kemenate auf und ab. »Um Dianas Willen – weshalb dieses Martyrium? Was hast du davon?«

»Die Gewissheit, dass mich alle wieder achten werden. Weil sie mich nicht mehr nur für eine feige Verräterin halten.«

Genevier setzte sich wieder und presste die Lippen fest zusammen. Sie bildeten nur noch einen weißen Strich.

Endlich stand sie mit einem Ruck auf. Sie ergriff Mirandah fest bei der Hand und zog sie mit sich.

Überrumpelt, aber ohne große Gegenwehr, ließ Mirandah sich aus der Kemenate ziehen, die Treppe hinab zur Mittelhalle und dann zu einer kleinen Bogentür, die mächtig knarrte, als Genevier sie öffnete. Eine Steintreppe, verhangen mit Spinnengeweben, führte steil in eine undurchdringbare Finsternis.

Die Königin zündete eine Fackel an einem Talglicht an, das sie im Vorbeigehen in der Halle mitgenommen hatte.

Als die Fackel geheimnisvollen, diffusen Schein warf, zog Genevier Mirandah weiter. Die Stufen hinab.

Hier gab es keine Bodenheizung mehr von der Therme. Eisig kalt kroch es von den Steinen an den Füßen hoch.

Es ging durch schmutzige Gänge, in denen es nach Moder roch.

Sie befanden sich in dem uralten, seit undenklichen Zeiten nicht mehr genutzten Verließ.

Die Herrin der Burg stieß eine grausig quietschende Gittertür auf.

Im flackernden Schein der Fackel sah man verrostete Fesselketten an den Wänden und von der Decke hängen.

Die Mitte des eisig kalten und feuchten Raumes beherrschte eine rohe Holzbank.

Sie war zentimeterdick mit Staub überzogen.

An einem Ende zeigten angeschmiedete Eisenringe an, dass dort früher mal Gefangene angekettet worden waren. Das andere Ende der Bank zeigte ein aufklappbares Brett mit zwei Löchern.

Genevier blickte Mirandah fest an. »Da sind wir!« Sie stieß die Fackel in eine verrottete Halterung.

Genevier stemmt die Arme in die Seiten und meinte leise: »Zieh dich aus.«

Mirandah schluckte. »Jetzt? Hier?«

Genevier nickte kurz. »Jetzt und hier! Du wolltest doch bestraft werden.«

»Ja…aber…«

Herrisch winkte die Königin ab. »Los jetzt! Wann, wo und wie ich dich strafe, ist allein meine Sache!«

Bald stand Mirandas splitternackt und merklich fröstelnd da.

Auch Genevier, die nur das leichte Priesterinnengewand übergestreift hatte, fror – zeigte es aber nicht.

Sie gebot Mirandah, sich auf die Bank zu legen. »Auf den Bauch!«

Diese gehorchte und ehe sie sich versah, hatte Genevier ihr die Füße in dem Block fixiert. Mit einem Haken sorgte sie dafür, dass Mirandah ihre Füße nicht allein daraus befreien konnte.

»Was tust du mit mir?«

»Warte es ab«, kam es nur eisig zurück.

Dann zuckte Mirandah mit einem kleinen Aufschrei zusammen.

Die kurze Peitsche knallte auf ihre rechte bloße Fußsohle.

Dann sogleich auf die linke. Erneut auf die rechte Sohle, wieder auf die linke.

Achtmal – auf jede Sohle viermal. Mirandahs Sohlen brannten bereits wie Feuer.

»Wie viel Schläge willst du?«, erkundigte sich Genevier mit harter Stimme. »Hundert? Zweihundert?«

Mirandah zitterte vor Kälte und schwieg.

Da warf Genevier die Peitsche wütend zu Boden, trat um die Folterbank herum und riss Mirandahs Kopf an den langen Haaren hoch. »Was willst du noch? Eine Heilige sein?!«

Mit knirschenden Zähnen riss sie die Fackel aus der Halterung und verließ den Kerker.

Mirandah ließ sie in der Finsternis zurück.

Als die Königin die diffus erleuchtete Halle betrat, traf sie auf Eileen und Clarissa, die als erste Nachtwachen einen Rundgang durch die Burg unternahmen.

Beide blicken sie entgeistert an.

»Was tust du im Kerker?«, wollte die Castellanin erstaunt wissen.

Genevier, immer noch vor Zorn schäumend, sagte es ihr.

Eileen schlug die Hände über dem Kopf zusammen. »Sie ist wahnsinnig!«

Clarissa schüttelte den Kopf und schaute die Bannerführerin an. »Nein. Ist sie nicht! Sie wollte Strafe, um ihre Selbstachtung zurück zu erlangen. Außerdem hat sie in einem Punkt recht – viele Mitschwestern würden sie immer misstrauisch ansehen.«

Eileen tippte sich an die Stirn, doch Clarissa hielt ihren Arm sanft fest. »Denke darüber nach.«

Zu Genevier gewandt meinte sie dann leise: »Ich liebe und achte sie dafür.«

»Bei Diana – ja! Ich auch!« Ihr Busen bebte in Erregung. Sie atmete einige Male ganz tief durch, ehe sie meinte: »Bitte holt sie herauf, bevor sie sich den Tod holt. Sie ist nackt.«

Sogleich starteten die beiden durch.

Genevier betrat den Burghof. Es war bitterkalt. Der Himmel zeigte sich sternenklar. Wundervoll plastisch hoben sich die Wintersternbilder aus der Dunkelheit ab.

»Oh große Göttin!«, rief Genevier und streckte die Arme weit zum Himmel. »Was mache ich nur?«

»Genevier – meine Erbin«, erklang es da deutlich und trotzdem unwirklich fern in ihren Ohren. »Du bist stark und handelst richtig. Mirandah hat ihren inneren Frieden gefunden. Zürne ihr nicht mehr. Clarissa hat recht, wenn sie sagt, dass es eine Sache der Selbstachtung ist.«

Im Hals Geneviers bildete sich ein Klos. Rau fragte sie: »Wieder sprichst du zu mir, wie so oft. Weshalb nur zu mir? Warum nicht auch zu den anderen? Und weshalb schicktest du so viele meiner Schwestern in den Tod?«

Zurück schien ein leises Lachen zu kommen. Dann erklang die weiche, mit einem leichten Echo behaftete Stimme erneut: »Du bist mein Sprachrohr. Daher offenbare ich mich dir. Zu deiner letzten Frage: Ihr verehrt mich als Göttin. Doch steht über mir noch das Schicksal.«

»Das Schicksal?«, fragte die Königin zweifelnd. Doch sie erhielt keine Antwort mehr.

»Diana!«

Schweigen.

Verwirrt setzte die oberste Priesterin des Gral ihren Weg fort.

Sie war froh, die Gemeinschaftshalle im Hauptgebäude zu erreichen. Das gewaltige Feuer brannte noch in dem riesigen Kamin und der warme Boden tat sein übriges, dass ihr Körper langsam wieder auftaute und das Zittern nachließ.

Sahirah – eine junge Priesterin, die erst wenige Wochen zur Gemeinschaft gehörte, näherte sich leise.

Genevier lächelte sie aufmunternd an. »Komm! Setz dich zu mir.«

Verlegen kam das Mädchen näher. »Wenn ihr erlaubt…«

Die Königin ergriff ihre zarten Hände. »Da ist nichts zu erlauben. Ich stehe nicht über euch. Ich bin eine Gleiche unter Gleichen. Ich habe auch keinen Panzer um mich gezogen. Außerdem Lass das höfische Ihr beiseite. Ich bin Genevier. Nichts weiter.«

Das machte Sahirah noch unsicherer. Genevier lachte glockenhell auf und drückte sie an sich.

»Sei du selbst! Würdest du uns einen Becher Wein holen?«

Das Mädchen errötete. »Ihr… du… willst mit mir zusammen Wein trinken?«

»Herrjeh!«, rief Genevier als Antwort theatralisch aus und warf die Arme hoch. »Sehe ich so unnahbar aus?«

Wenig später tauchten Eileen und Clarissa auf.

Genevier schaute sie fragend an.

»Sie hat sich beruhigt«, erklärte Eileen. »Morgen sieht alles anders aus. Was wirst du unternehmen?«

Die Königin nahm einen Schluck Wein und stellte dann den Zinnbecher auf den Eichentisch.

Sie reckte das feingeformte Kinn vor. »Ich werde morgen im Tempel zu unseren Mitschwestern sprechen.«

7

Der Schnee fiel in dichten Flocken.

San Salvador de Verdera wirkte, als entstamme es einer Zuckerbäckerei.

Genevier stand auf der obersten Stufe der weiten Tempeltreppe. Sie schaute durch die mächtigen Säulen des Portecus.

Der Heilige Hain wirkte traumhaft entrückt.

Durch den leichten Wind vernahm sie das Plätschern der Brunnen. Da dieses Wasser aus der Therme stammte, gefror es nicht. So bildeten die kleinen Wasserfälle und Strahlen einen entzückenden Kontrast zu den langen Eiszapfen an den Brunnenrändern. Dort, wo das Wasser zwischenzeitlich einmal übergesprudelt und dann durch die Kälte erstarrt war.

Dies war einer der Augenblicke, in denen sich die Königin im völligen Einklang mit der Natur und der Welt befand.

Der Wind spielte leicht mit ihrem Haar. Sie zog den pelzbesetzten Umhang fester um die Schultern. Nun wandte sie sich um und betrat durch das weite Portal den Tempel.

Es duftete nach Myrrhe und Weihrauch.

Die unzähligen Kerzen warfen ihr Licht vom Altarbereich durch die Alabastersäulen und tauchten die Halle in einen märchenhaften Schein.

Genevier ließ den Umhang einfach zu Boden gleiten. Die Marmorplatten fühlten sich wohlig warm unter ihren nackten Füßen an.

Langsam schritt sie durch den Säulengang zum Altar. Bald sah sie die große goldene Statue der Göttin Diana vor sich. Zwei Priesterinnen sorgten für das Heilige Feuer, das niemals erlosch – zwei andere richteten Gestecke aus Mistelzweigen und rotgoldenen, aus dünnem Glas geblasenen Kugeln. Meisterwerke aus der Werkstadt der Libyerin Myrenah.

Shirah trat auf die Königin zu. Die schöne Alexandrinerin lächelte erfreut. »Genevier! Du bist schon da.«

Shirah konnte man als eine Art Zeremonienmeisterin bezeichnen. Mit ihr hatte Genevier im Vorfeld die Ordination Mirandahs zur Ehrenpriesterin der Diana besprochen.

»Es ist ein besonderer Gottesdienst, der heute hier stattfinden wird« – meinte die Herrin des Mont Salvage – »und da wollte ich gerne noch einmal mit dir sprechen.«

Shirah breitete die Arme aus. »Kein Problem! Komm – wir trinken einen Becher Wein zusammen.«

Sie begaben sich in einen kleinen, gemütlichen Raum, in dem – ähnlich wie in einer Sakristei christlicher Kirchen – alles zum Gottesdienst Notwendige aufbewahrt wurde.

Shirah schenkte ein und reichte Genevier einen Bronzebecher.

»Was hast du auf dem Herzen?«

»Nun«, begann die Königin. »Es ist etwas Besonderes, weil wir endlich eine Nachfolgerin für Cinciah haben werden.«

Shirah nickte. »Das ist schön. Doch wird Mirandah so hingebungsvoll sein können, wie ihre Vorgängerin?«

Genevier runzelte die Stirn. »Du hast Bedenken?«

Shirah winkte ab. »Eigentlich nicht. Nur – Cinciah war etwas... Sie liebte Diana über alles. Sie interessierte sich kaum noch für das, was sich außerhalb des Tempels vollzog. Sie war schon alt. Mirandah ist erst um die Fünfzig. Wird sie sich so abschließen können?«

Nun schüttelte Genevier den Kopf. »Das muss sie nicht. Das werde ich auch nie von ihr verlangen. Ob sie es aber tut, bleibt ihr überlassen. Daher denke ich, wir sollten ihr den Schritt zu diesem Priestertum so leicht wie möglich machen. Sie will einerseits büßen, andererseits der Gemeinschaft zeigen, dass sie keine kaltblütige Verräterin ist.«

»Das wissen wir auch so. Niemand ist vor Intrigen gefeit! Ausgenommen vielleicht Du, Ygrain, Eileen und einige Frauen aus Camelot«, fügte die Alexandrinerin noch hinzu.

»Wer weiß schon alles im Voraus«, bemerkte Genevier. »Doch Mirandah hat zwei Dinge aus freien Stücken vor.« Die Königin setzte den Becher auf den kleinen runden Tisch und faltete die Hände im Schoß. »Doch ich werde sie vorher unter vier Augen noch einmal fragen, ob sie das auch wirklich will.«

Shirah legte den Kopf schief. »Die Geschichte hat noch einen Haken – oder? Sag' es mir! Schließlich soll ich die Zeremonie leiten und muss wissen, auf was ich vorbereitet sein muss.«

Genevier stand auf. »Gut! Also Mirandah wird nicht nur den Schwur der Ehrenpriesterin ablegen.«

Shirah hob die rechte Augenbraue fragend. Dann kam es ganz leise: »Doch nicht den Nacktschwur?!«

Genevier nickte bestätigend. »Doch! Aber diesen Schwur werden wir ihr nur für ein Jahr abnehmen.«

Shirah rieb ihre Handflächen an den bloßen Oberarmen. »Das bedeutet, dass sie, wenn sie den Tempel einmal verlassen will, nur einen Umhang anlegen darf.«

»So sagt es der überlieferte Ritus«, bestätigte Genevier. »Doch dafür ist sie heilig und unantastbar.«

Shirah schüttelte nun nachdenklich den Kopf. »Kann man das nicht abändern?«

»Wie meinst du das?«

»Beziehe diesen Schwur nur auf den Tempelbereich und den Heiligen Hain. Alles andere ist erniedrigend!«

Genevier gestikulierte mit den Händen. »So ist es Brauch seit dem Reich von Babylon!«

Shirah legte ihr schwesterlich den Arm um die Schultern. »Wir sind aber nicht mehr in Babylon. Was soll das? Kann der Mont Salvage nicht seine eigenen Riten haben?«

Genevier schwieg und atmete dann tief durch. Shirah hatte ja recht. Weshalb nicht?

Diana würde ihnen nicht zürnen.

»Es sei!«, erklärte sie.

Die Zeremonie begann pünktlich, als die Sonne – wenn auch an diesem Tag unsichtbar – im Zenit stand.

Etwa 220 Priesterinnen füllten den Tempel. Der Altarraum erstrahlte von den Talg- und Öllichtern. Fackeln steckten in goldenen Halterungen an den Alabastersäulen. Wohlige und feierliche Atmosphäre erfüllte die gewaltige Halle der Diana.

Auf einer erhöhten Plattform hatte sich der Chor formiert und in zarten, einschmeichelnden Tönen erklang die Hymne an die Göttin.

Vor der goldenen Statue kniete Genevier – rituell das Tempelkleid bis zu den Hüften herabgestreift, die entblößte Brust der Göttin entgegen gestreckt. In den hoch erhobenen Händen hielt die Herrin des Grals das heilige Schwert.

Hinter Genevier stand Eileen – gleichfalls bis zu den Hüften bloß, die Arme erhoben und die Handflächen glatt aneinander gepresst.

Der Gesang verebbte. Die letzten Töne trug ein sanftes Echo durch die Säulen bis in den hintersten Winkel des Tempels.

»Oh große Göttin«, begann Genevier mit fester Stimme. »Mutter allen Seins – Beschützerin der Unterdrückten – Herrin des Lebens. Wir bitten dich, uns zu erhören. Dir zu Ehren werden wir heute eine Nachfolgerin für Cinciah in deinem Namen weihen. Mirandah soll deine Ehrenpriesterin sein.«

Nach diesen Worten kniete Eileen schräg neben Genevier und empfing das heilige Schwert.

Genevier beugte den Oberkörper bis tief auf den Marmorboden. Handflächen und Stirn berührten die mit goldenen und bronzenen Ornamenten verzierten Platten.

So verharrte sie eine Zeit lang.

Inzwischen wurde Mirandah von zwei Altarpriesterinnen zur goldenen Statue geführt.

Hinter Genevier blieb sie stehen.

Zwei weitere Priesterinnen geleiteten Ygrain zum Altarraum.

Man sah ihr an, dass sie überrascht und verunsichert war. Sie wusste nicht, was das bedeuten sollte.

Genevier richtete sich auf und wandte sich ihrer Heerführerin zu. Diese wirkte zwar immer noch blass, doch zeigte sich ihr allgemeiner Gesundheitszustand befriedigend.

Die Herrin des Grals ergriff kniend ihre Hände. Sie schaute zu Ygrain auf und fragte leise:

»Kannst du knien?«

Die Heerführerin atmete flach und nickte dann. Langsam sank sie neben Genevier nieder.

»Welche Bedeutung hat das heute?«, fragte sie kaum hörbar. »Ich denke Mirandah soll

geweiht werden.«

Genevier wandte ihr lächelnd das Antlitz zu. Sie flüsterte: »Richte dich etwas mehr auf und streckte die Beine nach hinten.«

»Was soll das…?« Doch sie gehorchte, wenn auch verunsichert.

Sie merkte nicht, wie Mirandah hinter sie trat, das Tempelkleid zu Boden gleiten ließ und es dann mit den Füßen seitwärts stieß.

Völlig nackt stand sie hinter Ygrain.

Dann ging sie hinter der Heerführerin in die Knie, stützte die Handflächen auf den Boden und senkte den Kopf herab.

Ygrain zuckte zusammen, als sie den Kuss erst auf der rechten, dann auf der linken Fußsohle spürte.

Ihr Blick richtete sich mit weit aufgerissenen Augen auf Genevier.

Diese lächelte nur.

Mirandah umfasste Ygrain von hinten. »Von nun an folge ich dir bis in den Tod«, flüsterte sie.

Die stolze Keltin wollte sich los machen, doch da ergriff die Königin das Wort.

»Schwestern – ihr alle seid Zeuge geworden, dass Mirandah, die zukünftige Ehrenpriesterin Dianas, Ygrain den Schutzengelkuss gab. Mit diesem Schwur gehört auch Ygrain zu den Auserwählten der Göttin. Sie ist eine Unantastbare.«

Mirandah kniete immer noch. Genevier reichte Ygrain die Hände und zog sie sanft hoch.

»Ygrain – Kämpferin für Gerechtigkeit im Namen Dianas.«

Tosender Beifall erfüllte den Tempel.

In den Augen der Keltin glitzerten zwei Tränen. Etwas, was bisher kaum jemand bei ihr zu sehen bekommen hatte.

In Mitten des Applaus' und der Jubelrufe, beugte sie sich zu Mirandah herab und fragte: »Weshalb ich? Wir kennen uns kaum. Warum also gerade ich?«

Doch Mirandah schaute sie nur an und schwieg.

Nun sprach Genevier weiter. »Ygrain wird nun Mirandah die Zeichen der Ehrenpriesterin in der vorgeschriebenen Zeremonie überreichen.«

Nun zeigte sich die Heerführerin völlig verwirrt.

Ausgerechnet sie, die lieber ihr Schwert in den Schädel eines Merowingers schlug, sollte nun solche heilige Handlung vornehmen?!

Doch sie kam nicht zum Nachdenken.

Zwei Altarpriesterinnen begannen sie zu entkleiden.

Was sich jetzt abspielte, folgte genau den Begebenheiten, wie sie sich mehrfach im Tempel der IN.ANNA in Uruk oder Erech vollzogen hatten.

Ygrain stand nackt vor der ebenfalls unbekleideten Mirandah.

Dies drückte aus, dass beide sich so, wie sie einst geboren worden waren, der Göttin stellten.

Genevier ergriff erneut das heilige Schwert, trat neben die zukünftige Priesterin und die Ordinaria – hob das Schwert mit der Spitze zur Tempeldecke, um die Klinge dann abzusenken und flach über beide zu halten.

Der Chor stimmte die vorgeschriebene Hymne an.

Oh große Mutter – oh große Göttin Diana – in deinem Angesicht verewigen wir uns – in deinem Angesicht erneuern wir den Schwur – in deinem Angesicht sind wir eins. Nimm unsere Schwester als deine Priesterin an. Sie soll dir Dienerin und Freundin sein – sie soll sein die Verteidigerin deiner Allmacht von heut' bis zur Unendlichkeit. Ich huldige ihrem Schoß und mache ihn zu deinem, wie dein Schoß als Spross des Lebens der unsere sein soll.

Nun kniete Ygrain vor Mirandah nieder und küsste deren Schoß.

Als der Chorgesang sich zwischen den mächtigen Säulen verlor, riefen alle versammelten Diana-Schwestern: »Große Diana, wir geloben dir die Treue bis in den Tod. Wir geloben Treue unseren Schwestern, die bloß vor deinem Angesicht stehen. Geheiligt seid ihr!«

Nun berührte Genevier zuerst Ygrain mit der Spitze des Schwertes an der rechten Brust, ritzte diese leicht, so dass ein winziger Blutstropfen hervorquoll. Gleiches geschah dann mit Mirandah.

Nun umarmten sich die beiden ganz fest und eng.

»Diana segne euch!«, rief der Chor.

Nun traten zwei Altarpriesterinnen heran und hängten sowohl Mirandah, wie auch Ygrain einen purpurnen, mit wertvollen Goldstickereien versehenen Mantel um die Schultern.

Genevier überreichte Eileen das Schwert, ergriff Ygrain und Mirandah bei den Händen und führte sie zum Altar. Dort knieten beide nieder und die Herrin des Grals legte ihnen ihre Hände aufs Haupt.

»Mirandah – von nun an persönliche Priesterin Dianas, Bluts- und Schutzschwester Ygrains – du bist nun Herrin dieses Tempels. Ygrain, als deine seelische Leiterin – ihr seid nun eins. Beide seid ihr geheiligt und unantastbar.«

Vier Priesterinnen führten nun Mirandah aus dem Tempelraum in ihr neues Gemach.

Genevier ergriff Ygrain bei der Hand und zog sie aus der Kniestellung empor. Sie zog sie mit sich, die Stufen des Altars hinab, durch die Reihen der anwesenden Schwestern.

Man merkte der Heerführerin an, wie überwältigt sie von diesem Zeremoniell und der ihr dargebrachten Ehrung war. Ihr großer fester Busen wogte, als sie tief die Luft einsog, während sie unter dem Gesang des Chors durch die Reihen der Anwesenden schritt. Man sah in ihrem Gesicht aber auch leichte Verunsicherung ob ihrer für alle sichtbaren Nacktheit.

In der Mitte des Tempels, genau auf dem Emblem der Göttin, hielt Genevier an.

Nun nahm sie Ygrain den Mantel von den Schultern. Zwei Priesterinnen reichten der Heerführerin das blaue Tempelgewand. Als sie damit ihren Körper bedeckt hatte, legten sie ihr den Mantel wieder um.

Genevier legte Ygrain beide Hände auf die Schultern und sprach: »Diesen Mantel sollst du tragen, zu Ehren unserer Göttin.«

Furcht verwirrt die Sinne

1

Zwei Tage waren seit der Tempelzeremonie vergangen.

Genevier saß in ihrer Kemenate und widmete sich der Ausarbeitung eines Vertrages zwischen Emporion und San Salvador de Verdera.

Er beinhaltete ein Gegenseitigkeitsabkommen. Der Orden lieferte an Timaios Milch, Käse, Gemüse, Getreide, Mehl, Sämereien, Keramik und Pferde. Im Gegenzuge würden aus der Hafenstadt Holz, Marmor, Tuche, Weihrauch, Myrre und Salz bezogen werden.

Doch Genevier konnte sich nicht so recht auf ihre Aufgabe konzentrieren. Sie legte im flackernden Kerzenlicht den Federkiel zur Seite und schob den Papyrus von sich. Sie stützte den Kopf in die Hände.

Seit dem Nachmittag im Tempel war Ygrain spurlos verschwunden. Niemand hatte sie gesehen.

Die Königin machte sich Sorgen.

Allerdings schworen die Torwächterinnen jeden Eid, dass die Gefährtin die Burg nicht verlassen hatte.

Doch wo mochte sie sich aufhalten?

Eileen hatte die gesamte Anlage durchkämmen lassen, ohne die geringste Spur zu finden.

Genevier starrte aus dem kleinen Spitzbogenfenster hinaus in die frühe Winterdunkelheit.

Es hatte wieder leicht zu schneien begonnen.

Ein tiefer Seufzer entrann ihrer Brust.

Sie erinnerte sich, wie verstört die schöne Keltin auf die überraschende Ehrung reagiert hatte.

Plötzlich hatte sie einen Einfall!

Sie erinnerte sich an den alten Söller, auf den sich die Freundin früher zurückgezogen hatte, wenn sie schmollte oder einfach allein sein wollte.

Genevier schlug sich gegen die Stirn. Dass sie nicht eher daran gedacht hatte!

Die Herrin von San Salvador verließ ihren Wohnbereich und lief eilends die geschwungene Steintreppe hinab. Über die Galerie gelangte sie nach außen.

Schneeflocken wirbelten ihr ins Gesicht. Sie spürte die Kälte durch das dünne Gewand, denn sie hatte sich nicht die Mühe gemacht, den warmen Umhang anzulegen.

Genevier rannte die Stufen zum Burghof hinab. Ihre bloßen Füße patschten in halb gefrorene Pfützen. Die Kälte kroch an ihren Beinen hoch, doch das merkte sie kaum. Ihr Herz schlug rasend.

Bald hatte sie die Ecke des Nordturmes erreicht und bog in den hinteren Gartenbereich ein. Von dort führte ein Weg zu den Stallungen. Unweit davon befand sich eine verfallene, seit Jahren nicht genutzte Scheune.

Weiße Atemwolken standen vor ihrem Gesicht, als sie die morsche Leiter erreichte, die zu dem Heusöller hinauf führte. Ein alter, halb an einem Seil hochgezogener Eimer pendelte quietschend im Wind. Genevier verhielt kurz, ehe sie sich vorsichtig an den Aufstieg machte.

Die Sprossen protestierten knarrend, doch dann hatte die Königin es geschafft. Sie schaute in das Dunkel und nahm zuerst nur schemenhaft eine zusammengekauerte Gestalt war.

»Ygrain«, sagte sie leise und kroch ganz auf die Holzbohlen hinauf.

Die Keltin saß mit dem Rücken an einen Balken gelehnt, eine Pferdedecke eng um den Leib geschlungen. Nur die Zehenspitzen lugten hell hervor.

Die Arme hatte sie fest um die angezogenen Knie geschlungen, den Kopf hielt sie tief auf die Decke gesenkt.

Einige Heufäden hatten sich in ihrem wilden Haar verfangen.

»Ygrain«, sagte Genevier erneut sanft. »Weshalb versteckst du dich? Sitzt du etwa seit zwei Tagen hier oben?«

Die Gefährtin gab keine Antwort und machte auch sonst keinerlei Bewegung, die anzudeuten vermochte, dass sie die Königin überhaupt wahrnahm.

Genevier ergriff ihre Füße. Sie waren eiskalt.

Die Königin begann sie fest zu reiben, ungeachtet dessen, dass sie selber fror.

Nun erst hob die Heerführerin langsam den Kopf. Ihr Blick schien abwesend.

»Weshalb musstest du mich so demütigen?«, kam es tonlos.

»Demütigen?«, kam es verständnislos von Genevier.

Eine Zeit lang war es still. Nur der Wind sang sein schmeichelndes Lied zwischen den alten Balken und vereinzelte Schneeflocken tanzten vorbei.

»Indem du mich erhoben hast, hast du mich gedemütigt«, kam es aus dem Dunkel. »Du gabst meinen Leib den Blicken der anderen preis, weil du mich geheiligt hast. Ich darf eine Verräterin nicht hassen, weil diese mir den Kuss gab, der ihr Leben dem meinigen weiht. Du erhebst mich weit über die anderen Schwestern und nimmst mir ihre Freundschaft.«

Also das ist es! durchzuckte es Genevier.

Ihr wurde einiges klar. Ygrain hatte erfahren, dass Mirandah, wenn auch durch tragische Zusammenhänge, am Tode vieler anderer Gefährtinnen Schuld war. Sie hätte dieser unter normalen Umständen vermutlich den Kopf abgeschlagen. Doch nun waren sie miteinander verbunden. Mirandah würde durch den Schwur des Kusses Ygrains Leben mit ihrem Leben verteidigen. Das vertrug sich nicht mit dem Ehrgefühl der Keltin. Sie wollte hassen! Doch wie hasst man eine Beschützerin? Des weiteren hatte Genevier, als oberste Priesterin des Ordens auf der Burg, Ygrain mit einer Göttin fast gleichgestellt, indem sie dieser die Aufgabe übertragen hatte, die unantastbare Tempelpriesterin zu weihen. Die Entblößung sagte aus, dass jeder Millimeter ihres Körpers heilig war und ihr Geist unsterblich.

Nun befürchtete die Keltin, dass ihre Mitschwestern sie nicht mehr als Menschen achten würden.

Genevier richtete sich auf die Knie auf und legte der Freundin die Arme um die Schultern. »Ygrain, oh meine Ygrain – du bist immer noch eine von uns. Doch bist du etwas Besonderes.«

Nun schüttelte die Keltin zornig Geneviers Arme ab und stand ruckartig auf. »Nein! Ich bin nichts Besonderes! Ich will nichts Besonderes sein! Niemand soll mich anhimmeln oder… anbeten! Hörst du?!«

Genevier holte tief Luft, schaute von unten zu Ygrains Gesicht und suchte ihren Blick.

»Sie ehren und achten dich seit je her wie ein höheres Wesen. Du bist ihnen allen ein Vorbild in Tapferkeit. Nur – du hast es nicht gemerkt.«

»Phaah!«, machte die kleine Keltin und stampfte mit dem bloßen Fuß auf. »Es gibt mehr, die mich hassen!«

Die Königin stand auf. »So? Meinst du das?«, kam es in hartem Ton. »Dann will ich dir etwas sagen, was du nicht mitbekommen hast. Als alle dachten, du seiest tot – bevor Diana dir auf wunderbare Weise das Leben wieder einhauchte – war der Boden San Salvadors getränkt von den Tränen deiner Mitschwestern. Sie flehten Diana an, dich ihnen nicht zu nehmen. Keine konnte mehr klar denken und – Diana ist mein Zeuge – es gab Schwestern, von denen du vielleicht nicht mal die Namen richtig behalten hast, die sich an deiner Bahre das Leben nehmen wollten. Und nun verkriechst du dich hier. Bist eingeschnappt! Fühlst dich gedemütigt! Verletzt wie eine Königin, die man nicht um Erlaubnis gefragt hat, bevor man sie krönte!«

Genevier wischte mit dem rechten Arm scharf durch die eisige Luft. »Du willst Mirandah hassen. Eine Frau, die durch ihre unüberlegte Tat nicht voraussehbares Unheil anrichtete und es kaum fertig bringt, mit dieser Schuld zu leben. Eine Freundin, die dich verehrt und versucht etwas gut zumachen. Deine Liebe trotz allem Geschehenen zu gewinnen, indem sie dir ihr Leben gibt und sich vor dir in den Staub wirft. Alle Mitschwestern würden dir sofort die Fußsohlen küssen. Aber die von allen verehrte Dame erwidert solche Liebe mit hochwohlgeborenem Zorn! Dann bleib' in deinem Versteck und bejammere dich!«

Voller Wut stieg Genevier die Leiter vom Söller wieder herab. Schnee schwebte in ihre Augen und ließ das Gesichtsfeld verschwimmen. Sie stapfte durch die inzwischen wieder hohe Schneedecke.

Sie hatte noch nicht die Biegung zu den Ställen erreicht, als sie Ygrains Stimme hinter sich vernahm.

»Genevier…«

Die Königin hielt inne und vernahm die patschenden Füße der rennenden Freundin.

Dann fühlte sie ihre Hand auf der Schulter und sah in ihr gehetztes Gesicht. Sie atmete schwer und die weißen Wölkchen flogen nur so vor Mund und Nase in der eisigen Nacht.

Sie hatte die Decke weggeworfen und stand nun bebend und zitternd, nur im Tempelkleid, wie Genevier, da.

»Ist … ist … das wahr …«

»Was?«, fragte die Königin knapp zurück.

Die Heerführerin schluckte. »Was du eben gesagt hast – ich meine… dass man um mich geweint…« Ihre Stimme endete in einem hilflosen Schluchzen. Sie sank in die Knie und ihr Kopf senkte sich weit zu dem schneebedeckten Boden herab.

Genevier ging in die Hocke und legte ihre Hände auf Ygrains Wangen. Langsam zog sie das nun tränenüberströmte Gesicht hoch.

»Es ist wahr«, sagte sie leise.

Da schlang die Keltin ihre Arme um Genevier und weinte hemmungslos.

Trotz der Kälte, die den Körper Geneviers nun aushöhlte, hielt diese Ygrain minutenlang fest.

Endlich stand sie auf und zog Ygrain hoch. »Komm! Wenn wir uns beide hier den Tod holen, nützt das niemandem. Befreie die anderen von ihren Sorgen, indem du zurückkommst.«

Eng umschlungen eilten sie durch das heftige Schneetreiben zur Haupthalle, in der sie das mächtige prasselnde Kaminfeuer empfing und ihre Füße auf dem warmen Boden wieder auftauten.

Die zerzauste Ygrain konnte es nicht fassen, mit welchem Jubel sie empfangen wurde. Und zum ersten Mal sahen die anderen in den Augen, der sich sonst so hart und kühl gebenden Heerführerin, die Tränen aufsteigen.

Alyshia stürzte auf beide zu, tastete sie ab und ordnete energisch an, mit funkelnden Augen, die keinerlei Widerspruch dulden wollten: »Diana! Ihr seid völlig unterkühlt. Ab in die Therme mit euch. Mindestens eine Stunde.« Sie hob drohend den Zeigefinger: »Wenn ihr eher aus dem warmen Wasser kommt, lasse ich euch von Bogenschützinnen wieder hinein jagen!«

Genevier sah ihr an, dass sie es ernst meinte.

2

Tief rot schob sich die Sonne über den Horizont

Die Frostnacht hatte die Oberfläche des frischen Schnees mit eisigen Kristallen überzogen.

So glitzerte die weiße Pracht, als habe sich Silberstaub darüber ergossen.

Genevier schaute von dem Hügel über die Ebene des Plimizol. Ihr Ross schnaubte und weiße Atemwolken bildeten sich vor den Nüstern.

Die Herrin von San Salvador de Verdera zog den Pelzumhang enger um die Schultern. Die gleichfalls pelzbesetzten Stiefel drückte sie nun dem Rappen in die Seiten. Sogleich bahnte er sich einen Weg durch die Schneewehen.

Es kam selten vor, dass ein solch früher und harter Winter bis in die Ebene und in die Bucht von Rosaria einbrach. Im Normalfall erreichten die Temperaturen am Strand zwei Stunden nach Sonnenaufgang wenigstens die Frühlingswärme.

Doch diesmal schien es anders sein zu wollen.

Ein scharfer Wind hatte sich aufgetan und ließ unzählige Schneeflocken von den Tannen und Pinien wirbeln.

Selbst als Genevier eine Stunde später in Rosaria einritt, zeigten sich die Häuser und Hütten von einer festen Schneedecke überzogen.

Viele Menschen froren, denn auf solch eine Witterung hatte sich niemand eingestellt.

Die Königin erinnerte sich, dass sie einen solchen Winter vor langer, langer Zeit einmal hier erlebt hatte. Damals hatte sie mit Artus dem Gralskönig Amfortas einen Besuch abgestattet.

Genevier ritt durch die engen Gassen. Sie beabsichtigte, den Schmied José aufzusuchen. Zierah benötigte seine Hilfe. José galt als Spezialist für eiserne Wagenachsen. Genevier hatte beschlossen, die anfälligen Holzachsen der Transportfuhrwerke durch die stabileren eisernen ersetzen zu lassen. »Frage José aus Rosaria, ob er mich in der Herstellung unterrichtet«, hatte die Schmiedin von San Salvador die Königin gebeten.

Als sie sich der Schmiede nun näherte, hörte sie bereits aus der Entfernung das Zischen des Blasebalgs für das Feuer und dann das Hämmern.

Sie band ihr Pferd neben dem geöffneten Tor an einem Ring fest und trat ein.

*

José – ein Bär von einem Mann, aber mit dem Gemüt eines Lamms – drosch mit verkniffenem Gesicht auf ein kettenartiges Gebilde ein.

Er bemerkte Genevier zunächst nicht, bis sie dicht neben ihm stand.

Erschrocken schaute er auf, doch dann strahlte sein gutmütiges Mondgesicht.

»Geni!« Er warf den Hammer zur Seite und schloss die Besucherin in seine mächtigen, muskulösen Arme.

José war der einzige Mann, der die Herrin von San Salvador »Geni« nennen durfte.

Doch das ist eine andere Geschichte.

»Was führt dich zu mir?«, erkundigte er sich endlich und ließ sie los.

Genevier rang nach Atem. »Oh jeh – deine Umarmung erinnert mich an Boltar. Da muss ich auch immer nachsehen, ob meine Rippen noch alle heil sind.«

Als der Schmied nun ganz verlegen schaute, brach Genevier in schallendes Lachen aus.

Dann fiel ihr Blick auf den Amboss, auf dem das mächtige Feuer so reflektierte, dass er zu glühen schien.

Sie zog die Augenbrauen zusammen. Langsam richteten sich ihre Augen wieder auf José.

»Das sind Fesselketten«, meinte sie langsam.

»Si!«, knurrte der Schmied und spuckte ins Feuer. Ein leichtes Zischen ertönte.

Die Königin stemmte die Fäuste in die Hüften.

Der ernste fragende Blick machte José verlegen. »Ein Auftrag.«

»Ah ja… von wem und weshalb?«

José räusperte sich. »Vom Alkalden.«

Genevier machte einen Schritt zu dem Amboss und nahm das noch handwarme Eisen hoch.

»Handschellen, Halseisen und...« – sie ließ die rasselnde Konstruktion durch die Hände gleiten und betrachtete die zwei kleinen Ringe am anderen Ende – »...Zeheneisen«, murmelte sie.

Sie hielt dem Schmied die Fessel dicht vor die Augen. »Das Halseisen ist innen mit scharfen Spitzen bestückt. Ich kenne so etwas. Man benutzt es als Hexeneisen.«

José nickte stumm.

Die Königin ließ die Konstruktion auf den Lehmboden fallen. »Willst du mir etwa sagen, dass der Alkalde der Ansicht ist, er habe eine Hexe im Ort?«

Als der Schmied schwieg, wurde die Königin zornig. »Verdammt! Raus mit der Sprache!«

»Ja« – kam es rau. »Patricia – die Schwester von Diego... man glaubt... also der Alkalde glaubt, dass...«

Nun war es mit Geneviers Beherrschung endgültig vorbei. Sie stampfte mit dem Fuß auf und fasste José an seinem ledernen Wams. Gefährlich leise – als ob eine Wölfin vor dem Biss knurrte – fragte sie: »Was soll Patricia getan haben?«

Nun sprudelte es aus dem gutmütigen Schmied heraus. Angeblich wollten mehrere Männer des Ortes gesehen haben, wie Patricia am Strand nackt mit dem Satan getanzt habe. Danach seien mehrmals tote Fische an Land gespült worden.

Genevier konnte es nicht fassen. Sie schlug sich gegen die Stirn. »Seid ihr von Sinnen? Ich gewinne eher den Eindruck, als ob euch der Teufel das Gehirn verdreht hat!«

Sie holte tief Luft und erkundigte sich dann: »Wo ist Patricia?«

José deutete über seine Schulter. »Sie hängt am Kreuz auf dem Versammlungsplatz. Heute Nacht soll sie ins Meer geführt werden.«

Hatte Geneviers Gesicht bisher die Zornesröte überzogen, so löste diese nun eine Leichenblässe ab. »Ich hatte mir von euerem Alkalden mehr Verstand erhofft«, zischte sie.

Damit rannte sie aus der Schmiede, machte ihr Pferd los und sprang aus dem Stand auf dessen Rücken. In Windeseile jagte sie zum Versammlungsplatz.

Als sie den Rand des Platzes erreicht hatte, hielt sie den Rappen so abrupt an, dass er wiehernd vorn hoch stieg.

Was sie sah, verschlug ihr jeden Atem.

Der größte Teil der Bewohner von Rosaria hatte sich eingefunden. Auf einem Podest, etwa zwei Meter hoch, war ein riesiges Kreuz errichtet worden.

Daran hing – verkehrt herum – Patricia.

Sie musste schon lange dort hängen, denn ihr nackter Körper zeigte sich blau gefroren.

Wie eine Furie stob die Königin mit ihrem Ross rücksichtslos in die Menge.

Erschrockene Aufschreie kamen als Antwort.

»Hernandes!«, schrie Genevier über den Platz.

Der Ton ihrer Stimme ließ alle herum verstummen. Jeglicher Blick richtete sich auf die stolze Reiterin, die mit verachtendem Blick zu dem Alkalden von Rosaria schaute.

»Seid wann ist das Oberhaupt dieses Ortes ein Mörder?«

Ehe der Alkalde antworten konnte, ertönte eine knarrende Stimme seitlich von der Königin.

»Was geht es dich an? Du befindest dich hier nicht auf dem Besitz von San Salvador.«

Genevier wandte langsam den Kopf. »Sieh an – Yamahn, der Sklavenhändler!«, Sie deutete zu dem geschundenen Körper am Kreuz. »Für diese Ware bekommst du nicht mehr viel.«

Der Phönizier zuckte die Achseln. »Was soll ich mit einer Hexe?!«

Die Herrin des Mont Salvage zog die rechte Augenbraue in die Höhe. »Mir scheint, du bist einer der Urheber dieser Anklage. Wollte die schöne Patricia dir nicht zu Willen sein? Hast du deshalb die Mär vom Teufelstanz in die Welt gesetzt?«

Yamahn ballte wütend die Fäuste. Genevier ahnte, dass sie ins Schwarze getroffen hatte. Der Händler stellte seit längerer Zeit dem Mädchen nach. Das wusste sie von Diego, der die Burg des Öfteren mit Calamaris belieferte.

Nun kam dieser auch schon atemlos angerannt. Er ergriff Geneviers Hand und rief flehend:

»Herrin – euch schickt der Himmel! Macht dem Spiel ein Ende! Rettet Patricia!«

»Ha!«, machte Yamahn und plötzlich war Genevier von bewaffneten, finsteren Typen umgeben.

»Es könnte sein, dass die ehrenwerte Priesterin der Diana neben ihr hängen wird.«

»Lass die Finger von ihr!«, rief da vom Kreuz her der Alkalde. Doch im selben Moment knickte er in den Knien ein. Mit Entsetzen sah Genevier von ihrem Pferd, wie ihm ein bärtiger Phönizier – wohl ein Kumpan des Sklavenhändlers – ein langes Messer in den Bauch stieß.

Die Menge schrie auf, wagte aber nicht einzugreifen.

Yamahn lachte höhnisch auf. »So, werte Königin – jetzt werde ich das Kommando übernehmen. Los! Herunter vom Pferd!«

»Fass sie nicht an!«, donnerte da die Stimme des Schmieds über den Platz. Der Hüne bahnte sich einen Weg und ehe Yamahn sich versah, hatte José ihn gepackt und einige Meter weit geschleudert.

Genevier riss ihr Schwert unter dem Umhang hervor. Sie nutzte die Verwirrung und gab dem Rappen die Fersen zu spüren.

Dieser galoppierte, im Weg stehende Menschen einfach umwerfend, zum Richtpodest. Genevier sprang auf die Bühne und – vier rasche Schwerthiebe zertrennten Patricias Fesseln, Mit der freien Hand zugreifend, fing sie die Gemarterte auf. Ein Kraftakt, den man dieser Frau auf den ersten Blick nicht zutraute.

Die Gefangene landete zwar hart, aber trotzdem unverletzt auf den rohen, schneebedeckten Holzbohlen.

Alles spielte sich in so raschem Tempo ab, dass niemand von den Helfern des Sklavenhändlers auch nur eine Bewegung der Abwehr machen konnte.

Genevier riss die fast erfrorene Ohnmächtige aufs Pferd, sprang selbst hinterher und raste – das Schwert wild schwingend, so dass alle die Köpfe einzogen – quer über den Platz.

Ein Husarenstück, von dem noch Generationen in Rosaria zu erzählen wussten.

Während Genevier aus dem Ort jagte, schob sie ihr Schwert zurück in die Scheide und löste im wilden Galopp den Pelzumhang von ihren Schultern, um ihn über Patricia zu werfen.

Niemand verfolgte sie – zu groß stellte sich in dem Ort das Durcheinander dar.

Erst als die Königin zwei Meilen hinter sich gebracht hatte, hielt sie das dampfende Ross an.

Patricia war zu sich gekommen und zitterte wie Espenlaub.

Genevier wusste, dass die junge Frau tot sein würde, bis sie die Gralsburg erreichen konnten.

Doch es war nicht sehr weit, bis zu dem alten Ruinentempel, neben dem eine heiße Quelle sprudelte.

Das mochte die Rettung sein.

Genevier stieß dem Rappen die Fersen in die Seiten.

Der Schnee stob nur so, als sie mehr dahin flogen, denn zu reiten.

Die Königin schlug die Richtung des Strandes ein. Hier, auf dem vom Wasser gehärteten Sand, konnte der Rappe richtig ausgreifen. Seine Hufe ließen die Gischt aufspritzen. Das Rauschen der Brandung erfüllte Geneviers Ohren.

Während des ganzen Rittes versuchte sie, Patricia so warm wie möglich zu halten, doch sie spürte, dass der Tod langsam nach ihr greifen wollte,

Starkes Schneetreiben setzte ein, als die Herrin des Mont Salvage endlich den Pfad zu der alten Tempelanlage einschlagen konnte.

»Oh Diana!«, seufzte sie. »Ich muss es schaffen. Gib mir die Kraft dazu.«

Gleichzeitig hoffte sie, dass der Schneefall ihre Spuren zudecken würde, bis etwaige Verfolger ihr näher zu rücken vermochten.

Durch das dichte Gestrüpp näherten sie sich der Ruinenanlage. Schnee rieselte aus dem Geäst und bald wirkte Genevier wie in ein weißes Tuch gehüllt.

Sie vernahm das Rauschen der Thermequelle und sah wenig später den Nebel zwischen den Resten der einst majestätischen Tempelsäulen aufsteigen.

Noch ein kurzes Stück – der Rappe hielt vor der einstigen Prunktreppe.

Genevier sprang in den Schnee.

Patricia rührte sich nicht.

»Große Göttin hilf!«, rief die Königin aus und lud sich die Leblose auf die Schultern. Sie hetzte die steinernen, einst mit Marmor belegten Stufen hinauf. Mehr in Trance legte sie den letzten Weg bis in den einstigen Tempelgarten zurück. Sie tauchte in die Nebelwand ein und spürte die Wärme, die von der Therme ausging.

Genevier legte schwer atmend Patricia am Rande des Beckens ab. Nun schlüpfte sie aus den Pelzschuhen, streifte Wams und Kleid ab, riss den Mantel von Patricias blaugefrorenem Körper und tauchte in das heiße Becken. Rasch zog sie Patricia nach.

Tief tauchten sie in das glucksende Wasser, während der frische Schnee ihnen um die Köpfe wirbelte.

Das Wasser belebte Genevier rasch und sie erlangte die Kraft zurück, sich nun intensiv um die Wiederbelebung der Rosarierin zu kümmern.

Es dauerte lange, bis die Wärme des Wassers den geschundenen Leib so weit durchdringen konnte, dass Patricia die Augen öffnete.

Ein mächtiger Hustenanfall ließ sie erbeben.

Genevier ahnte, dass sie sich eine starke Lungenentzündung eingefangen hatte.

Die Königin verzweifelte, wenn sie daran dachte, wie sie Patricia wohl lebend bis zur Burg schaffen sollte.

Da vernahm sie dumpfen Hufschlag.

»Diana! Nein!«, durchzuckte es Genevier. »Bitte nicht jetzt…«

Hastig arbeitete sie sich zum Rand des Beckens vor. Sie ergriff Patricias Hände und legte sie fest auf eine vorspringende Kante des Beckenrandes.

»Halte dich fest! Bitte!«, zischte die Königin. Sie konnte nicht abwarten, ob Patricia die Kraft dazu aufbringen würde.

Panikartig streckte sie ihren Körper und hechtete auf den Beckenrand. Noch im Sprung ergriff sie ihr Schwert ANGUIS.

So stand sie da – mitten im dichten Schneegestöber – das Schwert mit beiden Händen am Griff umfasst, die Beine leicht gespreizt, das rechte etwas angewinkelt, den Oberkörper leicht nach vorn gebeugt, völlig nackt mit nassem, wirren Haar – jedoch bereit, sogleich zuzuschlagen.

Der Feind würde keine Chance haben, sie unversehrt zu fassen!

»Sie muss hier stecken. Die Spuren sind eindeutig gewesen«, vernahm sie eine vertraute Stimme.

»Wenn ich mich in Geneviers Gedanken hineinversetzte, muss sie gewusst haben, dass diese alte Therme die einzige Rettung für Patricia ist«, antwortete eine andere, ihr wohlbekannte weibliche Stimme.

Geneviers Herz pochte wild.

Ihre Muskeln wurden weich und als Sherazeda und Ygrain oben auf dem Plateau des Tempels auftauchten, sank die Königin in die Knie.

»Diana – du hast wieder ein Wunder bewirkt…«, hauchte sie nur.

Dann waren sie heran. Sherazeda, Ygrain, Yvonne, Eileen, Katja, Theodora und Clarissa.

Was dann folgte, bekam die Herrin des Mont Salvage nicht mehr mit.

Erst auf San Salvador de Verdera arbeitete Geneviers Geist wieder.

Fassungslos lag sie auf dem Ruhebett in ihrer Kemenate. Zusätzlich zur Thermebodenheizung prasselte ein Feuer im Kamin. Genevier lag in einen Berg von Pelzen gewickelt.

Sherazeda fühlte ihren Puls.

»Na meine Liebe«, brummte sie, und dann umspielte ein warmes Lächeln ihre feinen Lippen.

»Wieder mal dem Totenmann von der Schippe gesprungen.«

Genevier schluckte. »Was ist mit Patricia?«

»Sie ist stark angegriffen, aber sie wird es überstehen. Wir hätten aber nicht viel später kommen dürfen.«

Die Königin richtete sich auf. »Wie habt ihr uns überhaupt gefunden?«, wollte sie mit verständnislosem Blick wissen.

Die schöne Sarazenin erhob sich. »Dein Freund José hat den richtigen Einfall gehabt. Nach deiner Flucht fassten die Männer von Rosaria endlich Mut und machten die Helfer Yamahns nieder. Der Schmied griff sich dann das erst beste Pferd und versuchte dir zu folgen. Als er feststellte, dass du die Richtung zum Strand eingeschlagen hattest, zählte er zwei und zwei zusammen. Er kannte den Ruinentempel und ahnte, dass nur die sofortige Wärme der Therme Patricia retten konnte. Deshalb wendete er und eilte direkt zum Mont Salvage.«

Genevier sank auf ihr Lager zurück. »José… guter Freund…«

Die Sarazenin lachte gurrend und merkte an:

»Somit ist der Spruch viele Muskeln, nichts im Hirn wohl Lügen gestraft. Jedenfalls was José betrifft.«

3

Der Wind pfiff vom Meer her.

Wolken hetzten über den Himmel.

Die Temperaturen waren merklich angestiegen und der Schnee verwandelte sich in Matsch und Wasser.

Genevier stand auf dem Arkadengang der Ostseite der Burg. Ihr Blick schweifte über das Gischt gepeitschte Wasser. Die Brandung rollte donnernd gegen das Felsenufer. Von der Therme trug der Wind neblige Wasserschwaden herüber.

Tief sog sie die salzige Luft in die Lungen.

Eine Woche war seit der Befreiung Patricias verstrichen.

Diese lag noch in Alyshias und Sherazedas Obhut auf der Krankenstation – erholte sich aber zusehends.

Langsam und nachdenklich schlug sie den Weg zur Therme ein.

Dort traf sie auf Eileen.

»Hallo!«, rief die Führerin des Heerbanners fröhlich aus dem dampfenden Wasser.

Genevier musste lächeln. Die quirlige kleine Blonde hatte stets gute Laune.

Die Königin ließ ihr Gewand zu Boden gleiten und stieg in das Becken. Mit vier kräftigen Schwimmzügen befand sie sich neben Eileen.

»Hach… ist das nicht herrlich…«, rief die Freundin aus und warf die Arme hoch.

Sie merkte dann, dass Geneviers Gedanken überschattet waren.

»Was hast du, Genevier? Was beschäftigt dich?«

Genevier seufzte. »Ich bin erschüttert durch das, was passiert ist.«

Eileen runzelte die Stirn. »Mit Patricia? Ja – da gebe ich dir Recht.«

»Wie kann sich solch ein Aberglaube – von einem beleidigten Mann in die Welt gesetzt – auf andere Menschen so auswirken?!«

Eileen legte der Königin die Hand auf die Schulter. »Es sind einfache Menschen. Was erwartest du? Zudem tut die Paulinische Kirche viel dazu, ihre Schäfchen mit Satansgeschichten bei der Stange zu halten. Bei den Menschen von Rosaria schlagen zwei Herzen in der Brust. Es ist die Lehre Roms und zum anderen hängen sie an den alten römischen Göttern. Da ist Zwiespalt und Irrglaube nahe liegend.«

Die Königin nickte. »Sicher – aber wäre ich nur etwas später gekommen, so wäre Patricia tot.«

Eileen schaute betrübt auf die wellige Wasserfläche. »Das ist richtig. Doch du kannst nicht immer überall zugleich sein. Dass du Patricia retten konntest, war eine Weisung Dianas.«

Genevier legte sich auf den Rücken und ließ sich treiben. Diana – große Göttin! dachte sie. Aber kannst du immer alles wissen?

Später beim Frühstück verdrängten andere Dinge die Trübsal.

Clarissa hatte einige Listen zusammengetragen, die sich mit der Bewirtschaftung der Burg befassten. Diese sollte Genevier unbedingt durchsehen. Dann hatte sich ein Bote aus Emporion angesagt.

Erst am späten Nachmittag konnte die Königin wieder etwas Luft holen.

Sie saß in der Halle am Feuer und trank einen Becher des dunklen heißen Gebräus, das die Wikinger aus einer fernen Welt mitgebracht hatten und Kaffee nannten.

Es belebte Geneviers Sinne wieder.

Da setzte sich Ygrain zu ihr.

»Ich muss etwas mit dir besprechen«, begann sie.

Die Königin schaute sie aufmunternd an, merkte aber, dass Ygrain etwas schwer auf der Seele lag.

»Sherazeda will bald abreisen. Sie muss sich um ihr Volk kümmern und ...«

»Sherazeda hat dich um deine Begleitung gebeten.«

»Richtig!«. Ygrain nickte.

»Aber?«

Die Heerführerin von San Salvador knetete ihre Hände. »Ich trenne mich schwer und...«

Genevier nahm sie in den Arm. »Sherazeda braucht dich. Du bist ihre Kanzlerin, vergiss das nicht. Außerdem...« Genevier machte eine kurze

Pause und schaute Ygrain schelmisch an: »...ist da nicht auch noch ein gewisser Omar?«

Die schöne Keltin lächelte verlegen. »Omar... – ja... aber ich bin die Heerführerin von San Salvador de Verdera.«

»Das wirst du auch bleiben. Doch höre auch auf dein Herz.«

Ygrain sprang auf. »Mein Herz schlägt hier. Bei euch!«

Genevier zog sie sanft auf den Stuhl zurück. »Das eine schließt das andere nicht aus. Sherazeda hat außerdem den Gralsgedanken nach Marrakesch getragen. Sie braucht deine Hilfe.«

»Dein Rat ist mir mehr wert, als aller Reichtum des Königtums«, kam es leise.

Niemand hatte die Kalifin kommen hören.

Ygrains Kopf zuckte herum. Sie schluckte. »Ist das wahr?«

Die schöne Sarazenin setzte sich und ergriff Ygrains Hand. »Ja, es ist wahr. Genevier hat recht. Ich brauche dich. Daher bitte ich dich, mit mir zu kommen.«

Genevier lachte leise. »Sanderah ist noch da. Boltar hat sie hier gelassen, weil er nach Thyros gesegelt ist. Er kommt erst in zwei Monaten zurück. Außerdem... wenn ich Hilfe benötige, sende ich nach dir.«

Die Keltin schaute die Königin ernst an.

»Du meinst, was du sagst?«

Genevier nahm ihre Hände und küsste diese. Dann blickte sie Ygrain fest in die Augen.

»Es sind keine leeren Worte. Doch du trägst auch eine große Verantwortung für unseren Orden an Sherazedas Hof.«

Zwei Tage später nahmen sie Abschied.

Genevier fiel es schwer, die geliebten Freundinnen gehen zu lassen, aber die Kalifin gehörte zu ihrem Volk.

Genevier, Eileen und Clarissa schauten dem Tross noch lange vom Hauptturm aus nach.

Später, in der Gemeinschaftshalle erwartete die Herrin von San Salvador eine Überraschung.

Ein Bote aus Benoic war eingetroffen.

»Hohe Frau – mein Herr, der Herzog Galahad, lädt euch ein, am großen Turnier von Burg Carbonic teilzunehmen.«

Genevier blitzte den jungen Mann amüsiert an.

»Aktiv oder passiv?«

Das brachte den Boten leicht durcheinander.

Die Königin lachte hell auf. Dann ließ sie ihn in allen Ehren bewirten.

Am Abend erklärte sie Clarissa und Eileen: »Ich werde nach Benoic reisen. Aber inkognito. Als Ritter. Mal sehen, wie viele ich von den hohen Herren aus dem Sattel werfen kann.«

GENEVIER
Zwischengeschichten

Die Zwischengeschichten behandeln Ereignisse, die in der Gesamterzählung nur angeschnitten oder lediglich beiläufig erwähnt worden sind.

Diese im Eposrahmen zu berichten, wäre zu ausschweifend geworden. Daher sind die wichtigsten Ereignisse hier getrennt aufgeführt.

So wird es Sie als Leserinnen und Leser sicher interessieren, wie Ygrain, Alyshia, Eileen und Zierah zum Gralsorden gekommen sind.

Zum Abschluss wird ein Ereignis geschildert, welches beinahe den Untergang der Gralsburg herbeigeführt hätte.

Ygrain

Die Luft flimmerte.

Genevier lenkte den Falben gen Ceret. Dort hoffte sie einige tüchtige Männer zu finden, die als Zimmerleute beim Ausbau der großen Halle von San Salvador de Verdera helfen konnten.

Der Wiederaufbau der Burg an sich machte gute Fortschritte. Genevier hoffte nur, dass der Merowinger sie in Ruhe lassen würde. Einen Angriff konnte die alte Parcivalburg zur Zeit noch nicht verkraften.

»Wenn Childerich etwas davon merkt, was sich hier abspielt – und er wird es über seine Spitzel erfahren – haben wir ein Problem«, hatte Blaise erst gestern mahnend gesagt.

»Dann müssen wir rasch fertig werden«, seufzte Genevier zur Antwort.

Blaise lachte hart. »Ich benötigte noch einige Männer, die was vom Dachbau verstehen.«

»Hm – wo könnte man solche Leute finden?«

José – der Ziegenhirte – hatte der Königin dann geraten, sich einmal in Ceret umzusehen.

So hatte sie sich am Morgen auf den Weg gemacht.

Sie sah den kleinen Ort unten im Tal liegen.

Gerade wollte sie weiter reiten, als ihr feines Gehör Hufgeräusche vernahm. Es schienen mehrere Pferde zu sein und ihre Reiter jagten sie wohl rücksichtslos über den schmalen Pfad.

Die Herrin von San Salvador sprang zu Boden, ergriff rasch den Zügel des Falben und versteckte sich tiefer im Buschwerk.

»Bleib ruhig«, flüsterte sie dem Tier zu und band es mit dem Zügel kurz an einen Baum. Dann schlich sie zurück und erklomm eine Eiche, deren Krone tief und dicht stand. Das alles hatte sich in kürzester Zeit vollzogen.

Von hier konnte sie den Pfad nach zwei Seiten jeweils ein gutes Stück einsehen.

Da donnerte auch der erste Reiter heran!

Wie ein Sturmwind sauste er an der Eiche vorbei.

Die Königin stutzte. Kein Zweifel, es handelte sich um eine junge Frau. Dichtes schwarzes Haar wehte hinter ihr wie die Mähne eines Pferdes. Tief geduckt lag sie auf dem Rücken ihres Tieres – mit einer Hand den Zügel führend, in der rechten Hand blitzte ein Schwert.

Eine Kriegerin? Hier? durchzuckte es Genevier.

Dann verschwand sie auch bereits um die Kehre des Pfades. Doch nur zwei Wimpernschläge später sausten ihre Verfolger heran. Acht mehr oder weniger gut gerüstete Gesellen, die scheint's alles daran setzten, die Frau einzuholen.

Die Königin erkannte an einem Schild den Drachen mit der Rune.

»Verflucht!«, entfuhr es ihr. »Modreds Männer!«

Sie hatte dieses Wappen oft genug gesehen. Modred allerdings war tot. So hoffte sie jedenfalls. Dann standen diese Männer wahrscheinlich inzwischen im Dienste Childerichs.

Doch das bedeutete Gefahr für die Kriegerin. Wer auch immer sie sein mochte.

Rasch rutschte die Königin von der Eiche und zog dann ihr Ross aus dem Dickicht.

Leicht klirrte der Kettenschutz an dem römisch geschnittenen Kampfrock. In den Bronzeverzierungen des Brustpanzers reflektierte die Sonne.

Aus dem Stand heraus sprang die sportliche, kampftrainierte Frau auf den Rücken des Falben und jagte hinter den Reitern her.

Bald vernahm sie das typische Geräusch eines Kampfes. Dazwischen die Stimme der Kriegerin, die ihre Gegner beschimpfte.

Genevier lenkte den Falben etwas seitlich ins Buschwerk, glitt von seinem Rücken und spähte durch die Zweige eines Dornenstrauches.

Die Verfolger hatten die junge Frau überwältigt.

Genevier bemerkte nun an die fünfzehn Männer. Also hatten sie die Kriegerin in die Zange genommen. Allerdings schien diese sich mächtig gewehrt zu haben, denn sechs der Schergen lagen blutend und jammernd im Gras.

»Na Täubchen«, geiferte einer der Männer. »Dafür wirst du bezahlen.«

Nachdem man der Kriegerin eine starke Astgabel auf den Nacken gelegt hatte, wurden ihre Hände daran stramm festgebunden. So musste sie den Kopf etwas gebeugt halten und durch die Art der Fesselung hatte sie keine Chance, sich in irgend einer Form gegen die Zugriffe der Männer zu wehren.

Genevier sah, wie einer der Burschen ihr das Wams vorn aufriss und die Fetzen bis zu den Hüften herabzogen. Kräftige Brüste mit festen Warzen kamen zum Vorschein.

Genevier hatte schon das Schwert gezogen, als sie erneuten Hufschlag vernahm. Aus Richtung Ceret erreichten zehn weitere Reiter den Ort des Geschehens.

Die Königin zog sich zurück. Es handelte sich hier um eine zu große Übermacht. Es würde der Kriegerin nichts nützen, wenn man auch sie gefangen nahm. Genevier musste auf eine günstigere Gelegenheit warten.

»He!«, rief einer der hinzugekommen Reiter. »Lass das! Der Hauptmann zieht dir sonst das Fell über die Ohren. Los! Bringen wir sie nach Ceret. Dort wird sie schon die rechte Behandlung erfahren.« Er lachte laut auf, wie über einen guten Witz.

Genevier zog sich weiter zurück. Sie wusste schon mal, wo sie die Gefangene zu suchen hatte.

Nachdem der Trupp abgezogen war, folgte sie ihm in einem großen Sicherheitsabstand. Da sich in dem Ort ein Hauptmann aufhielt, ging sie davon aus, auf weitere Schergen zu treffen.

Gespannt war sie darauf, welchem Herrn sie dienten. Sorgen bereitete ihr der Gedanke, dass diese Krieger etwas über das Geschehen auf der alten Gralsburg erfahren könnten.

Die Hauptgasse des Ortes zeigte sich fast leer. Man hielt Siesta.

Der Trupp hielt vor dem Haus des Alkalden – dem einzigen Vollsteinhaus des Ortes.

Die Gefangene wurde – immer noch halb nackt – vom Pferd gezerrt und ins Gebäude gebracht.

Genevier führte ihren Falben in eine Seitengasse und beobachtete.

Bald waren alle Männer in dem Haus verschwunden. Sie schienen sich sehr sicher zu fühlen.

»He«, machte es plötzlich hinter ihr. Sie zuckte zusammen. Ein schmutziger kleiner Junge stand hinter ihr und schaute zu ihr auf. »Bist du nicht von der Burg in den Bergen?«

Nachdem Genevier sich gefasst hatte, nickte sie.

»Du willst Ygrain helfen?«

»Ygrain?« Mochte das der Name der Kriegerin sein? »Du kennst sie?«

»Sie hat vielen Menschen das Leben gerettet. Jetzt hat Moveus sie fangen lassen und wird sie zu Tode foltern.«

Genevier presste die Lippen auf einander, dass sie nur noch einen Strich bildeten. Ihr Blick war zu dem Haus drüben gerichtet. Endlich sagte sie: »Wer bist du?«

»Miguel. Ich wohne mit meinem Großvater zusammen dort hinten. Er hat gesagt, wenn sie Ygrain etwas tun, bringe ich so viele von den Hunden um, wie ich erwischen kann. Auch wenn ich selbst dabei sterbe.«

Genevier schaute den Jungen ernst an. »Dein Großvater scheint ein tapferer Mann zu sein.«

Miguel strahlte. »Oh ja – er hat einst mit Sir Keye Seite an Seite gegen die Sachsen gekämpft.«

Genevier runzelte die Stirn. »Mit Keye... wie ist der Name deines Großvaters?«

»Alen d' Bergerace.«

Von ihm hatte Genevier gehört. Artus hatte ihn als guten Strategen bezeichnet. Mit seiner Hilfe konnten die Sachsen aus Fowey vertrieben werden.

»Führe mich zu ihm. Rasch! Dann werden wir sehen, wie Ygrain zu helfen ist.«

Alen d' Bergerace lebte am Ende einer kleinen Seitengasse in einer anheimelnden Hütte – versteckt hinter Zypressen und Maulbeerbäumen.

Der Alte stand plötzlich mit einem rostigen Schwert in der Hand vor ihnen.

»Wer ist das?«, knurrte er und seine alten Augen bekamen einen kämpferischen Glanz.

Dann zogen sie sich leicht zusammen und er legte den Kopf etwas schief. Sein Blick schien tief in Genevier einzudringen. »Hm«, murmelte er. »Könnte das möglich sein?«

Genevier lächelte.

Der Alte schüttelte den Kopf. »Gibt es noch Wunder? Du bist Genevier – die Frau meines geliebten Königs...«

»Ich bin Genevier, ja.«

»Jesus Christus«, hauchte der Alte und sank in die Knie.

Rasch ging Genevier in die Hocke und legte ihm die Hände um die Schultern. »Knie nicht, ich bin nicht mehr deine Königin. Erzähl mir lieber von dieser Ygrain. Wir müssen ihr helfen.«

Eine Stunde später – der Alte hatte ein wahres Festmahl auf den rustikalen Tisch gebracht – wusste die Herrin von San Salvador Bescheid.

»Sie kommt und sie geht. Sie ist da, wenn Gefahr droht. Niemand kennt ihre Herkunft. Sie kommt wie das Jüngste Gericht über Childerichs Männer.«

»Dann hat Childerich extra eine Soldateneinheit hierher verlegt, um dieser Kriegerin aufzulauern?«

Alen nickte. »Hauptmann Moveus ist ein grausamer Mann. Er wird Ygrain töten. Aber es wird ein tagelanger, furchtbarer Tod sein. Er hasst diese Frau, denn sie hat ihm die Schwerthand verkrüppelt.«

Genevier überlegte. »Vermutlich wird er zur Exekution das Volk von Ceret zusammenrufen. Um ein abschreckendes Beispiel zu geben.«

Alen nickte. »Das ist Childerichs Strategie. Gehorsam durch Furcht! Der Satan hole ihn!«

Miguel sprang auf. »Großvater – ich kann das auskundschaften...«

Alen winkte entsetzt ab. »Da seien die Heiligen vor! Man wird dich erwischen und dann...«

»Aber ich kenne einen Weg in das Haus des Alkalden. Einen engen Schacht. Von dort kann ich sehen und hören, ohne dass man mich findet.«

Genevier machte ein Handzeichen, als der Alte wieder protestieren wollte. »Das ist vielleicht unsere einzige Chance.« Sie wandte sich an den

Jungen. »Traust du dir das wirklich zu? Ohne Gefahr zu laufen, eingefangen zu werden?«

Miguel stand stolz vor ihr. »Ich bin schon oft in das Haus geschlichen.«

»Gut – dann tu es jetzt wieder. Aber keine Mutproben – verstanden ?!«

»Für meine rechtmäßige Königin und Ygrain tue ich alles!«, rief er und verschwand.

Genevier musste trotz der ernsten Situation auflachen.

»Du kannst stolz auf deinen Enkel sein, Alen.«

Der Alte seufzte. »Tja – Childerich hat auch seine Eltern auf dem Gewissen. Wenn doch Artus noch leben würde…«

Genevier ergriff Alens Hand. »Leider müssen wir uns mit seinem Tod abfinden.«

Alen nickte. »Modred – dieser Hurensohn und diese rote Hexe!«, zischte er.

Über Geneviers Nasenwurzel bildete sich eine scharfe Falte. »Weshalb nennst du Morgana eine Hexe?«

Der Alte knurrte: »Ist sie nicht an allem Schuld mit ihrem Bastard?«

Die Königin schaute Alen fest in die Augen. »Morgana wurde von Modred genauso hintergangen, wie viele andere. Wie nennt man Morgana im allgemeinen?«

Der Alte stutzte. »Hm – Morgan le Fey.«

Genevier nickte. »Morgana die Fee. Denke darüber nach, mein Freund.«

*

Miguel kehrte außer Atem sehr spät zurück. Es wurde bereits dunkel.

Alen nahm ihn aufatmend in die Arme. »Gott sei Dank! Ich hatte schon Angst, dir sei etwas passiert.«

Miguel lachte kurz. »Du weißt doch – Unkraut vergeht nicht.«

Genevier hatte sich von ihrem Hocker erhoben und schaute den Jungen an. »Was konntest du erfahren?«

»Ygrain liegt im Keller in Ketten. Ich glaube, man hat sie geschlagen. Morgen Mittag soll auf dem Versammlungsplatz ein Pranger errichtet werden. Dort will Moveus sie foltern lassen.«

»Wie viele Soldaten sind im Ort?«

Alen zuckte die Achseln. »Etwa fünfzig Mann.«

Die Herrin von San Salvador de Verdera lächelte schief. »Ein gutes Verhältnis. Eins gegen fünfzig.«

Alen schüttelte den Kopf und ballte die Fäuste. »Zwei gegen fünfzig!«

Genevier legte ihm die feingliedrige Hand auf den Arm. Eine Hand, der man nicht ansah, wie mächtig sie das Schwert zu führen verstand. »Danke, Alen.«

Dann wandte sie sich an Miguel. »Würdest du dir zutrauen, in der Nacht nach Burg San Salvador zu reiten?«

Miguel nickte heftig.

»Herrin…« – Alen machte ein bestürztes Gesicht.

Genevier schaute ihn ernst an. »Allein schaffen wir es nicht. Wenn jemand eine Chance hat, ungesehen den Ort zu verlassen, dann dieser Junge.«

»Wird er den Weg finden? Der Mont Salvage ist nicht einfach zu erreichen.«

Genevier erklärte dem Jungen die untrüglichen Wegzeichen. »Außerdem kennt mein Pferd den Weg. Vertraue dich ihm an.«

Endlich zeigte sich der Alte doch einverstanden, wenn auch schweren Herzens.

»Erkläre Mirelle, um was es geht. Sie weiß dann schon Bescheid. Sie ist eine gute Kämpferin.«

Wenig später hatte die Nacht Miguel verschluckt.

*

Der neue Tag brach an.

Genevier hatte unruhig auf dem Strohlager geschlafen. Hinter dem Haus – am Brunnen wusch sie sich, so gut es ging. Sie vervollständigte die leichte Rüstung und hängte sich das Schwert über die Schulter. Der Schlagschutz aus kleinen leichten Kettengliedern gab ein leises klirrendes Geräusch wieder, als sie zur Vorderfront marschierte. Sie wollte eben um die Ecke zur Tür biegen, als sie sich – wie vom Katapult geschossen – hinter einen Ginsterbusch warf.

Ein Trupp Merowingersoldaten – etwa zwanzig Mann – hielt vor dem Haus.

»He! Alter!«, rief ihr Anführer vom Pferd – einem dürren, ungepflegten Klepper – herab.

Da vernahm Genevier die Stimme Alens. »Was wünscht ihr, Herr?«

»Wir suchen eine Kriegerin. Sie soll hier vorbeigekommen sein.«

»Eine Kriegerin?« Alen drückte Erstaunen aus. »Ausgerechnet hier? Wo sollte so eine Frau herkommen?! Wir befinden uns nicht im Land der Amazonen.«

Der Soldat lachte höhnisch. »Ha – das Amazonendasein würde ihr schon vergehen, wenn wir ihr die Haut in kleinen Streifen ablösen. – Gut, sei vorsichtig und mache uns Meldung. Verstanden?« Und gefährlich leise setzte er hinzu: »Oder deine Haut wird es sein, die in der Sonne zum trocknen aufgehängt wird.«

Er wendete sein Pferd – die Kameraden taten das gleiche – und preschte davon.

Genevier rappelte sich hoch und klopfte sich den Staub von der Rüstung.

»Irgend jemand muss dich gesehen haben«, bemerkte Alen wenig später im Haus.

»Ich werde wohl besser nicht hier bleiben – ich bringe dich in Gefahr.«

Der Alte schüttelte energisch den Kopf. »Die kommen so schnell nicht wieder. Frühstücke erst einmal ordentlich – dann sehen wir weiter.«

»Ich mache mir Sorgen um Miguel. Es müsste längst mit Hilfe vom Mont Salvage eingetroffen sein.«

Genevier setzte sich bei diesen Worten auf den dreibeinigen Hocker.

Alen goss Ziegenmilch in einen Becher. »Deine Truppführerin wird sicherlich nicht offen in Ceret einreiten, nehme ich an.«

In dem Punkt musste die Königin dem Alten recht geben.

»Mein Schwert müsste geschliffen werden«, murmelte sie. »Hast du einen Schleifstein?«

Alen streckte die Hand aus. »Ich mach' das für dich.«

Geneviers Augen funkelten belustigt. »Denkst du, ich könnte das nicht?«

Da lachte der Alte aus vollem Hals. »Doch, doch – ich weiß, dass du auf Camelot schon immer heimlich dein Schwert geschliffen hast.«

Erstaunt zog die ehemalige Hochkönigin die rechte Augenbraue hoch. »Du weißt…«

Alen nickte. »Ich weiß auch, dass es beim Pfingstturnier 471 einen mysteriösen Ritter in grüner Rüstung gab. Er fegte sogar den großen Lancelot aus dem Sattel. Doch zur Siegerehrung war er spurlos verschwunden.«

»Es kam mir zu Ohren«, bemerkte Genevier in gleichgültigem Tonfall.

Der Alte trank einen Schluck Milch und schob sich danach ein Stück Speck zwischen die Zähne. Wie abwesend fuhr er fort. »Tja – nachdem er fort war, nahm dann die Königin in der Ehrenloge Platz. Sie war den ganzen Tag verwaist geblieben, weil die Königin sich unwohl gefühlt hatte …«

Genevier schaute mit leicht gesenktem Kopf unter den Augenbrauen zu Alen hinüber.

»Was willst du damit sagen?«, fragte sie gedehnt.

»Ach«, Alen zuckte die Schultern und meinte kauend: »Mir fiel nur ein, dass ich mich Heuteemittag sehr wohl fühlen würde, hätte ich diesen grünen Ritter an meiner Seite.«

Genevier räusperte sich. »Nun ja – aber wir werden wohl auf uns angewiesen sein.«

Gegen Mittag gürtete die Herrin des Mont Salvage sich ihr Schwert um. Alen besaß drei Pferde. Eines – einen Gefleckten – sattelte Genevier.

Alen stand plötzlich neben ihr. »Du hast mir noch nicht erzählt, was du eigentlich planst.«

Geneviers Augen begannen gefährlich zu blitzen. »Vieles wird die Situation entscheiden. Du musst dafür sorgen, dass du ganz in die Nähe von Ygrain gelangst. Sattel die anderen Pferde. Versteckt die Tiere so, dass sie auf dem kürzesten Weg erreichbar sind, denn es könnte eine sekundenschnelle Flucht sein.«

*

Ygrain wirkte mehr tot als lebendig.

Moveus ritt stolz auf einem Gescheckten daher. Zwei weitere Reiter schleiften Ygrain in schweren Ketten hinter sich her zum Marktplatz. Die Kleidung der Gefangenen bestand nur aus einem Fetzen um die Hüften. Unübersehbar zogen sich die blutunterlaufenen Striemen über Schultern, Rücken, Brüste, Arme und Beine.

Auch die Stiefel hatte man ihr weggenommen, so dass sie barfuß hinter den Pferden herstolperte.

Alen beobachtete die Szene aus einiger Entfernung. Unwillkürlich umkrampfte seine Hand den Griff des Schwertes.

Er schaute sich um, aber er konnte weder Genevier noch sonst jemanden entdecken, von dem Hilfe zu erwarten sein konnte.

»Notfalls schicke ich dich allein in den Tartarus, mon Capitan«, zischte der Alte und seine Augen richteten sich hasserfüllt auf Moveus.

Ygrain wurde zum Pranger geschleppt. Ein Gestell mit einem schmalen Dreikantholz. Die scharfe Kannte war als schmerzhafter Sitz vorgesehen. Die Arme wurden straff nach oben an einen Balken gebunden, die nackten Füße zwischen zwei Bretter geklemmt.

Moveus ritt dicht an die Gefangene heran und musterte sie vom Ross herab. Ein schleimiges Grinsen umspielte seine Mundwinkel.

»Ich gebe dir noch eine letzte Chance. Erkläre dich zu meiner Sklavin.«

Ygrain hob den Kopf ein wenig. Ihre Augen spiegelten Verachtung wieder. »Ich würde dir beim Liebesspiel die Eier abbeißen!«

Das umstehende Volk lachte höhnisch. Moveus stieg das Blut ins Gesicht. Die Zornesader an der Schläfe pulsierte.

Er wendete sein Pferd und schrie quer über den Platz:

»Kitzelt sie zwei Stunden ununterbrochen an den Fußsohlen. Danach gebt ihr zweihundert Rohrstockhiebe auf die Zehen. Wenn sie dann noch bei Verstand ist, zieht ihr die Haut ab. Aber langsam. In schmalen Streifen.«

»Pass auf, dass du nicht ihren Platz einnimmst«, donnerte da die Stimme Geneviers über die Menge hinweg.

Alle Gesichter – einschließlich dem des Merowingers – ruckten herum.

Da saß Genevier hoch aufgerichtet auf ihrem Pferd. Das Schwert in der Hand. Die Mittagssonne brach sich in dem goldenen Kampfschild.

»Ah«, kam es gedehnt von Moveus, nachdem er sich etwas von der Überraschung erholt hatte. »Du bist eine der Huren aus dem Stall des Pendragon. Nun denn…«

Weiter kam er nicht. Genevier war – für das Auge kaum in der Geschwindigkeit nachvollziehbar – vorgeprescht, die Schwertklinge zuckte und…

Ein Aufschrei ging durch die Menge, als Moveus Kopf polternd auf den Boden des Platzes traf, viermal aufhüpfte um dann direkt vor dem Pranger – unter Ygrains Füßen auszurollen.

Bevor die restlichen Soldaten eingreifen konnten, waren sie von Kriegerinnen umringt.

Der alte Alen hielt – mit Freudentränen in den Augen – Miguel im Arm. »Junge«, murmelte er. »Dieses Teufelsweib hat es wieder mal geschafft.«

Ygrain wurde befreit und ihre Wunden sogleich versorgt.

Später saß man im Hause Alens zusammen.

Ygrain hockte auf einem Lager, in eine Decke gewickelt und hatte die Kraftbrühe geschlürft, die der Alte gekocht hatte.

Die Kriegerin wandte nun den Blick zu Genevier. Eine Mischung aus Achtung, Dankbarkeit aber auch Irritation lag darin.

»Geht es dir jetzt besser?«, erkundigte sich die Herrin von San Salvador de Verdera.

Ygrain nickte. »Weshalb hast du das getan?«, wollte sie wissen. »Du kennst mich nicht. Es konnte dir doch egal sein.«

Genevier setzte sich neben sie und legte ihr die Hand sanft auf die Schulter. Sie spürte, wie die Kriegerin leicht zusammenzuckte.

»Es kann mir nicht egal sein. Vermutlich wirst du das später einmal verstehen. Alen hat mir erzählt, dass du den Leuten des Ortes hier viel geholfen hast.«

»Diese Merowingerbrut muss ausgerottet werden«, kam zischend die Antwort.

»Woher dieser Hass?«

Ygrain schüttelte unwirsch den Kopf. »Das ist meine persönliche Sache.« Nach einer Pause meinte sie, mit einem Seitenblick auf Genevier: »Du kommst von der Burg?«

Genevier nickte.

»Was treibt ihr dort oben. Sir Parcival ist fort.«

Genevier seufzte. »Leider. Ich hoffe immer noch, eine Spur von ihm zu finden.«

Ygrain zog die Augenbrauen zusammen. »Weshalb? Was habt ihr mit ihm zu schaffen?«

»Standest du ihm nahe?«, fragte die Königin zurück.

»Nein. Aber ich verehrte Königin Repanse und die Herrin Konwiramur. Aber wieso nehmt ihr die Burg in Besitz? Man munkelt Merkwürdiges über einen Dämonenkult.«

»Ah ja«, machte Genevier und musste lachen.

Ygrain registrierte das mit finsterer Miene.

»Entschuldige«, kicherte Genevier. »Wenn Diana eine Dämonin ist, bin ich der Teufel selbst.«

Alen stand nun auf und blickte Ygrain ernst an. »Bist du schon einmal wieder oben auf dem Mont Salvage gewesen und hast du dort das Banner gesehen?«

Die Kriegerin schüttelte den Kopf.

»Es ist das Banner des Pendragon.«

Ygrain zog die Augenbrauen hoch. Ungläubig murmelte sie: »...des Pendragon...?«

»Ja. Deine Retterin ist Genevier – Hochkönigin von Amorica und der Inseln in der See.«

Die Kriegerin stand mit unsicheren Bewegungen von ihrem Lager auf. Erst starrte sie den Alten an, dann drehte sie sich langsam zu Genevier um. »Du bist die Gattin des Artus...«

Nun berichtete die Königin ihr, was in der Vergangenheit vorgefallen war und weshalb sie die Burg wieder aufbauen ließ.

Alen hatte noch eine Flasche Rotwein aufgetrieben und so saßen alle bis zur Dunkelheit zusammen.

Da trat Mirelle in die Hütte. Sie wollte mit einem Teil der Kriegerinnen nach San Salvador de Verdera zurückkehren.

»Gut«, meinte Genevier. »Lasse zwanzig von den Frauen hier. Ich kehre morgen mit ihnen zurück.«

Wenig später rückte der Trupp ab. Alen kümmerte sich um das Quartier für die zum Schutz des Ortes Zurückgebliebenen.

Nun erzählte Ygrain ihre Geschichte. Wie ihr Dorf in Ampulien von Childerichs Soldaten überfallen worden war, wie diese beinahe alle Bewohner bestialisch getötet hatten und wie sie – Ygrain – nur knapp der Sklaverei entkam. »Seit dem durchstreife ich das Land des Bastards. Die Berge und Wälder und jage die Mörder meiner Familie und Freunde.«

Genevier ergriff Ygrains Hände. Die Kerkerketten hatten an den Gelenken blutige Spuren hinterlassen. »Du bist eine ausgezeichnete Kämpferin. Ich bemerkte es, als du an mir vorbei gejagt bist. Auch an den Spuren auf dem Kampfplatz – dort wo man dich gefangen nahm – habe ich es erkannt.«

Ygrain schluckte. »Du hast meine Gefangennahme mitbekommen?«

»Ja. Deshalb folgte ich vorsichtig hier her. Ich wusste vorher nicht, dass sich eine Patrouille Childerichs hier eingenistet hatte.«

Alen rieb sich das Kinn. »Was machen wir eigentlich mit der Bande?«

Genevier zuckte die Achseln. »Ihr seid Männer genug im Dorf. Bringt sie auf den Sklavenmarkt von Emporion. Dann werden sie lernen, auf der schwächeren Seite des Lebens zu stehen.«

Zu Ygrain gewandt sagte sie: »Eine Frau wie dich brauche ich auf San Salvador. Willst du mit mir kommen? Ich denke, ich benötige eine weitere gute Anführerin und jemanden, der sich im Kampfe auskennt.«

Man sah Ygrain an, wie dieses Angebot sie innerlich aufwühlte.

»Du meinst wirklich…?«

»Zur Rache an Childerichs Schergen wird es genug Gelegenheit geben«, entgegnete die Königin trocken.

Alyshia

Der Sturm peitschte die See bis weit in das Delta des Plimizol.

Genevier zügelte den Rappen und wischte sich eine Haarsträhne aus dem Gesicht. Gischt benetzte ihre Haut.

Da brach ein einzelner Sonnenstrahl durch die schwere geballte Wolkendecke. Er ließ die feinen Wasserperlen wie Diamantstaub glitzern. Doch nur für den Bruchteil einer Sekunde erschien die Reiterin wie eine Gestalt aus der antiken Götterwelt, dann umfing sie wieder das bleiern graue Zwielicht.

Vereinzelte Blitze zuckten am Horizont – weit über dem Meer. Der Wind ließ Geneviers Haar wie eine Mähne flattern.

Sie tätschelte dem Schwarzen den Hals. »Ganz ruhig, Achilles – wir machen, dass wir nach Hause kommen.«

Die Ohren des Rappen vibrierten leicht, so als habe er jedes Wort verstanden.

Genevier nahm mit der klammen Rechten die Zügel wieder hoch. Mit der anderen Hand zog sie ihren Wollumhang fester um die Schultern. Sie drückte dem Tier die bloßen Fersen in die Seiten. Es trabte an.

Während sie den Damm hinaufritt, dröhnte die Brandung wie unaufhörliches Donnerrollen in ihren Ohren.

Plötzlich blieb Achilles wie angewurzelt stehen. Seine Ohren legten sich eng an den Kopf. Hörbar zog das Tier die Luft durch die Nüstern.

Geneviers Hand zuckte sogleich zum Schwertgriff. Ihr Blick glitt wachsam nach allen Seiten und fixierte dann den schlammigen Pfad voraus. Doch sie konnte nichts Verdächtiges ausmachen. Trotzdem verhielt sich der Rappe warnend.

Irgend eine Gefahr musste vorn lauern.

Geneviers Lippen bildeten einen dünnen Strich, als sie auf den Boden hinunter glitt.

Sie spürte den glitschigen, aufgeweichten Boden unter ihren nackten Füßen. Langsam – auf jeden Überfall vorbereitet – zog sie das Schwert.

Den goldenen Schild ließ sie an der Seite ihres Rappen hängen.

Achilles stand einer Statue gleich.

Der Damm vollzog hier eine leichte Rechtsbiegung.

Die hochgewachsene, schlanke Frau, schien mit den Augen jede Unebenheit des Weges ins sich aufzusaugen. Doch entdeckte sie keine auffälligen Spuren. Hier schien seit den letzten zwei Tagen niemand gegangen, geritten oder gefahren zu sein.

Aber Achilles hatte niemals ohne Grund solches Verhalten gezeigt.

Sie gab dem Rappen einen leichten Klaps und raunte: »Versteck dich!«

Achilles drückte sich in eine Lücke der wilden Brombeeren, während Genevier mit gezogenem Schwert vorsichtig einen Fuß vor den anderen setzte. Der scharfe Wind zerrte an ihrer Kleidung.

Als sie die Biegung des schmalen Pfades erreichte, schweifte ihr Blick von der Höhe her ungehindert vom meerumwogten Strand bis zu der entfernt liegenden kleinen Ansiedlung Castello. Auf der sumpfigen Ebene zu ihrer Rechten erhoben sich dunkle Inseln dornigen Gestrüpps, durch das der immer mehr auffachende Sturmwind fegte.

Nichts, aber auch gar nichts deutete auf eine unbekannte Gefahr hin.

Etwas ratlos stützte Genevier sich auf ihr Schwert.

Da zogen sich ihre Augen unwillkürlich etwas zusammen. Es glitzerte etwas auf dem schlammigen Boden zu ihren inzwischen total verschmutzten Füßen.

Genevier bückte sich und hielt dann ein nasses verkratztes Medaillon in der Hand. Dem Zustand nach musste es schon geraume Zeit hier liegen. Sie wischte es etwas sauber und betrachtete es eingehend. Die feine Silberkette war kurz vor dem Verschluss gerissen. Den Deckel des Medaillons zierte eine keltisch anmutende Runengravierung.

Genevier versuchte ihn zu öffnen – es gelang erst beim zweiten Versuch.

Sie schluckte unwillkürlich. Das Antlitz der winzigen Miniatur war ihr nur zu sehr bekannt.

»Diana«, hauchte sie. Tatsächlich beinhaltete das Medaillon in feinster Arbeit das Gesicht der Göttin Diana – auch als Astarte der Pyrenäen bekannt.

Die Herrin des Mont Salvage steckte den Fund in einen kleinen Lederbeutel an ihrem Gürtel. Dann marschierte sie zurück zu Achilles.

»Komm, Junge – es gibt nichts, was für uns Gefahr bedeuten mag.«

Der Rappe eilte ihr entgegen, legte aber seine Unruhe nicht ab. So führte Genevier ihn am Zügel, noch aufmerksamer die Umgebung musternd.

Sie erreichten den Punkt, an dem das Medaillon gelegen hatte.

Genevier blieb stehen. Immer lauter dröhnte die Brandung herüber und der Himmel verfinsterte sich beängstigend.

»Wir sollten machen, dass wir Burg San Salvador erreichen, mein Lieber«, meinte Genevier rückwärts zu dem Rappen gewandt. »Es zieht ein gewaltiges Unwetter auf.«

Da hielt sie ungewollt den Atem an.

Hatte sie sich getäuscht oder hatte sie ein entferntes Rufen vernommen?

Sie legte den Kopf etwas schief.

Dann meinte sie zu Achilles. »Hast du es auch gehört? Oder ist es nur eine Narretei des Windes gewesen?«

Doch irgend etwas an dem ihr unerklärlichen Verhalten des Rappen hielt sie davon ab, einfach weiter zu gehen.

So standen beide bewegungslos auf dem windigen Damm und lauschten.

Nein – da war nichts.

Genevier atmete tief durch.

Einsam lag das Moor des Plimizol-Deltas vor ihren Augen.

Ein mächtiger Windstoß riss sie beinahe von den Füßen. Gleichzeitig sah sie den braunen Tuchfetzen durch die Lüfte wirbeln. Er musste sich wohl in der besonders dichten Dornengewächsinsel schräg unterhalb des Dammes verfangen haben.

»Bleib hier, Achilles«, flüsterte die Herrin des Mont Salvage und machte sich an den Hangabstieg.

Sie schlidderte auf dem nassen glitschigen Gras aus, überschlug sich und landete mit dem Gesicht mitten in einer Wasserlache.

»Oh Himmel…«, zischte sie wütend und zog sich mit beiden Händen das nun mit Morast verklebte Haar von Mund und Augen.

Dann vernahm sie das Stöhnen.

Sie wandte den Kopf.

Was sie nun sah, verschlug ihr den Atem völlig.

Auf einem glucksenden Siel – etwa vierzig Schritte von ihr entfernt, lag ein rohgezimmertes Holzkreuz. Und darauf wiederum lag, völlig nackt und mit merkwürdig verdrehten Gliedern eine Gestalt.

Geneviers Herz begann zu rasen. Kein Zweifel – dort lag ein zum Tode verurteilter Mensch.

Sie kannte diese hier bei der Bevölkerung noch ab und zu angewandte Hinrichtungsart. Irgendwann – morgen oder übermorgen – würde das Kreuz in den Siel einsacken und mit seinem Gewicht den Delinquenten mit sich ziehen. Eine grausame und qualvolle Todesart.

Genevier wusste, dass diese Hinrichtungsart eigentlich nur für ein besonders bestialisches Verbrechen Anwendung gefunden haben konnte.

Sie musste Gewissheit haben.

All zu lange konnte es noch nicht her sein, dass man diese Person sich selbst und der Ungnade der Natur überlassen hatte.

Doch wie vermochte Genevier dort hinüber gelangen, ohne selbst ein Opfer des Sumpfes zu werden?

Das Wiehern Achilles' brachte ihr die rettende Idee.

Wenig später kroch sie auf dem Bauch durch den Morast – gesichert durch ein Seil aus Schlinggewächsen – das sie am Zügel ihres Rappen befestigt hatte.

»Jetzt liegt's an dir«, hatte sie dem treuen Tier zugeflüstert.

Als sie endlich, trotz der aufkommenden Kälte, in Schweiß gebadet den Siel erreichte, erkannte sie, dass es sich auf dem Hinrichtungsgerät um eine Frau handelte.

Ihr Körper zeigte Schmutz und die untrügliche Spuren einer Marterung. Man hatte ihre Arme und Beine so über Kreuz gezogen, dass sie sich beinahe ausrenkten.

Die Delinquentin wirkte apathisch.

Wie abwesend bewegte sie den Kopf in Geneviers Richtung, als sie das Geräusch vernahm, das die heranrobbende verursachte.

Geneviers Gesicht glich einer Maske aus Schmutz und Schweiß. Als sie die Lage voll überblickte stand für sie fest, dass sie diese Frau hier nicht liegen lassen würde. Ganz gleich, was sie getan hatte – solche Strafarten ließ die Herrin des Mont Salvage niemals zu!

»Hilf mir…«, stöhnte die Frau auf dem Kreuz.

»Bitte…«

»Ruhig«, kam es rau über Geneviers Lippen. »Ich bringe dich von hier weg.«

Die Frau hustete röchelnd. »Astarte hat mein Flehen erhört…«

Dann versank sie in Ohnmacht.

Genevier brauchte beinahe eine Stunde, um die Frau auf den rettenden Damm zu bringen.

Völlig erschöpft ließ sie sich auf den Weg fallen. Achilles leckte ihr durch das Gesicht.

Genevier wehrte ihn mit lahmer Armbewegung ab.

Endlich rappelte sie sich wieder auf. Die Frau neben ihr hatte die Augen geöffnet.

Die Herrin des Mont Salvage wollte sich gerade um sie kümmern, als sie den Rappen wiehern hörte. Gleichzeitig vernahm sie eine raue Stimme:

»Du hättest die Hexe besser im Moor gelassen.«

Genevier wirbelte herum. Sechs finster dreinblickende Männer, bewaffnet mit rohen Knüppeln standen dort auf dem Damm. Der Sprecher – ein untersetzter, kräftiger Bursche mit kohlschwarzen Bartstoppeln kam einen Schritt näher.

»Wir haben sie verurteilt. Du hast nicht das Recht dieses Urteil zu vereiteln. Also geh zur Seite, damit wir sie wieder in den Sumpf legen können.«

Genevier hatte sich während dieser Worte aufgerichtet. Ihr Blick glitt zum Schwert.

Der Stoppelbärtige grinste. »Ich weiß wer du bist. Du stammst von der Burg dort.« Er deutete zum Mont Salvage. Dabei machte er zwei Schritte zur Seite und hob das Schwert aus dem nassen Gras des Wegrandes auf.

»Es ist besser, ich nehme das Schwert in Verwahrung. Du bekommst es zurück, wenn wir dieses Teufelsweib wieder ins Moor gelegt haben.«

Genevier stand nun dicht vor ihm und sie roch seinen schlechten Atem. »Wenn du weist, wer ich bin, dann ist dir auch bekannt, dass ich diese Art von Hinrichtung nicht dulde. Ganz gleich, was jemand getan hat. Es wäre besser gewesen, ihr hättet sie gleich getötet.«

Der Sprecher schüttelte den Kopf. »Das wäre zu einfach gewesen.«

»Was hat sie euch getan?«

»Sie hat unsere Frauen verhext. Eine ist gestorben.«

»Aha«, machte Genevier und blickte den Burschen etwas verständnislos an. »Könntest du da etwas genauer werden?«

Da meldete sich die Verurteilte mit schwacher Stimme. »Niemand wäre gestorben, wenn ihr nicht so dumm wäret…«

»Halt den Mund oder ich schneide dir die Zunge heraus. In der Hölle sollst du schmoren – so wie es Padre Angeloco gesagt hat!«

Genevier zog eine Augenbraue hoch. Ihre Pupillen begannen gefährlich zu funkeln. »Padre Angeloco – dieser selbsternannte Heilige?! Dann wundert mich nichts mehr.« Sie kannte diesen vierschrötigen, geifernden Alten. Er hauste in einer Klause am Korkeichensee und meinte die Welt mit seinen Visionen bessern zu müssen.

»Angeloco ist ein weiser Mann!«, rief einer der Männer – ein dicker Glatzkopf. Drohend schwang er seinen Knüppel. »Genug der Worte! Werft das Weib wieder ins Moor! Und du gehst besser aus dem Weg, sonst liegst du neben ihr!«

Da öffnete der Himmel seine Schleusen und ein sintflutartiger Regen rauschte hernieder.

»Beeilt euch!«, rief einer der Männer und stieß Genevier zur Seite. Sie wusste, dass sie kaum eine Chance haben würde, gegen diese verblendeten Leute anzukommen.

Die Moorsiele verwandelten sich in kürzester Zeit in reißende Ströme. Dort, wo neben dem Damm eben noch fester Boden zu erkennen gewesen war, gluckste der Morast.

Wenn die Männer die Verurteilte den Hang hinabwerfen würden, wäre sie in wenigen Augenblicken versunken.

»Achilles!«, rief Genevier. Das brave Tier legte die Ohren an, rollte mit den Augen und stieg plötzlich vorn in die Höhe. Vor Schreck strauchelte einer der selbsternannten Henker und drohte den Damm hinab zu stürzen.

Genevier sprang hinzu und hielt ihn im letzten Moment fest. Auf dem rutschigen Untergrund begann er wie wild zu strampeln und schrie um Hilfe.

»Na – wie ist das, solch furchtbaren Tod zu spüren? Wenn ich loslasse, wirst du unweigerlich in den Hades gerissen!«

»Nein… bitte…«, jammerte er. »Nicht loslassen…«

Da sprang der Untersetzte vor und riss seinen Gefährten zurück auf den Damm. Ein anderer umfasste Genevier fest um die Hüften. »Du wirst uns nicht aufhalten!«

Da hörte man raschen Hufschlag durch das Rauschen des Unwetters.

Eine dick vermummte Gestalt auf einem Braunen jagte um die Kehre des Dammweges. Hart wurde das Ross gezügelt und wäre beinahe noch in die Männer gerast. Bei diesem halsbrecherischen Manöver flog dem Reiter die Kapuze vom Kopf. Dichtes dunkles Haar fiel bis auf die Schultern herab.

»Ygrain…«, entfuhr es Genevier. »Diana sei Dank!«

Die Heerführerin der Gralsburg überschaute die Situation mit einem Blick. Eine knappe, schnelle Bewegung und der Untersetzte spürte die Schwertspitze an seinem Kehlkopf.

»Was geht hier vor?«, donnerte die kleine, drahtige Keltin und ihre Augen schienen Blitze zu schleudern.

Die Männer standen irritiert und hilflos herum. Die Ankunft der Kriegerin hatte sie überrumpelt.

»Soso«, kam es zynisch aus Ygrains Mund. »Eine sprachlose Mörderbande. Verschwindet!« Das letzte Wort hörte sich wie das Angriffszischen einer Schlange an.

Noch niemals waren diese Schurken wohl so schnell gelaufen.

Ygrain stieg von ihrem Pferd und schüttelte das nun klitschnasse Haar. Dabei schaute sie, trotz der ernsten Lage, Genevier spöttisch an.

»Wie du wieder aussiehst… Mutter würde schimpfen.«

*

Genevier schaute in die warme Morgensonne.

Nichts zeugte mehr von dem Unwetter des vergangenen Abends.

Sie stand vor dem Südturm und schaute Blaise' Handwerkern zu, die emsig damit beschäftigt waren, die Zinnen zu verstärken.

Der Baumeister von Camelot hangelte sich das Holzgerüst herab und auf die Herrin des Mont Salvage zu.

Ein väterliches Lächeln umspielte seine Lippen, als er sagte: »Wir machen gute Fortschritte. Noch zwei Monate – so denke ich – und das Werk ist vollendet. Du besitzt wieder eine stolze Burg.«

Sie drückte seine Hände und entgegnete: »Das habe ich nur dir zu verdanken.«

Blaise kicherte leise. Dann brummte er: »Du warst ja auch eine Nervensäge, bis ich zugestimmt habe. Hoffen wir, dass der Merowinger dich bis zur Vollendung in Ruhe lässt.«

Ja – das hoffte Genevier von Herzen. Zwar zeigte sich San Salvador de Verdera jetzt wieder stark und trutzig, doch einer richtigen Angriffsschlacht mochte die Burg doch noch nicht ganz gewachsen sein.

»Wir schaffen das schon«, schien der Baumeister sich in ihre Gedanken einzuschalten.

Nach diesem Gespräch machte sie sich auf den Weg in die Krankenstation. Dort hatten sich Efeah und Melanie um die Frau gekümmert, die Genevier und Ygrain gestern vor den Moorbewohnern gerettet hatte.

»Sie heißt Alyshia«, hatte die Heerführerin am frühen morgen gesagt. »So viel habe ich schon aus ihr herausbekommen.«

Jetzt betrat sie den kleinen Raum im Westturm.

Bleich und abgezehrt lag die Patientin auf dem Lager.

»Wie geht es dir?«, erkundigte sich Genevier mit weicher, melodischer Stimme.

Die Angesprochene versuchte sich aufzurichten, doch es gelang nicht. Genevier legte ihr beruhigend die Hand auf die Schulter. »Entspann dich.«

»Du… hast… mir das Leben gerettet…«, kam es stockend.

Die Herrin des Mont Salvage lächelte mild. »Sprechen wir von Wichtigerem. Du wohnst unten in der kleinen Ansiedlung Castello?«

»Ja… ich heiße Alyshia…«

»Das weiß ich bereits.« Genevier setzte sich auf die Kante des Lagers. »Erzähl mir, was vorgefallen ist. Weshalb wollten dich die Männer des Ortes hinrichten?«

Alyshia holte tief Atem. Dann berichtete sie – leise, manchmal auch stockend.

»Ich kenne mich in den Dingen der Heilkunde aus. In meinem Haus unterhalte ich eine kleine Apotheke. Seit langer Zeit kommen die Menschen mit ihren Leiden zu mir. Doch dann – vor zwei Jahren etwa – kam Padre Angeloco in den Ort und versuchte die Menschen in dem Glauben an diesen Christos zu bestärken. Meine Heilkunde beschimpfte er als Heidentum und Teufelswerk.«

Genevier hatte es bereits geahnt. Sie fragte: »Hat dieser Padre Angeloco so viel Einfluss über die Menschen gewinnen können?«

Alyshia zuckte die Achseln. »Zuerst nicht. Man betrachtete ihn eher misstrauisch. Aber in relativ kurzer Zeit hörten die Menschen im Ort ihm zu. Ich habe keine Ahnung, wie er es gemacht hat. Jedenfalls wuschen sie sich nicht mehr, denn – so der Padre – der Teufel suche sich reine Körper um Macht über die Erde zu bekommen.«

Genevier verdrehte die Augen. Zu diesem Unsinn fiel ihr einfach nichts ein.

»Angeloco verbot den Kranken zu mir zu kommen. Sie sollten lieber zu diesem Christos beten. Eine heile Seele bewirke auch einen heilen Körper.«

Die Herrin des Mont Salvage nickte. »So ganz falsch ist das ja nicht, aber seine Auslegung lässt erhebliche Zweifel aufkommen. Wieso stellte er sich plötzlich gegen dich? Musste er nicht eher von dir Hilfe erwarten?«

»Das hat er versucht, nur…?«

»Nur?«

»Ich weigerte mich, seinen Glauben anzunehmen.«

»Du betest zu Astarte.«

Alyshia nickte.

»Dann gehört dir das Medaillon, das ich gefunden habe«, meinte Genevier feststellend. »Dein Glaube ist der selbe wie der unsere. Nur nennen wir Astarte Diana.«

»Alyshia lächelte nun zum ersten Mal. »Das weiß ich. Diana oder auch In.Anna.«

Genevier lächelte nun auch. »Das ist dir bekannt?«

»Oh ja – ich weiß viel über diese Göttin. Ich liebe sie.«

Genevier beugte sich zu ihr herab und nahm sie in den Arm.

»Ich kann mir denken, das diesem Padre Angeloco so etwas gegen den Strich gehen musste. Doch was ist weiter passiert?«

»Vor wenigen Wochen kam eine junge Frau zu mir. Ein Nachbarsbursche hatte sie geschwängert. Mit dubiosen Mitteln hatte sie das Kind selbst abgetrieben, sich dabei aber böse Verletzungen zu gefügt. Die Blutungen hörten nicht auf. Also behandelte ich sie. Ich bat sie aber, auf jeden Fall nach zwei Tagen noch einmal zu mir zu kommen.«

Alyshia holte etwas Atem, bevor sie weiter sprach: »Ihr Vater kam dahinter, dass sie bei mir gewesen war und sperrte sie ein. Die Blutung trat erneut auf und…« Sie zuckte die Achseln.

Genevier verstand. Durch den nicht weiterbehandelten Selbsteingriff, war das Mädchen verblutet.

»Man lastete mir den Todesfall an. Vielleicht hätte man mich nur aus dem Ort gejagt, wenn nicht vier Tage später die Frau des Torfstechers Jaime gestorben wäre.«

Genevier zog die Augenbrauen zusammen. »Wie das?«

»Sie hatte einen Hautausschlag bekommen. Ich stellte eine Salbe her und einen Tee. Aber ihr Mann verbot ihr, die Medizin zu nehmen. Als sie sich endlich – eines Abends – zu mir schleichen konnte, fieberte sie so stark, dass sie sich kaum auf den Beinen halten konnte. Ihr ganzer Körper zeigte sich übersäht mit Pusteln. Ich tat was ich konnte, doch sie starb noch in der Nacht.«

Die Herrin des Mont Salvage stand auf. »Padre Angeloco hatte nichts eiligeres zu tun, als dich zur Gehilfin des Teufels zu stempeln.«

Alyshia nickte.

Genevier drückte ihr die Hand. »Sei unbesorgt. Du bist sicher auf San Salvador.«

Bei sich schwor sie: Diesen ehrenwerten Padre werde ich mir vorknöpfen.

*

Der nächste Morgen brach strahlend an.

Das Meer in der Bucht von Rosaria spiegelte die wunderbarsten Farben wider. Würzig wehte die Luft zur Burg herauf. Genevier atmete tief durch. Diana würde dem Cap Creus wieder einen herrlichen Tag schenken.

Langsam schritt die ehemalige britische Hochkönigin durch die Pforte des Heiligen Hains zur Therme hinüber. Wie so oft, war sie wieder die erste, die das Bad nahm.

Später stand sie unter den mit wilden Rosen berankten Arkaden und schaute auf die Weite der Bucht.

Sie dachte an Alyshia und dass es wohl wieder einmal eine Fügung der Göttin gewesen sein mochte, dass sie gerade rechtzeitig den Damm des Plimizol entlang geritten war.

»Oh Diana!«, rief Genevier aus. »Wie kommt es, dass du mich immer wieder rechtzeitig dort hin führst, wo ein Unrecht verhindert werden muss?!«

»So aufgewühlt?«

Die Herrin des Mont Salvage zuckte zusammen. Da umfingen sie Ygrains Arme. »Verzeih – ich wollte dich nicht erschrecken.«

Genevier lachte nun und gab der schönen Keltin einen Kuss auf die Wange.

»Ich bin nur wieder einmal von den Ereignissen überrascht. Kann so etwas ein Zufall sein?«

Die Heerführerin der Gralsburg wischte leicht mit der rechten Hand durch die Luft. »Mache dir nicht zu viele Gedanken darüber. Wichtig ist doch, das du zur rechten Zeit am rechten Ort gewesen bist.«

Genevier stützte sich auf das steinerne Geländer. »Heute Nachmittag reite ich nach Castello. Mit diesem Padre Angeloco werde ich ein ernstes Wort zu reden haben.«

»Du weißt nun, was geschehen ist?«

Genevier erzählte es ihr nun. Ygrains Gesichtszüge verhärteten sich.

»Da will diese Frau helfen und diese Idioten begreifen es nicht!«

Ihre Brust bebte vor Erregung. »Was wollen diese Popen eigentlich? Sollen die Menschen beten und sterben? Diese Religion werde ich niemals begreifen. Auf meine Götter kann ich mich wenigstens verlassen!«

Genevier zog eine Augenbraue leicht nach oben. »Auf Diana nicht?«

Ygrain stutzte und lächelte verunglückt. »Sie gehört jetzt dazu.« Sie machte eine entschuldigende Handbewegung. »Ich habe mich noch nicht so rasch umgestellt. Diana ist mir sehr sympathisch – ich… ich liebe sie – ja… doch muss ich deshalb meine keltischen Göttinnen und Götter plötzlich verleugnen?«

Genevier nahm ihre Heerführerin fest in den Arm. »Nein – das wäre auch grundfalsch. Deine Götter haben ihre Berechtigung und… Diana verbirgt sich ja auch unter anderem Namen in deinem Partenon.«

Helena unterbrach das Gespräch. Sie brachte eine Nachricht von den Torwachen. »Ein Mann aus Castello ist gekommen und fragt nach dieser Alyshia.«

Das Gesicht Geneviers drückte Erstaunen aus. Sie winkte Ygrain, ihr zu folgen.

Es war ein relativ junger Mann – vielleicht zweiundzwanzig Jahre. Er schaute Genevier offen an, als er auf ihre Begrüßungsfrage entgegnete:

»Orlanda, das Mädchen, das gestorben ist, ist meine heimliche Verlobte gewesen. Ich habe nichts von der Vergewaltigung gewusst. Doch wenn auch, ich hätte sie trotz der Schwangerschaft zur Frau genommen.«

»Das ist eine lobenswerte, wenn auch sehr seltene humane Einstellung«, bemerkte Genevier. »Doch weshalb erzählst du mir dies? Bist du deshalb herauf gekommen?«

Der junge Mann schüttelte den Kopf. »Nein. Ich…«

Die Königin des Gral trat etwas näher und schaute ihn ernst an. »Na – sag's schon. Wir sind keine Menschenfresser!«

»Ich wollte Alyshia sagen, dass ich ihr keine Schuld gebe, am Tode Orlandas.«

Genevier sah den Jungen sekundenlang an, dann nickte sie. »Fein. Weshalb hast du ihr dann nicht beigestanden, als man sie im Moor versenken wollte?«

Nun barg er das Gesicht in den Händen. Ein Schluchzen schüttelte ihn.

»Ich war zu feige«, kam es dumpf. Dann wandte er sich um und rannte aus dem Tor, als seien sämtliche erfundene Höllenteufel hinter ihm her.

Ygrain spuckte aus. »Bastard!«

Die Heerführerin konnte vieles verzeihen, doch Feigheit brachte sie zur Weißglut. »Man sollte ihn auf das Kreuz binden und an Alyshias Stelle ins Moor legen«, knurrte sie.

Genevier tätschelte ihr beruhigend den Arm. »Spar dir das für jemand anderes auf.«

Ygrain grinste bösartig. »Diesen Padre meinst du?«

Statt einer Antwort wandte die Herrin von San Salvador sich den Pferdeställen zu.

»He!«, rief Ygrain hinter ihr her und rannte los. »Du willst doch nicht etwa allein nach Castello?«

Genevier blickte über die Schulter und blieb stehen. Leise meinte sie: »Ich möchte verhindern, dass du Angeloco den Kopf abschlägst, bevor ich ihn etwas gefragt habe.«

*

Ehrfurchtsvoll schauten die Menschen Genevier an, als sie auf dem Rappen durch die schmutzige Hauptgasse Castellos ritt. Hoheitsvoll hielt sie den Blick gerade aus gerichtet. Sie wollte diesen Leuten ihre Verachtung zeigen.

Sie lenkte den Rappen auf den Versammlungsplatz, an dessen Rand eine kleine hölzerne Kapelle errichtet worden war.

Vor dem Gottesort glitt sie vom Pferd, legte die linke Hand seitlich an den Griff ihres Schwertes, dass sie umgegürtet hatte, obwohl sie wieder nur das leichte blaue Tempelgewand trug.

Den Goldschild ließ sie an der Seite des Rappen hängen.

»Bleib in meiner Nähe, Achilles«, flüsterte sie.

Laut – zur Kapellentür gewandt – rief sie: »Padre Angeloco! Ich muss mit euch reden.«

Sie spürte, wie sich hinter ihr eine Gruppe aus neugierigen Dorfbewohnern bildete.

Obgleich sie wusste, dass diese Menschen den Priesterinnen von San Salvador Respekt entgegen brachten, war sie auf der Hut. Sie konnte nicht voraussehen, in wieweit Angeloco seinen Einfluss bereits ausgebaut hatte.

Als keine Antwort kam, wiederholte Genevier ihren Ruf.

Da öffnete sich die Kapellentür knarrend einen Spalt.

»Was willst du Hexe von mir?«, kam es leicht kreischend aus der Kapelle.

Genevier lachte.

»Wäre ich wirklich eine Hexe, so hingst du bereits an der alten Eiche dort drüben«, entgegnete sie zynisch. »Beschränkt sich dein Mut auf hilflose Frauen, die sich, an ein Kreuz gefesselt, nicht wehren können? Oder besitzt du so wenig Vertrauen zu deinem Gott, dass er dich nicht vor mir schützen könnte?«

Das war ein starkes Stück und brachte den gewünschten Erfolg.

Padre Angeloco trat in das Licht des Tages.

Der Gestank eilte ihm voraus. Sein Körper, wie auch seine speckige Kutte schienen seit der Sintflut kein Wasser mehr gesehen zu haben. In dem verfilzten dichten Bart klebten alte Speisereste und das dünne Haar hing wie Spinnweben um den runden Kopf.

Tückisch wie eine Natter schauten die kleinen Äuglein unter wirren Brauen auf Genevier.

»Was willst du – Königin der Dämonenbrut von San Salvador – die sich anmaßt, unseren Herrn Jesus Christus zu verleugnen?«

Genevier blieb ruhig stehen und erwiderte: »Da bist du falsch informiert. Niemand auf der Burg leugnet den Rabbi Joshua. Er war der rechtmäßige König von Jerusalem. Doch diese Kirche, die Menschen wie du erschaffen wollen, würde niemals seinen Beifall finden.«

»Ketzerin!«, geiferte der Padre. »Verbrennen muss man dich! Packt diese Kreatur, Leute! Auf den Scheiterhaufen!«

»Schon der Versuch würde vielen von euch eine Himmelfahrt bescheren«, donnerte es da über den Platz.

Jegliches Stimmengemurmel verstummte. Genevier wandte sich halb um und erkannte Ygrain, die ihren Falben langsam durch die nun sehr dichte Menschenmenge lenkte.

Als sie wenige Schritte neben Genevier das Pferd anhielt, beugte sie sich etwas vor und funkelte Angeloco wütend an. »Was hältst du davon, wenn wir dir ein wenig Feuer unter dem ungewaschenen Hintern entfachen.«

Hastig schlug der Padre die Kapellentür zu. Knirschend wurde ein Riegel von innen vorgeschoben.

Ygrain lachte höhnisch aus vollem Hals. Dabei drehte sie den Falben um und stand nun den Bewohnern Castellos Angesicht zu Angesicht gegenüber.

»Da seht ihr, was ihr von dem Mut dieses Gottesmannes zu halten habt! Hat er euch das Hirn verdreht? Er fordert euch auf, eine Frau zu töten, die lediglich Leben retten will! Die dies bereits seit Jahren getan hat!«

Sie lenkte den Falben etwas zur Seite. Dort stand ein Greis – gestützt auf einen knorrigen Stock.

»Felipe«, sprach Ygrain ihn an. »Du stehst hier auf deinen zwei Beinen. Zwar auf einen Stock gestützt, aber auf zwei Beinen. Wie ich weiß, hast du es Alyshia zu verdanken, dass dein linkes Bein dir nach einem Schlangenbiss erhalten blieb. Ist das so?«

Der Greis schluckte und schaute verunsichert auf die Reiterin.

Endlich brummte er. »Es ist richtig.«

»Ah«, kam es von der Heerführerin. »Und du, Milana – hat Alyshia dir nicht das Leben gerettet, als du nach einem Sturz zu verbluten drohtest?«

Die Angesprochene wurde bleich und nickte stumm.

Ygrain ließ den Falben einige Schritte weiter machen. Dicht vor dem Alkalden ließ sie ihn halten. »Miguel – auch du hast Alyshia das Leben deiner beiden Söhne zu verdanken. Erinnerst du dich?«

Der Ortsvorsteher mahlte nervös mit den Zähnen.

Ygrain beugte sich tief zu ihm herab und zischte: »Sag es – wenn du nicht so ein Feigling bist, wie dieser Pope.«

»Es stimmt, was du sagst.«

Die Heerführerin richtete sich wieder auf und schaute in die Runde.

Tiefste Verachtung lag in ihrem Blick, als sie sagte:

»Es gibt noch mehr Menschen unter euch, die ohne die Hilfe Alyshias nicht mehr unter den Lebenden weilen würden. Und diese Frau wolltet ihr als Hexe töten? Die Fußsohlen müsstet ihr Alyshia ablecken! Doch selbst das seid ihr nicht wert!«

Sie gab dem Falben die Fersen zu spüren und jagte durch die Menge davon.

Genevier, selbst überrascht von der geharnischten Ansprache ihrer Heerführerin, bestieg den Rappen und ritt stolz erhobenen Hauptes aus dem Ort.

*

Alyshia erholte sich zusehends.

Als Genevier sie am Abend in der Krankenstation besuchte, konnte sie schon wieder ohne Schmerzen auf dem Lager sitzen.

Die Herrin des Mont Salvage nahm neben ihr Platz.

»Dein Gesicht hat ja schon wieder Farbe bekommen«, meinte sie und ein strahlendes Lächeln zeichnet ihr Antlitz.

Alyshia ergriff beide Hände Geneviers.

»Wie soll ich dir nur danken? Ohne deine Hilfe wäre…«

»Schschsch«, machte die Königin rasch. »Vertreibe die bösen Gedanken und die Furcht. Dieser Padre Angeloco verlebt – so nehme ich an – in Castello einige unangenehme Stunden. Doch zu etwas anderem. Ich möchte dir einen Vorschlag machen.«

Alyshia schaute abwartend. So fuhr Genevier fort.

»Ich brauche eine tüchtige Ärztin auf der Burg. Möchtest du hier bleiben?«

Alyshia schaute die Sprecherin fassungslos vor Glück an. Endlich stammelte sie: »Das meinst du ernst?«

»Natürlich! Diese Burg soll im Namen Dianas Zufluchtsort und Hilfe sein für die von den Merowingern unterdrückte Bevölkerung. Wir werden also auch ein richtiges Hospital benötigen. Dein Wissen ist umfassender als das jeder anderen Heilkundigen. Wir können von dir lernen.«

Alyshia glitt von ihrem Lager und sank vor Genevier auf die Knie. Diese hob sie rasch aus dieser Demutshaltung auf. »Knie vor der Göttin, niemals vor mir! Also – bleibst du?«

Alyshia nickte nur stumm.

Am nächsten Morgen erschien der Alkalde von Castello.

Genevier empfing ihn in der großen Halle. Ernst schaute sie ihm entgegen.

»Was kann ich für dich tun?«

Der Ortsvorsteher räusperte sich. »Angeloco ist fort.«

Die Königin hob überrascht die Augenbrauen. »Habt ihr ihm… hm… seine Abreise nahe gelegt?«

Der Alkalde schüttelte den Kopf. »Nach dem ihr fort wart, wollte ich mit dem Padre sprechen. Er hatte sich in der Kapelle verbarrikadiert. Nun – da er nicht herauskam, ging ich fort, um es später noch einmal zu versuchen.« Er zuckte die Achseln. »Als ich wiederkam, stand die Kapellentür weit offen und Angeloco war verschwunden.«

Genevier lächelte etwas spitzbübisch. »Es wird auch besser sein, wenn er weit entfernt sein Unwesen treibt. Childerich könnte ihn sicher als Volksverhetzer brauchen. Oder der Bischof von Rom.«

Eileen

Die Regentropfen hinterließen vibrierende Kringel in den Pfützen.

Diese Kringel wanderten in zierlichen Wellen zum Außenrand der Miniaturseen, wurden flacher und glätteten sich zum Nichts. Ein sich in unregelmäßigen Abständen wiederholender Vorgang.

Genevier spürte die Kühle des nassen Grases, als sie im Heiligen Hain zu den Arkaden hinüber lief. Der Wind spielte in ihrem Haar und einige Regentropfen setzten sich Perlen gleich dort ab.

Von der Bucht her wehte das Rauschen der Brandung herüber nach San Salvador de Verdera.

Sie schaute über die Weite des Meeres, sah die unzähligen Schaumkronen sich mit tief dunklen Tälern der Wogen abwechseln.

Kreischend stob eine Formation Möwen über die Türme der Burg hinweg. Von Böen getragen erklommen sie schwindelnde Höhen, bis sie in winzigen und aberwinzigen Pünktchen scheinbar mit den Gewitterwolken verschmolzen.

Genevier seufzte leise. Wie ein Samenkorn in allmächtiger Hand war doch der Mensch gegenüber der Natur.

»Geni… träumst du?«

Die Königin wandte sich um. Eileen stand am Fuße der kleinen Treppe.

Einige Kringelsträhnen des langen blonden Lockenhaars wehten lustig um ihr Antlitz.

Die Augen der zierlichen Führerin des Heerbanners blickten schalkhaft.

Geneviers Mundwinkel umspielte ein warmes Lächeln.

»Ach Eileen – ich war nur in Gedanken versunken.«

»Gute Gedanken – so hoffe ich.«

Die Königin machte zwei Schritte auf die Gefährtin zu und nahm sie schwesterlich in den Arm. »Es ging mir verschiedenes durch den Kopf. Die Zeiten sind sehr unruhig. Ich bin dankbar, dass wir inzwischen San Salvador so gut befestigen konnten.«

Eileen nickte. »Blaise hat hervorragende Arbeit geleistet. Er ist ein Genie.«

Genevier lachte kurz auf. »Ja«, meinte sie dann. »Das ist er. Schon Artus wusste sein Können zu schätzen.«

Wie ein leichter Schatten senkte sich etwas bei diesen Worten über ihre Augen. Doch rasch fing sie sich wieder und ihre Gesichtszüge entspannten sich. »Komm! Wir setzen uns dort in die Ecke. Es wird stürmisch und dort sind wir geschützter.«

Sie eilten zu der halbrunden marmornen Bank hinüber, die hinter einer mit Efeu und Rosen bewachsenen Mauer stand.

Genevier schaute Eileen an. »Hattest du einen bestimmten Grund, mich hier zu suchen?«

Eileen nickte. »Ein Bote kam aus Pau. Scheinbar ist dort ein Trupp von zehn oder mehr Wegelagerern durchgezogen und hat seine Vorräte aufgefrischt.«

Genevier schürzte die Lippen. »Du meinst – ohne zu fragen.«

»Richtig.«

»Ist jemand körperlich zu Schaden gekommen?«

Die Bannerführerin schüttelte den Kopf. Sie zog die Knie an und setzte die Füße auf der Kante der Bank auf. »Das wohl nicht. Aber nun fürchten sich die Menschen dort unten.«

»Das ist verständlich. Doch wir können nicht überall zugleich sein.«

Sie erinnerte sich dabei an einen Vorfall, der jetzt beinahe zwei Jahre zurück lag. Bei dieser Gelegenheit hatte sie Eileen kennen gelernt. Es war eine äußerst turbulente erste Begegnung gewesen. Genevier hatte sich in ernster Bedrängnis befunden.

Ihr Weg hatte sie von Emporion aus bis an einen Fluss an der Grenze Burgunds geführt. Ihr Rappe hatte ordentlich ausgegriffen. Das Wasser des seichten Ufers spritzte nur so, wenn die Hufe in die Ausläufer der kleinen Wellen trafen. Jauchzend hielt sich Genevier an der Mähne fest. Weit übergebeugt hing sie auf dem herrlichen Tier. Ihr Haar wehte wie der Schweif des Schwarzen und die Bronzepailletten an der leichten Kampfrüstung klirrten leise in unregelmäßigen Intervallen.

Genevier hielt auf das Felsplateau zu, dass sich im seichten Dunst des Abends in der Ferne abzeichnete. Dicht an der Steilseite des Plateaus hatte sich eine kleine Ansiedlung gegründet. Juan – der Alkalde – hatte die Herrin des Mont Salvage schon des längeren gebeten, das Dorf einmal zu besuchen. Jetzt hatte sie Zeit. Obwohl alle sie gewarnt hatten, den weiten Ritt allein zu unternehmen, war sie aufgebrochen.

Der Himmel zeigte sich in magischen Farben.

Sie liebte diese Zeit zwischen dem vergehenden Tag und des kommenden Abends. Das weichende Licht verzauberte die Landschaft – schien sie zu entrücken.

Die Hufe des Rappen wirbelten erneut einen Schwall Wasser auf.

Da saugten sich die Augen der Reiterin an etwas Glitzerndem im Wasser fest.

Sie hielt ihr Pferd an. Sandfontainen stoben auf. Noch bevor der Rappe zitternd stand, war die Königin schon herabgeglitten und eilte die kurze Strecke zurück bis zu dem Punkt, an dem sie das Glitzern gesehen hatte.

Dann hatte sie es gefunden. Eine goldene Gürtelschnalle mit einem Rubin.

Die Herrin des Mont Salvage fischte sie aus dem Wasser und drehte sie zwischen den

Fingern. Lange konnte sie noch nicht im Wasser gelegen haben. Die Patina hatte sich in den Ecken noch nicht festgesetzt.

Wem mochte sie gehören? Wer eine solche Gürtelschnalle trug, der besaß auch den Gürtel in entsprechender Qualität dazu. Demnach kam ein zufälliges Abreißen nicht in Betracht.

Mit leicht zusammengekniffenen Augen musterte Genevier die Umgebung. Es zeichneten sich keinerlei Spuren im Ufersand ab.

War jemand mit einem Boot verschleppt worden? War bei solch einer gewaltsamen Entführung die Schnalle abgerissen?

Eine Bootsspur am Ufer mochte der Sturm der letzten Nacht getilgt haben.

Irgendwie brachte Genevier aber die Überlegung mit der Logik nicht in Einklang.

Sie ging zurück zu dem Rappen, ergriff die Zügelleine und schritt langsam, jeden Fuß breit des Bodens nahe des Wasser mit den Augen beinahe sezierend, weiter. Sie erreichte eine Stelle, an der zwei Felsen zu einem drittel aus dem Sandboden ragten. Sie befanden sich unter der Wasserfläche.

Da sah sie es.

Abgeschürftes Moos und einen tiefen Kratzer.

Kein Zweifel! Hier war jemand geritten. Eine unendlich weite Strecke bewusst im Wasser, um keine verräterischen Spuren zu hinterlassen.

Nachdenklich blieb Genevier stehen. Das ergab einen ganz anderen Sinn. Von der Art der Schnalle ließ sich als Besitzer auf eine Frau schließen. Demnach befand sie sich auf dem Pferd oder… mit auf dem Pferd. Hatte sie hier versucht zu entfliehen und dabei hatte sich die Schnalle gelöst?

Die Königin stieg wieder aufs Pferd und trabte langsam weiter. Irgendwo musste doch die Hufspur einmal aus dem Wasser herausführen. Doch nichts dergleichen fand sich.

Das letzte zarte Rot verhauchte am Horizont und die Dunkelheit breitete sich aus, als Geneviers Rappe vom Ufersand den Felsenboden der Landzunge erreichte. Es war nicht mehr möglich, einen Hinweis auf den Verbleib des geheimnisvollen Reiters zu erhalten.

So trieb sie denn den Rappen an und erreichte bald das Dorf. Sie ritt über den Hauptweg. Einzelne Eisenkörbe mit fast ausgebrannten Teerfeuern beleuchten einen ovalen Dorfplatz notdürftig.

Genevier hielt an. Sie ließ den Blick schweifen. Niemand von den Bewohnern zeigte sich. Mit angehaltenem Atem lauschte sie in die Nacht.

Nichts!

Nur das dumpfe Rauschen des Windes in den mächtigen Eichen des Berghanges.

Hier stimmte etwas nicht!

Neben der Herberge des alten José rutschte die Herrin des Mont Salvage vom Rücken des Rappen. Sie eilte auf die Tür zu und zog an dem einfachen Griff. Knarrend schwang sie nach außen.

Tiefe Dunkelheit und muffiger Geruch schlug Genevier entgegen. Hier schien seit Tagen kein Mensch mehr gelüftet zu haben.

Lautlos, auf Zehenspitzen, trat Genevier in das Dunkel. Die rechte Hand lag auf dem Schwertgriff. Sie war jederzeit abwehrbereit.

Sie lauschte. Gedämpft drang das Geräusch des Flusses ins Haus. Eine Bodendiele knarrte. Es hörte sich an wie eine jammernde Seele.

Genevier durchkämmte das ganze Gebäude. Sie fand jedoch keine Menschenseele.

Plötzlich hörte sie das Wiehern des Rappen. Ein untrügliches Zeichen für Gefahr.

Die Königin zuckte zusammen!

Rasch wandte sie sich um und rannte zum Ausgang. Sie schaute hinaus. Im diffusen Flackerlicht der Korbfeuer erkannte sie schattenhafte Gestalten, die sich rasch näherten. Dann vernahm sie auch das Donnern von Hufen auf schwerem Boden.

Genevier dachte nicht lange darüber nach, um welche Art Feind es sich handeln könnte. Von der vorletzten Treppenstufe sprang sie auf den Rücken des Rappen beugte sie tief hinab und löste den Zügel von dem abgebrochenen hölzernen Pfosten.

Sprung und Zügellösen bildeten beinahe eine Einheit. Im Bruchteil eines Wimpernschlags stob der Rappe davon.

Hinter sich hörte sie wütende Rufe. Demnach hatte man sie gesehen. Da außer Frage stand, dass die Horde keine guten Absichten hegten, wandte sich Genevier gar nicht erst um, sondern konzentrierte sich auf den Weg. Hier kannte sie sich nicht aus. Sie spürte mehr den Felsboden, als dass sie ihn sah.

Mit angelegten Ohren flog der Rappe nur so dahin. Genevier musste all ihr Können aufbringen, um sich auf dem Rücken des Tieres zu halten.

Vor sich sah sie ein Tal. Rechts zeichnete sich eine steile, bis schier ins Unendliche steigende schroffe Wand ab. Genevier hielt auf den Fluss zu. Nur kurz schaute sie sich um. Sie konnte keinen Verfolger mehr erkennen.

Da schnaubte der Rappe angstvoll auf. Geneviers Augen weiteten sich. Was sie sich als Beginn eines Hanges erhofft hatte, zeigte sich als Kante eines Plateaus.

»Diana hilf!«, entfuhr es ihr und sie riss den Rappen herum. Das treue Tier stieg auf die Hinterhufe und strauchelte. Genevier wurde von seinem Rücken geschleudert.

Ehe sie am Boden aufschlug nahm sie noch wahr, dass ihr Pferd in die unergründliche Tiefe stürzte.

*

Zuerst spürte sie den Wind.

Dann erst die Sandkörner, die wie Nadelstiche auf der Haut brannten.

Sie schmeckte Sand auf den Lippen – wollte mit der Hand über den Mund wischen – es ging nicht. Etwas hielt ihre Arme fest.

Erst jetzt stellte sie fest, dass sie gefesselt war.

Mit großer Anstrengung gelang es ihr, die Augen zu öffnen.

Finsternis umgab sie. Erst nach und nach unterschied sie Himmel und Erde.

Ihr war kalt.

Ein trockener Husten schüttelte sie, weil Sand und Staub sich in ihrem Hals gesammelt hatte. Doch die Gedanken wurden klarer. Nun schärfte sich auch der Blick wieder.

Genevier lag ausgestreckt, mit auseinander gespreizten Gliedern auf dem Boden des Dorfplatzes. Völlig nackt. Die Korbfeuer waren erloschen. Außer dem Wind gab es keine Geräusche.

Hatte man sie allein gelassen? Warum?

Doch sie bemerkte den Irrtum schnell. Jemand räkelte sich in ihrer Nähe. Dann schälten sich auch die anderen Gestalten aus der Dunkelheit. Die Horde hatte sich auf dem Platz verstreut zum Schlafen gelegt.

Genevier schaute zum mit Sternen übersäten Himmel auf.

»Oh Diana –«, dachte sie. »Wer sind diese Menschen?«

Merowinger schienen es nicht zu sein. Also blieb als Alternative nur Sklavenjäger übrig. Hatten sie den Ort überfallen? Aber wo hielten sich die Bewohner auf? Wo hatte man sie hingeschafft? Sie befand sich auf Merowingergebiet und Childerich finanzierte mit Sklaven seine Kriegskasse. Er beschäftigte fremde Horden als Menschenjäger.

Genevier versuchte die Fesseln zu lösen, doch das Unterfangen erwies sich als unmöglich.

Irgendwann fiel sie in eine Art Dämmerschlaf.

Als die Sonne sich hinter den Bergen erhob, entstand Unruhe im Lager. Genevier verspürte unbändigen Durst. Ihre Zunge fühlte sich pelzig an.

Ein bärbeißiger Bulle in Pelzlumpen kam kurz zu der Gefangenen herüber und knurrte Unverständliches. Niemand schien an Genevier ein besonderes Interesse zu haben.

Der Grund sollte bald erkennbar werden.

Als die Sonne drei Handspannen weiter gezogen war, ließ Hufschlag den Boden erbeben. Bald tauchten vier Reiter auf.

Genevier hob ein wenig den Kopf, um besser sehen zu können.

Sie zuckte zusammen.

Der Anführer des Quartetts war ihr nur zu gut bekannt.

»Odar«, zischte sie. Nun wusste sie, wo sie dran war! Childerichs Vasall und Haushofmeister von Rennes le Chateau ließ Menschen einfangen. Damit war alles klar. Dann stammte die Gürtelschnalle von einem Opfer.

»He! Maurice – wann kommt das Schiff?«, rief Odar zu dem Anführer des Raubgesindels.

»In zwei Tagen, Herr.«

»Gut. So lange kann ich die Gefangenen noch in der Höhle halten.«

Der mit Maurice angeredete deutete auf Genevier. »Ich habe noch etwas für euch. Sie schnüffelte hier herum.«

Odar kam wiegenden Schrittes auf die am Boden liegende zu. Erstaunt zog er die Augenbrauen hoch, als er sie erkannte.

»Lady Genevier?« Dann umspielte ein zynisches Lächeln seine Lippen. »Sieh an, sieh an. So sieht man sich wieder.«

Genevier würdigte ihn keines Blickes. Doch der Merowinger beugte sich tief zu ihr hinab und sie spürte seinen sauren Atem.

»Oh, die vornehme Dame will mich nicht mehr kennen... nein? Als ihr mich damals in Cornwall auspeitschen ließet, habe ich euch amüsiert.«

Nun wandte die Königin doch den Kopf und ihre Augen schienen Blitze zu versprühen.

»Ihr wurdet von Artus bestraft, weil ihr versucht hattet eine Bäuerin zu vergewaltigen.«

Odar zuckte die Achseln und richtete sich auf. »Wie dem auch sei.« Er drehte sich zu Maurice um. »Binde sie hinter ein Pferd und Lass sie so lange am Flussufer entlang rennen, wie die Sonne benötigt um eine Mannesarmlänge zu wandern. Was dann noch übrig ist, bringst du zu den anderen.«

Damit sprang er auf sein Pferd, gab seinen Begleitern ein Zeichen und galoppierte davon.

Maurice blickte zu Genevier und es schien, als läge ein bedauernder Zug über seinem verkniffenen Gesicht. »Ich hatte gehofft, auf dem Sklavenmarkt einen guten Gewinn mit dir machen zu können.«

Er stieß einen lauten Pfiff aus und wenig später stand Genevier – nackt wie sie war – hinter einem störrischen Braunen. Die Hände hatte man ihr vor den Körper gefesselt und das andere Ende des Strickes an den Schweif des Zossen gebunden. Die Füße ließ man ihr frei.

Der Braune scharrte unruhig mit den Hufen. Genevier machte sich keinerlei Illusionen. Falls sie diese Tortur überleben sollte, würde sie lebenslang ein Krüppel bleiben.

Einer von Maurice finsteren Gesellen trat dem Braunen mit dem Stiefel gegen das linke Hinterbein. Aufwiehernd stieg dieser vorn hoch und machte dann einen gewaltigen Satz nach vorn. Genevier hetzte mit großen Sprüngen hinterher, verlor aber nach kürzester Zeit den Halt. Sie stürzte. Wurde aber sogleich von dem Braunen wieder hochgerissen. Die Arme schienen aus den Gelenken brechen zu wollen. Die Füße schleiften über den Fels und Sand. Dreck drang ihr in Augen, Nase und Mund. Sie bekam kaum Luft. Doch unbarmherzig riss das Pferd sie mit.

Genevier versuchte von den trommelnden Hinterhufen nicht getroffen zu werden. Die Haut an Schienbeinen und Knien zeigte sich schon bald völlig zerschunden. Es war, als würde man mit einer Reibe über ihren Körper fahren.

Der Braune raste völlig desorientiert mal über den harten Sand, mal durch den Fluss.

Genevier schluckte Wasser. Sie würgte. Nasser Sand verstopfte die Atemwege.

Oh Diana hilf

Da erfasste sie ein mächtiger aufgewirbelter Wasserschwall und schleuderte sie herum. Das Wasser schlug über ihr zusammen. Alles drehte sich. Sie bekam nur im Unterbewusstsein mit, dass das Pferd stürzte.

Genevier versuchte ihr Gesicht zu schützen und bemerkte, dass sie ihre Hände frei bewegen konnte.

Das Seil war gerissen.

Ohne sich zu besinnen, sprang Genevier auf die Füße. Die Beine knickten bald weg. Leicht benommen stand sie da. Der Braune rappelte sich mühsam auf.

Jetzt oder nie! durchzuckte es die Herrin von San Salvador. Mit einem übermächtigen, verzweifelten Satz, in den sie alle Kraftreserven steckt, sprang sie auf den Rücken des noch völlig verstörten Pferdes. Panikartig stob das Tier vorwärts. Hinter sich vernahm Genevier wütendes Geheule. Maurice und seine Männer durften sie nicht entkommen lassen, denn das würde Odar umbarmherzig ahnden. Einen Versager duldete er nicht in seinen Reihen.

Genevier hetzte den Strand entlang. Doch der Braune schien sich verletzt zu haben. Er lahmte und wurde langsamer – bis er endlich zitternd stehen blieb.

Genevier hörte das Näherkommen der Verfolger. Sie versuchte ihr Pferd wieder in Bewegung zu setzen – aber es war vergeblich.

Genervt sah sie sich um. Das Wasser wäre ein Ausweg gewesen. Doch wie lange hätte sie schwimmen können? Ihre Verfolger hätten ihr nur vom Ufer aus genüsslich zu folgen brauchen. Irgendwann wäre sie entkräftet untergegangen.

Da fasste sie einen kühnen Entschluss. Sie holte tief Atem und winkelte die Beine an. Mit den Handflächen stützte sie sich auf den Hals des Braunen.

Da war der erste Verfolger heran.

Genevier stieß sich ab!

Sie flog durch die Luft und prallte dem Verfolger vor die Brust.

Mit einem Aufschrei landeten sie beide im Sand. Ohne nachzudenken riss sie dem Halunken das Schwert aus dem Gürtel und... gurgelnd hauchte er sein Leben aus.

Nun stand sie da. Nackt – das Schwert mit beiden Händen umfasst.

Maurice galoppierte heran. Genevier holte aus und die Klinge fuhr dem Gescheckten in die Hauptsehnen des rechten Vorderbeines.

Das Pferd machte einen Salto nach vorn und Maurice flog aus dem Sattel.

Mit bösartigem Knacken brach sein Genick.

Doch Genevier war umringt von den Gegnern. Ihre Chance stand gleich Null.

Da hörte sie einen Schrei hinter sich.

Was nun folgte, nahm sie nur in einer Art Trance wahr.

Ein fremder Reiter hatte sich auf die Meute gestürzt und schlug einen Gegner nach dem anderen aus dem Sattel.

Genevier wirbelte herum und dem ihr am nächsten stehende Gegner fuhr das Schwert bis zum Heft in den Leib.

Wie lange der Kampf dauerte, vermochte Genevier später nicht mehr zu sagen.

Irgendwann wurde ihr schwarz vor Augen und sie sackte in die Knie.

Sie musste wohl ohnmächtig geworden sein, denn plötzlich sah sie – etwas verwaschen – ein feingeschnittenes Gesicht vor sich, umrahmt von langem blonden Haar.

So sieht also der Empfang im Jenseits aus, schoss es ihr durch den Kopf.

Doch dann begann die Fremde zu sprechen. Mit weicher melodischer Stimme.

»He – mach mir jetzt nicht schlapp. Ich will mich nicht umsonst abgerackert haben!«

Nun sah Genevier klarer. In den Augen der Fremden blitzte der Schalk.

Die Königin versuchte sich aufzurichten, doch sie besaß keine Kraft mehr.

»Na dann eben anders, Lady«, hörte sie die Stimme wieder, während sich erneut der schwarze Vorhang herabsenken wollte.

Genevier spürte kühles Wasser auf der Hand. Es umspülte ihren geschundenen Körper. Es belebte aber auch die Sinne wieder.

Sie öffnete die Augen.

Die Fremde hatte sie ins seichte Uferwasser gezerrt und die Brandung benetzte nun ihren Körper in fast gleichmäßigen Intervallen.

Genevier spürte bloße Haut auf der ihren. Nun erkannte sie, dass die Fremde ebenfalls nackt war und Genevier in ihren Schoß gebettet hatte.

Ein lächelndes Gesicht beugte sich herab und die Fremde feixte: »Na – wieder auf dem Damm, Lady? War ein hartes Stück Arbeit, dich da heraus zu hauen.«

Genevier versuchte ihre Gedanken zu ordnen.

»Dann hast du…?«

»Hab ich! Maurice und seine Schweinebande hat genug Unheil angerichtet. Dieser verdammte Sklavenhändler ist ein für allemal ausgeschaltet. Allerdings…«

Genevier sah sie fragend an.

Die Fremde zuckte die Achseln. »Leider konnte ich ihm nicht mehr das Genick brechen.«

Die Herrin von San Salvador stützte sich nun langsam mit den Armen in eine sitzende Position. Sie hustete einen Rest Wasser aus. »Wer bist du?«, fragte sie dann rau.

»Ich heiße Eileen und komme aus Rennes´.«

»Ich verdanke dir mein Leben«, flüsterte Genevier.

Die Fremde winkte ab. »Kein so großer Verdienst. Ich bin eben rechtzeitig am richtigen Ort gewesen. Ich habe Maurice blutige Spur schon seit längerer Zeit aufgenommen. Er steht im Dienste Childerichs.«

Sie stand auf. In der nun strahlenden Sonne glitzerten die Wasserperlen auf ihrem Körper wie Diamantstaub.

Eileen war nicht sehr groß, aber sehnig und wendig.

»Verrätst du mir, wer du bist und weshalb Maurice dir auf diese Art die Haut abziehen wollte?«

»Mein Name ist Genevier.«

Eileen zog die Augenbrauen hoch. »Genevier? Ich hörte von einer Genevier die die alte Burg Sir Parcivals wieder aufgebaut hat.«

Trotz der Schmerzen und der Situation gelang Genevier ein Lächeln. »Die bin ich.«

*

»Geni! Hast du was?«

Genevier zuckte zusammen. Eileen hatte sie sanft an der Schulter gerüttelt.

Sie schaute die Freundin eindringlich an.

Genevier schüttelte leicht den Kopf und lächelte dann. »Es ist nichts«, meinte sie dann. »Ich erinnerte mich nur eben an den Moment zurück, an dem wir uns kennen lernten. Wärest du nicht gewesen, säßen wir jetzt nicht hier.«

Eileen drückte Geneviers Hand. »Oh Geni – das ist lange her. Nenne es Dianas Fügung.«

Genevier nickte. »Ja – ich habe oft die Allmacht unserer Göttin verspürt. Ihre Gegenwärtigkeit. Weißt du Eileen – trotz ihrer Erhabenheit ist sie so menschlich.«

Die Bannerführerin schaute über die Oleanderbüsche hinweg auf die Pyrenäen. Geheimnisvoller Dunst schien die Berge verhüllen zu wollen. »Vielleicht ist es das, was sie so liebenswert macht.«

Zierah

Der Regen fiel unaufhörlich.

Genevier stand auf der obersten der breiten Treppenstufen, die zur großen Halle führten. Das Wasser quoll zwischen den groben Pflastersteinen des Burghofes empor, bildete an einigen Stellen sogar Bläschen und suchte sich dann in verschlungenen Bächen seinen Weg irgendwo hin.

Genevier spürte die kühle Nässe unter den bloßen Füßen.

Die Türme der Burg San Salvador de Verdera verschwammen im Dunst der Regenwolken. Bleischwer hingen sie über der Bucht des Cap Creus.

Vom Torhaus übertönte das Stampfen von Hufen das Platschen des Regens. Schon schälten sich aus dem diffusen grauen Morgenlicht die Umrisse eines Pferdes samt seinem Reiter.

Tropfnass, einem alten Lappen gleich, hing ein Banner von der Lanze herab, die der Reiter neben sich senkrecht hielt.

Genevier runzelte die Stirn. Da die Wächterinnen ihn aber hatten passieren lassen, konnte es kein Feind sein.

Kurz vor der Treppe hielt er sein Ross an. Den Wappenschild konnte die Herrin der Burg noch nicht erkennen, da dieser auf der ihr abgewandten Seite des Tieres hing.

Der Reiter neigte grüßend den Kopf. Dann stellte er die Lanze auf den Boden und zog den von Wasserbahnen überzogen Helm vom Kopf.

Langes, welliges pechschwarzes Haar quoll hervor und fiel bis auf die Hüften herab.

Genevier war verblüfft, eine Frau vor sich zu sehen.

Die Fremde sprang vom Pferd herab, versuchte den pitschnassen Mantel etwas zu ordnen, und verneigte sich dann leicht.

»Ich bin Esclamonde de Astolat.«

Geneviers Pulsschlag beschleunigte sich. »Astolat?«, fragte sie und an dem leicht heiseren Tonfall der Stimme spürte man ihre Erregung.

Die Frau trat nun aus dem Regen in den Schutz des Halleneingangs. »Meine Großtante hat hier bei dir ihre letzten Jahre verbracht.«

Genevier schluckte. Ja – irgend etwas an den Augen der jungen Frau erinnerte sie an Dolores.

Die Herrin von San Salvador fing sich wieder und umarmte Esclamonde. »Willkommen auf dem Mont Salvage.« Sie löste sich. »Aber komm erst einmal herein und werde trocken.« Genevier rief etwas über die Schulter und schon sprangen zwei junge Mädchen herbei. Eines kümmerte sich sogleich um das Pferd. Das andere Mädchen wurde beauftragt, trockene Kleidung zu besorgen.

In der Halle schaute sich Esclamonde erstaunt um. »Das also ist die alte Burg Parcivals…« Die junge Frau zeigte sich von den herrlichen Stuckarbeiten und den Balkenschnitzereien an der Decke tief beeindruckt. »Ich hörte, dass du hier großes geleistet hast. Childerich hat in seiner Wut wohl viel zerstören lassen?«

»Das kann man sagen«, kam es von Genevier trocken. Da erschien die Pagin mit Kleidung und Decken. »Jetzt reibe dich trocken und zieh dich um. Wir sprechen nachher weiter.«

Da erschien Eileen auf der Empore. »Oh Besuch zu solch früher Stunde?«

Sie kam herab und Genevier stellte Esclamonde vor.

Diese blickte verwundert auf Eileens nackte Füße. Ihre Augen wanderten weiter zu Genevier und blieben dann ebenfalls auf deren Füße haften.

»Ihr… lauft barfuß?«

Eileen lachte herzlich und bemerkte dann: »Das verwundert erst viele Menschen. Aber probier's – der Boden ist wunderbar warm.«

Genevier legte der Besucherin den Arm sanft auf die Schulter. »Du wirst es später verstehen. Eileen wird dir beim Umkleiden helfen und dann musst du mit uns frühstücken.«

Etwas später sah Esclamonde weit weniger zerzaust aus. Sie trug ein Tempelkleid und ein Cape darüber.

Genevier hatte zusätzlich zur Bodentherme in dem großen Kamin ein Feuer entfachen lassen, denn es blies doch kühl durch die geöffnete Hallentür. Da die Halle aber den allgemeinen Treff- und Mittelpunkt des Burglebens darstellte, wurde sie selten geschlossen.

An den Wänden hängende Pechfackeln verbreiteten angenehmes, flackerndes Licht.

Esclamonde schritt etwas unsicher auf den langen, mit zahlreichen Speisen gedeckten Tisch zu, an dem inzwischen andere Priesterinnen des Gralsordens Platz genommen hatten.

Genevier lächelte Esclamonde zu, die etwas verlegen stehen blieb. Man merkte ihr an, dass sie am liebsten ihre nackten Füße versteckt hätte.

Die Herrin der Burg nahm die junge Frau bei der Hand und führte sie an die Tafel.

»Schämst du dich deiner Füße?«, erkundigte sich Genevier dabei flüsternd.

»Ich bin nie barfuß gelaufen«, kam es ebenso leise zurück. »Ich fühle mich… nackt.«

Nun hatten sie die Tafel erreicht und die anderen Frauen schauten die ihnen Fremde neugierig an. Genevier stellte Esclamonde vor.

»Dies«, sagte sie dann zu ihr »sind alles Schwestern der Göttin Diana. Der Mutter des Grals.«

Esclamonde nickte den Schwestern freundlich zu. »Meine Großtante hat mir einiges über euren Orden geschrieben. Doch muss ich sagen – vieles habe ich nicht verstanden. Nun ergab es sich, dass ich in Carcasonne weilte und da trieb mich die Neugier hier her. Mit großer Mühe fand ich den Weg zum Mont Salvage.«

Eileen nahm Esclamondes Hand und führte sie zu einem freien Platz an der Tafel.

»Du wirst bald alles besser begreifen. Jetzt stärke dich erst einmal.«

*

Esclamonde ließ den Blick staunend umhergleiten.

Genevier hatte sie in den Heiligen Hain geführt.

Der Regen hatte nachgelassen und schüchtern trat die Sonne aus der bleischweren Wolkenbank. In zahlreichen Nebelwolken, in denen Wassertröpfchen das Licht in unzählige bunte Farben brach, stieg die Feuchtigkeit des Bodens zum Himmel empor.

»Es ist ein Paradies!«, rief Esclamonde aus.

Immer noch leicht unsicher auf ihren nackten Füßen, schritt sie neben der Königin über die warmen Wegplatten. Genevier hatte ihr das Warmwassersystem erklärt.

»Wir nutzen die natürliche heiße Therme und leiten das Wasser durch Tonröhren durch den Garten und die gesamte Burg. Die Kamine benutzen wir in der Regel nur an ganz extremen Wintertagen zusätzlich.«

Esclamonde staunte immer mehr. Endlich fragte sie: »Und ihr lauft auch im Winter barfuß?«

Genevier lachte nun leise. Dann stellte sie fest: »Natürlich nur auf dem wärmenden Boden der Burganlage. Das heißt – wir sind schon sehr abgehärtet. Doch besitzen wir auch warme Stiefel. Schließlich hilft es niemandem, wenn wir an Lungenentzündung sterben. Doch bietet die Barfüßigkeit gewisse Vorteile. Vor allem im Kampf. Wir sind schneller und wendiger als die Ritter in ihren unbequemen Rüstungen.«

»Aber seid ihr nicht verletzlicher?«

Die Königin schüttelte den Kopf. »Wir tragen zu den leichteren griechischen Rüstungen Bein und Armschutz. Der direkte Bodenkontakt verbindet uns mit den Kräften der Erde.«

Esclamonde nahm auf einer der halbrunden Marmorbänke Platz. »Ihr erstaunt mich immer mehr. Du musst mir alles genau erklären«, rief sie aus.

»Gern. Wenn du die Zeit dazu hast?«

»Dolores hat mir vieles geschrieben. Es klang manchmal geheimnisvoll. Das weckte meine Neugier. Außerdem…«

»Außerdem…?«

»Du musst Dolores viel bedeutet haben.«

Ein leichter Schatten fiel auf Geneviers Züge. Leise entgegnete sie: »Auch sie hat mir sehr viel bedeutet. Ihr Tod ist mir sehr nahe gegangen.«

Esclamonde nickte leicht. »Auch ich habe sie sehr geliebt.«

Genevier nahm neben Esclamonde Platz. »Sie hat nie von dir gesprochen. Weshalb?«

Die junge Frau schaute zu Boden. »Sie hat mir nie recht verziehen, dass ich …«

Die Herrin von San Salvador schaute Esclamonde fragend an. Diese fuhr leise fort:

»Sie hat mir nie recht verziehen, dass ich am Hofe Childerichs lebte.«

»Und doch hat sie dir geschrieben?«

Esclamonde nickte. »Ja – aber erst, nachdem ich sie zufällig nach langer Zeit wieder getroffen hatte. Ich habe ihr gesagt, dass ich Childerichs Despotismus verurteile. Ich habe auch des öfteren versucht, ihn von seinem Weg abzubringen.«

Genevier zog die Augenbrauen hoch. »Da hättest du wohl eher einem Bluthund die Beute entreißen können.«

Esclamonde lachte hart auf. »Das stimmt. Es hätte mir beinahe die Folter eingebracht.«

Eine Zeit lang herrschte Schweigen. Esclamonde brach es zu erst. »Ich verließ den Hof in Nantes. Ich sah seine Intrigen gegen den Pendragon plötzlich in anderem Licht. Childerich hatte diese Linie des Grals immer als Ketzer dargestellt. Artus und Morgana waren für ihn die Ausgeburt der Hölle.«

»Hm – nun siehst du das anders?«

»Ja! Dolores hat mir die Augen geöffnet.«

Nach einer erneuten Pause wollte Esclamonde wissen: »Setzt Childerich dir sehr zu?«

Genevier zuckte die Achseln. »Er versucht es dann und wann.«

»Als ich von Carcasonne herüber kam begegnete ich einem Reitertrupp. Er wurde von einem Hauptmann namens Phelion kommandiert.«

Genevier richtete sich steif auf. »Wo und wann war das?«

»Gestern in der Abenddämmerung. In der Nähe des Plimizol.«

»Haben sie dich gesehen?«

Esclamonde bejahte das. »Phelion kennt mich gut, daher hielt er mich nicht auf.«

»Hat er nach deinem Ziel gefragt?«

»Ja. Ich antwortete ihm, dass ich nach Juncaria wolle.«

Genevier ließ sogleich die Turmwachen verständigen. Sie sollten auf verdächtige Bewegungen im Bereich der Burg achten.

Am Abend trafen sich die Priesterinnen wieder zum gemeinsamen Essen in der Halle. Die Wächterinnen ausgenommen.

Esclamonde hatte am Gottesdienst im Diana-Tempel teilgenommen. Man sah ihr an, wie aufgewühlt sie diese Zeremonie hatte. Diese große Hingabe zur Göttin, ohne diese Unterwürfigkeit der christlichen Priesterschaft. Es war nicht dieses winselnde Bitten zur Gottheit, sondern eher ein Gespräch zwischen Diana und ihren Priesterinnen.

Eine völlig andere, offenere Art mit der Gottheit umzugehen, als sie es gewöhnt war.

Esclamonde wandte sich Genevier zu. »Ich bin ehrlich beeindruckt und tief bewegt. Dieser Tempelgottesdienst… er hat mir so viel gegeben. Es war so neu und doch wunderschön. Es scheint, als ob ihr eine Partnerschaft mit der Göttin eingegangen wäret.«

Ygrain saß Esclamonde gegenüber an der Tafel. Sie hatte bisher kaum das Wort an Esclamonde gerichtet – sie statt dessen mehr beobachtet – beugte sich nun etwas zu ihr vor. »Du hast das völlig richtig gesehen. Es ist eine Partnerschaft. Wir haben uns Diana nicht unterworfen. Sie steht zu uns und wir zu ihr.«

»Das ist etwas völlig anderes, als Paulus es gepredigt hat«, warf die junge Frau ein.

Ygrain nickte. »Es ist auch ganz anders, als bei meinen früheren keltischen Göttern. Sie herrschten durch Furcht über die Menschen. Diana beherrscht die Herzen durch die Liebe.«

*

Die Nacht brachte den Sturm.

Es heulte und jammerte. Die schweren Banner auf den Türmen knatterten, als wollten sie zerbersten.

Genevier ließ sie einholen.

Sie stand hoch oben auf dem Nordturm und blickte über die Berge. Wie drohende Schatten zeichneten sie sich vor dem merkwürdig blaugrauen Himmel ab.

Der Vollmond verursachte dieses Lichtspiel. Er schien die aufgebauschte Sturmwand von innen zu beleuchten. Immer wieder zuckten Blitze zwischen den einzelnen, sich gegenseitig jagenden Wolkenschichten.

Weit in der Ferne – nur wie ein Fünkchen wahrnehmbar – zeichnete sich das Leuchtfeuer von Cadaques ab. Die scheinbar sichere Bucht entwickelte sich bei solchem Sturm als absolute Falle für jeden Seefahrer. Der Wind drückte jedes Schiff unaufhaltsam gegen die Klippen. Schon so mancher Kapitän hatte so schon Schiff und Mannschaft ins Verderben geführt.

Während sie noch hoffte, dass es diesmal keinem Seefahrer beschieden sein möge, in der Sicherheit vortäuschenden Bucht Schutz suchen zu wollen, nahm ihr Auge etwas anderes wahr.

Der Wind zerrte an Geneviers langem Haar und nahm ihr für den Zeitraum von zwei Wimpernschlägen die Sicht. Mit beiden Händen strich sie ihre Mähne zurück. Sie versuchte das stürmische, dunkle Inferno mit dem Blick zu durchdringen.

Nichts.

Oder doch?!

War da ein Feuerschein zwischen den schroffen Pyrenäenhängen jenseits des Plimizol?

Geneviers Gedanken rasten. Was gab es da?

Eine Mühle. Richtig!

Einmal hatte der Weg sie dort vorbei geführt. Sie erinnerte sich an die große und stämmige Müllerin. Hatte der Blitz eingeschlagen?

Jetzt konnte sie nichts mehr erkennen.

Genevier rief die Wächterin zu sich, die sich zwischen die Zinnen des Turmes gekauert hatte, um etwas vor dem peitschenden Sturm geschützt zu sein.

»Schau dort!«, rief die Königin durch den Wind. »Kannst du dort drüben etwas erkennen?«

Die Frau schüttelte den Kopf. »Nein! Ich sehe nichts.«

Der Wind riss ihr die Worte beinahe vom Mund.

Die Herrin des Grals kniff die Augen zusammen. Doch nun konnte auch sie nichts mehr erkennen. Trotzdem stieg in ihr Unruhe empor.

Sie verließ die Plattform, eilte die steile Treppe hinab und erreichte eine Loggia. Diese stellte eine Verbindung zum Wohnturm dar.

Sie weckte Eileen und Ygrain.

Mit kurzen Worten teilte sie ihnen ihre Beobachtung mit.

Eileen überlegte kurz und meinte dann: »Kann es ein Baum gewesen sein, der vom Blitz getroffen wurde?«

Ygrain hatte den Kopf etwas schief gelegt. Sie war etwas kleiner als Genevier und schaute diese nun von unten herauf an.

»Ich weiß, dass dein Gefühl dich noch nie getrogen hat. Andererseits – sollten wir uns selbst und einige Priesterinnen nicht der Sturmgefahr aussetzen?«

»Es sind etwa zehn Meilen bis zu der Mühle«, meinte Genevier leise.

Eileen riss ihr Schwertgehänge von einem Haken hinter der schweren Eichentür ihrer Kemenate. »Kommt schon!«

Da öffnete sich eine andere Tür auf dem Bogengang. Zerzaust schaute Esclamonde auf den Flur. »Ist etwas geschehen?«

Eileen sagte es ihr.

»Ich komme mit.«

Geneviers abwehrender Einwurf wurde von Esclamonde durch eine unwirsche Armbewegung sogleich erstickt.

Wenig später donnerten vier Pferde in der Sturmnacht über die harten Bohlen der Zugbrücke von San Salvador de Verdera.

Der Sturm griff mit voller Macht nach den vier Frauen.

Der Weg die Serpentinen hinab erwies sich als gefährlich. Der Regen hatte den Boden zwischen dem Felsgestein aufgeweicht und in eine seifige Rutschbahn verwandelt. Mehrfach gerieten die Pferde ins taumeln. Ungeachtet dessen hetzte Genevier ihren treuen Rappen durch die Finsternis.

Schon bald hatten Nässe und aufspritzender Schlamm die Rüstungen der Reiterinnen völlig verschmutzt und in eine unangenehme Kleidung verwandelt. Irgendwann – sie mochten wohl gerade den Rand der Ebene des Plimizol erreicht haben, riss sich Genevier den Helm vom Kopf. Sie wischte sich das Wasser aus den Augen. Dies hatte zur Folge, dass ihr

Gesicht eine schmutzige Spur aufwies, die sich von der Augenpartie bis zum rechten Ohr zog.

Die Herrin von San Salvador hatte ihr Ross angehalten. Ihre drei Gefährtinnen taten das selbe.

»Dort hinten – der schmale Pfad führt zur Mühle.«

Die anderen folgten Geneviers Fingerzeig mit den Blicken.

Ygrain ließ ihren Falben tänzeln. »Na – dann los!«

Ohne weitere Erklärung übernahm sie die Führung.

Der matschige Weg verengte sich immer mehr.

»Bist du sicher, dass dies der Weg ist, den du meinst?«, schrie Ygrain durch das drohende Rollen eines Donnerschlages.

Genevier trieb ihren Rappen näher an den Falben ihrer Heerführerin heran und rief zurück: »Ich bin sicher!«

Da führten zwei gewaltige Blitze dazu, dass sich die Pferde vor Schreck aufbäumten.

Ygrain flog im hohen Bogen in den Schlamm des Pfades. Genevier schaffte das beinahe Unmögliche, ihren Rappen zu beruhigen und gleichzeitig nach des Falben Zügel zu greifen.

Schimpfend wie ein gallisches Marktweib rappelte sich Ygrain wieder auf. Scheinbar war ihr nichts passiert. Der aufgeweichte Boden musste ihr Glück gewesen sein. Leicht hinkend zog sie sich an ihrem Falben wieder hoch. »Blödes Vieh«, knurrte sie dabei.

Wieder erhellten mehrere Blitze die Umgebung Tag hell.

Überdeutlich – wie Geistererscheinungen – sahen die vier Frauen die Reiterhorde auf dem Weg entgegenkommen.

Es war nur der Bruchteil eines Augenblicks, doch er brachte die Gralsfrauen in Bewegung.

»Auseinander!«, rief Eileen. Sogleich sprengten sie alle in der nun wieder entstandenen Finsternis in verschiedene Richtungen.

Wie das Rollen eines nahen Erdbebens jagte der Reitertrupp unsichtbar an ihnen vorbei. Der Feind hatte sie nicht wahrgenommen.

Geneviers Herz begann wild zu klopfen. Ihre Ahnung hatte sie nicht getrogen.

Als der Hufschlag, im Platschen des Regens und dem Jammern des Windes zwischen den Bäumen, verebbt war, rief Genevier nach den Kameradinnen. Bald hatten sie sich wieder vereint.

»Ich hatte recht«, rief Genevier. »Wir müssen uns eilen!«

So trieben sie ihre Pferde wieder an und nahmen bald den brenzligen Geruch wahr.

Ein müdes Feuer flackerte durch Büsche und Bäume – vom Regen beinahe schon wieder erstickt.

Kein Zweifel! Die Horde hatte beabsichtigt, die Mühle anzuzünden. Doch das Wetter vereitelte die Tat.

Da trat ganz kurz der Mond durch ein Loch in der pechschwarzen Wolkenwand.

Vor den Augen der Reiterinnen tauchte die alte Mühle aus der Finsternis heraus.

Mehrere Fenster waren eingeschlagen worden und die Eingangstür hing schief in den Angeln.

So rasch wie das unheimliche Bild aufgetaucht war, so rasch verschluckte die Dunkelheit es wieder.

»Wir schwant nichts gutes«, zischte Ygrain und sprang als erste vom Pferd.

Alle vier beeilten sich, zum Haus zu kommen. Genevier beauftragte Esclamonde damit, an der Tür zu wachen. »Ich denke zwar nicht, dass die Bande noch einmal umkehrt, doch sicher ist sicher.«

Im Haus roch es noch stärker verbrannt und… nach Tod.

Hier vernahm man den Sturm nur gedämpft, aber es wirkte umso unheimlicher.

»Sucht etwas, was man als Fackel verwenden kann oder ein Talglicht«, erklang Geneviers Stimme.

Eileen ertastete als erste einen Kerzenstumpf. Sie zündete den Docht an und bald gab fahles Flackerlicht ein begrenztes Blickfeld frei.

»Hallo!«, rief Genevier. »Wir sind Freunde.«

Sie erhielt keine Antwort.

»Durchsucht das Haus. Aber nehmt vorher mehr Kerzen«, ordnete sie an.

Ygrain war es, die zuerst das Entsetzen packte.

Durch ihren Aufschrei eilten die anderen zu ihr.

Wie zur Salzsäule erstarrt – das Talglicht in der Hand – hielt sie den Blick auf die Szene gerichtet.

Eileen würgte und auch Genevier verschwamm das Bild für einen kurzen Moment vor den Augen.

Genau vor ihnen hing der Müller. Blut überströmt, skalpiert, entmannt und tot.

Man hatte ihn an einen Balken genagelt.

Der Tod musste als Gnade über ihn gekommen sein.

»Sucht die Müllerin«, kam es krächzend aus Geneviers Mund.

Sie fanden sie wenig später. Sie hing mit den Zehen an einem Deckenbalken. Blut tropfte aus den Peitschenstriemen auf den Boden.

Aber sie lebte!

»Oh Diana«, stöhnte Genevier. »Holt sie da herunter. Bitte rasch!«

Es stellte kein einfaches Unterfangen dar, denn die Frau war sehr groß und stabil.

»Die Folterer haben hart gearbeitet«, bemerkte Ygrain keuchend. »Was mögen sie von diesen Leuten nur gewollt haben?«

Sie hatte die Frau gerade auf den Boden gebettet, als sie durch den heulenden Wind das Klappern von Hufen wahrnahmen.

»Verflucht! Sie kommen zurück!«, knirschte die Heerführerin und riss ihr Schwert aus dem Gürtel.

»Die Lichter aus!«, befahl Genevier. Sogleich wurde es stockdunkel.

Mit gezückten Waffen horchten die Kriegerinnen. Das Schnauben eines Pferdes drang in das Haus. Dann wurde die morsche Haustür aufgestoßen.

»Wo ist Esclamonde?«, fragte Ygrain flüsternd dicht an Geneviers Ohr.

Ein Blitz zerriss die Finsternis und sie sahen eine hünenhafte Gestalt mit einem gehörnten Helm als drohenden Schattenriss in der Türöffnung stehen.

In diesem Moment stürzte von hinten eine zweite Gestalt auf den Fremden zu.

Das konnte nur Esclamonde sein!

»He! Was haben wir denn da für eine Mücke!«, dröhnte der Hüne und Esclamonde gab einen quietschenden Schrei von sich.

»Hehe, sachte«, dröhnte es von der Tür her.

»Verfluchter Kerl!«, rief Esclamonde.

»Holla! Ein Weib? Hier? Wer bist du?«

»Das geht dich gar nichts an. Lass mich los! Du Untier!«

Tiefes Lachen erklang und es wirkte wie ein leichtes Erdbeben im Haus.

Ein Lächeln spann sich über Geneviers Züge, was allerdings in der Dunkelheit niemand sehen konnte.

»Macht Licht«, sagte sie. »Ich glaube, dieses Nilpferd da draußen kenne ich. Und ich danke Diana dafür, dass sie uns den Burschen geschickt hat.«

Die erste Kerze flackerte auf.

»Boltar! Alter Seebär! Ich bin's – Genevier! Brich meiner Freundin nicht den Hals!«

Einen Augenblick war es still an der Tür. Dann dröhnte es durch das Haus, dass die Balken knirschten und der Kalk von der Decke rieselte:

»Ist's möglich?! Genevier – mein Wickelkind! Wo bist du?«

Dann brach die Urgewalt eines Wikingers in das Haus ein. Der Freund aus alten Tagen stürzte auf Genevier zu.

Die Begrüßung fiel so stürmisch aus, dass sie tatsächlich um ihr Leben fürchtete.

*

Die Sonne schien freundlich vom Himmel.

Nichts deutete mehr am Cap Creus auf das Unwetter der letzten Nacht hin. Einige noch winzige Pfützen auf dem Burghof trockneten in kürzester Zeit.

Genevier saß auf den Stufen, die zur großen Halle hinauf führten. Neben ihr hockte der mächtige Boltar. Genevier war noch nie so froh gewesen, diesen Bären zu sehen. Er befand sich auf dem Weg zu seinem Schiff, als er von dem Unwetter überrascht worden war und in der Mühle Schutz suchen wollte. »Sag mal«, flüsterte er. Allerdings reichte dies immer noch aus, um einem das Trommelfell platzen zu lassen. Genevier rückte instinktiv etwas zur Seite. »Wie geht es der Kleinen?«

Er meinte damit Esclamonde.

Genevier wiegte den Kopf. »Deine freundliche Überraschung brachte ihr vier angeknackste Rippen und einen ausgerenkten Arm ein.«

Boltar schaute betreten drein. »Tut mir leid. Dabei habe ich sie nur ganz zart gestupst.«

Die Herrin der Burg lachte kurz auf. »Ich bin froh, dass ich deine Begrüßung lebend überstanden habe. Mein Freund – die Bekanntschaft mit dir kann lebensbedrohend sein.«

»Aber… Geni…«

Genevier legte dem Hünen die Hand auf das mächtige Knie. »Schon gut, alter Brummbär. Aber du solltest doch ein wenig mit deinen Kräften haushalten.«

Sie erhob sich und marschierte zur Krankenstation. Alyshia berichtete, dass es der Müllerin bald wieder gut gehen würde. »Sie ist sehr robust.«

Wie recht die Ärztin hatte, merkte Genevier am darauf folgenden Nachmittag. Alyshia stürmte aufgeregt die Kemenate, in der die Burgherrin sich einigen schriftlichen Arbeiten widmete.

»Zierah ist weg!«, platzte sie heraus.

Genevier schaute auf. »Wer?«

»Zierah – die Müllerin.«

»Hm – die Burg kann sie nicht verlassen haben. Das hätte man uns gemeldet. Komm!«

Genevier rannte aus dem Zimmer, gefolgt von Alyshia. Sie durchkämmten die Burg, aber fanden die Frau nicht. Endlich gelangten sie zur angrenzenden Schmiede. Das laute, kräftige Hämmern drang durch die geöffnete Tür. Der Blasebalg fauchte.

Genevier blieb wie angewurzelt stehen. Ihr Blick war völlig irritiert auf den Schmied Fernand gerichtet, der sich gerade die rußigen Arme in einem Zuber abwusch.

Genevier lief zu ihm und fragte:

»Sag mal, Fernand – hast du neuerdings Hilfe in der Schmiede?«

Über das rosige Gesicht des Schmieds breitete sich herzliches Lachen aus.

»Und was für welche!« Er deutete über die Schulter.

Neugierig betraten Genevier und Alyshia die Werkstatt. Wie angewurzelt blieben sie stehen. Was sie sahen, mochten sie nicht glauben.

Vor Schweiß triefend, den mächtigen Oberkörper entblößt und mit wogendem Busen drosch Zierah mit dem größten Hammer, den diese Schmiede besaß auf ein glühendes Stück Eisen ein.

Sprachlos machte die Herrin des Gral nun einige Schritte auf das Schmiedefeuer zu.

Zierah blickte auf und ihre Augen blitzten. Sie legte den Hammer zur Seite und kam näher. Frisch zeigten sich noch die tiefen Peitschenspuren. Der Schweiß musste darin brennen, doch das schien die Frau nicht zu stören.

Ein warmes Lächeln umspielte ihre Lippen, als sie sagte: »Du musst Genevier sein, die mich gerettet hat.«

»Ich bin Genevier. Dein Name ist Zierah?«

»Ja.«

Die Herrin der Burg ließ den Blick über den Amboss gleiten und dann zurück zu Zierah.

»Darf ich fragen, was du hier treibst?«

Zierah lachte kurz auf und wischte sich über die Stirn. »Es mag dir ungewöhnlich vorkommen, aber ich bin eine bessere Schmiedin, als ich je eine Müllerin gewesen bin.«

Genevier setzte sich auf einen dreibeinigen alten Schemel, während Alyshia sich kopfschüttelnd um Zierahs Wunden kümmerte.

Diese wehrte ab und brummte: »Ich bin hart im nehmen und eine solche Folter wirft mich nicht um.«

»Weshalb unterzog man euch solcher… Behandlung?«

»Dem Herzog von Reims gehört das Land, auf dem die Mühle steht. Wir hatten ein schlechtes Jahr und standen mit der Pacht in der Kreide. Die Burschen wollten das Geld eintreiben. Aber wir hatten nichts. Zuerst folterten sie mich. Ich beschimpfte sie nur. Das brachte diese Burschen so in Wut, dass sie sich über Pedro, meinen Bruder hermachten. Als er tot war, wendeten sie sich wieder mir zu. Irgendwann habe ich dann das Bewusstsein verloren.«

»Du lebtest mit deinem Bruder also zusammen in der Mühle.« Genevier schlug die Beine übereinander.

Zierah nickte. »Er betrieb die Mühle seit vier Jahren. Das Land gehörte unserem Vater. Bis es ihm der Herzog von Reims abnahm. Er hatte unseren Vater betrunken gemacht und ihm alles abgeschwatzt. Nachdem unser Vater den Vertrag unterzeichnet hatte, wurde er ermordet. Allerdings konnten wir das niemandem nachweisen.«

Genevier kannte den Herzog. Er hatte auf diese Art und Weise zahlreiche Menschen um Haus und Hof gebracht.

»Wieso kennst du dich so ausgezeichnet im Schmiedehandwerk aus?«, wollte sie wissen.

»Mein Vater war Schmied. Die Mühle hat er mehr nebenbei betrieben. Als Kind faszinierte es mich immer schon, zuzusehen, wie Pferde beschlagen wurden oder Schwertklingen hergestellt worden sind.«

»Hm«, machte die Herrin von San Salvador. »Weißt du schon, was du nun nach dem Tode deines Bruders tun wirst?«

Zierah schüttelte langsam den Kopf.

»Nun«, Genevier erhob sich. »Fernand könnte dringend Hilfe in der Schmiede gebrauchen und wenn du hier dein zu Hause finden möchtest…«

Zierah machte große Augen. »Du meinst… ich könnte wirklich hier bleiben?«

Genevier nickte.

Doch dann senkte die Frau den Kopf. »Ich weiß sehr wenig über euch. Nur was man sich so erzählt. Alle verehren euch aber…«

Genevier zog eine Augenbraue hoch. »Aber?«

»Man sagt auch, ihr betet Götzen an.«

Genevier nickte langsam. »Ah ja.« Dann überflog ein Lächeln ihre Züge. Sie ergriff Zierahs Hand und meinte: »Zuerst bekommst du etwas Vernünftiges zum anziehen, dann zeige ich dir unsere Götzen.«

Intrigen

Der Regen trommelte unaufhörlich gegen die mächtigen Mauern von San Salvador de Verdera. Finstere, bleigraue Wolkentürme überdeckten das Cap Creus und in Nebelschwaden versank die Burg zeitweise in die Unsichtbarkeit.

Genevier hatte mehrere Kerzen in ihrem Officium angezündet. Schriftrollen – eingerollt und auch offen – sowie gebundene Listen bedeckten ihren Arbeitstisch. Vieles war in lateinischer Sprache, anderes in Griechisch abgefasst.

Es klopfte an der schweren Eichentür. Die Herrin der Burg forderte zum Eintritt auf.

»Eileen!«, rief sie freudig, als sie der kleinen quirligen Bannerführerin ansichtig wurde.

Doch die sonst so frohgelaunte junge Frau wirkte bedrückt und ernst. Sie strich sich eine Strähne ihrer widerspenstigen blonden Haarmähne aus der Stirn.

Genevier legte den Kopf etwas schief und musterte die Freundin. Dann deutete sie auf einen Lederstuhl. »Nimm Platz und sag' mir, was dich bedrückt.«

»Ygrain und Samarah…«

Genevier runzelte die Stirn. »Was ist mit den beiden?«

Die Königin kannte die Hitzköpfigkeit ihrer Heerführerin und dass sie mit jemandem im Streit lag, war nicht neu. Aber diesmal schien Eileen dem mehr Bedeutung zu zumessen.

»Ygrain verdächtigt Samarah des Verrats«, platzte die Bannerführerin heraus.

Genevier blieb für einen kurzen Moment die Luft weg. Dann kam es leise: »Bitte was?«

»Angeblich hat Ygrain gesehen, dass Samarah einen Fremden an der hinteren Pforte des Heiligen Hains getroffen hat. Sie behauptet, es sei der Page Sir Morlecs gewesen.«

Die Königin holte tief Luft.

»Diana! Morlec ist der Haushofmeister von Rennes le Chateau…«

Eileen nickte. »Unsere keltische Freundin hat nun einfach eins und eins zusammengezählt und sieht in Samarah eine Verräterin.«

Genevier schaute auf den Dielenboden. »Wenn sie nun eine Liesón mit dem Pagen… wie alt mag er sein?«

Eileen grinste. »Keine Ahnung.«

Genevier schaute ihr nun sehr ernst ins Gesicht. »Eileen – das ist nicht lustig! Wenn sie ein Liebesverhältnis hat – gut. Doch nicht an der Geheimpforte des Hains. Auch das ist gegen die Regeln. Ein nur uns bekannter Pfad führt dort hin und wenn ein Außenstehender ihn kennt, bedeutet das eine große Gefahr für uns.«

Die kleine blonde Frau biss sich auf die Lippen. »Am besten fragen wir sie.«

»Erst schicke mir bitte Ygrain. Ich will genau wissen, w a s sie beobachtet hat.«

Wenig später kehrte Eileen mit der Heerführerin zurück. Ygrains widerspenstige Mähne schien noch mehr auf Sturm zu stehen, als sonst. »Ich lege das Biest so lange auf die Streckbank, bis ich ihr das kleinste Zehengelenk mit ausgerenkt habe!«, fauchte sie. Ihre Augen schienen Blitze zu werfen.

Genevier legte ihr den Arm um die Schultern. »Gemach, gute Ygrain. Und die Streckbank ist seit Urväterzeiten auf dem Mont Salvage nicht mehr im Gebrauch gewesen, dass sie vor Rost sowieso nicht mehr funktioniert.«

Ygrain fletschte die Zähne. »Für ein Verhör an einer Verräterin werde ich sie so piekfein schmieren, dass sie dir wie neu vorkommt.«

Eileen versuchte ihr Lachen zu verstecken, um Ygrains Zorn nicht noch mehr zu fördern. Sie kannte den ausgeprägten Gerechtigkeitssinn der Freundin. Außerdem würde sie für die Sicherheit der Burg und der Kameradinnen bedenkenlos ihr Leben opfern.

Genevier deutete auf einen freien Sessel. »Wir werden sehen. Berichte erst einmal, was du genau beobachtet hast.«

Ygrain warf mit einer Kopfbewegung das Haar aus dem Gesicht. »Es ist vor zwei Tagen gewesen. Ich kam aus dem Tempel und ging über den

Friedhof. Ich wollte zu Garms' Grab. Da sah ich Samarah hinter den Büschen verschwinden. Dort, wo sich die geheime Pforte befindet. Ich weiß, dass Zierah sie mit einem neuen Schloss versehen hat. Einem besonders guten.«

»Ach…« Das hatte Genevier nicht gewusst. »Verwahrt sie den Schlüssel?«

»Nein. Clarissa hat ihn.«

»Dann muss Clarissa ihn Samarah gegeben haben. Eileen, bitte hole Clarissa her. Ygrain – berichte weiter!«

Die Heerführerin atmete durch. »Also, ich schlich mich näher und erkannte in der nun offenen Tür – Yves – den Pagen Morlecs.«

»Was geschah dann?«

»Samarah nahm ein Päckchen entgegen, verschloss die Tür und ich verdrückte mich.«

»Also weißt du weder was in dem Päckchen war, noch was Samarah damit gemacht hat?«

Ygrain schüttelte den Kopf. »Das weiß ich nicht.«

Eileen kehrte mit Clarissa zurück.

»Was gibt es so Dringendes? Eileen wollte mir nichts sagen.«

Geneviers Lippen bildeten einen schmalen Strich. »Clarissa – besitzt du einen neuen Schlüssel für die geheime Pforte des Heiligen Hains?«

Die Castellanin nickte. »Zierah gab ihn mir. Sie hat ein besseres Schloss eingesetzt.«

»Hast du Samarah den Schlüssel einmal gegeben?«

Die Castellanin schüttelte empört den Kopf. »Ein leichtfertiges Öffnen der Pforte wäre ein nicht absehbares Sicherheitsrisiko.«

Genevier biss sich auf die Lippen. Sie wanderte um ihren Arbeitstisch herum.

»Es hilft nichts – wir müssen Samarah dazu hören. Des weiteren ordne ich an, dass ein besonderer Riegel noch an der Innenseite angebracht wird. Sollte ein Feind von dem verschlungenen Weg erfahren, ist diese Pforte eine Gefahr für uns. Amfortas hatte sie einmal als letzten Fluchtweg erbauen lassen. Bisher gab es auch keine Wache dort. Wir haben uns keinerlei Gedanken über diese Tür gemacht.«

Eileen stützte sich auf den schweren Eichentisch. »Wir sollten die Pforte zumauern.«

Genevier zuckte die Achseln. »Möglicherweise hast du recht.«

»Ich werde auf alle Fälle sogleich zwei zuverlässige Wächterinnen in den Heiligen Hain beordern.«

»Gut. Aber hole vorher Samarah zu uns!«

Ygrain ballte die Fäuste. »Überlasse sie mir für einen Moment. Dann ersparst du dir viele Fragen.«

Ob der wütenden Ygrain musste Genevier nun doch leise lachen. Sie ging auf sie zu und umarmte sie. »Ygrain – meine tapfere Kämpferin.« Dann blickte sie die Freundin ernst an. »Aber denke daran – wir sind keine Barbaren. Noch wissen wir nicht, was eigentlich los ist.«

Die Augen der Heerführerin funkelten. »Trotzdem hat Samarah uns in Gefahr gebracht. Dafür muss sie bestraft werden!«

Eileens Rückkehr enthob die Königin einer Antwort. Erwartungsvoll blickte sie die blonde Frau an. Diese machte eine ratlose Armbewegung. »Sie ist fort.«

Geneviers Augen zogen sich zusammen und eine steile Falte entstand über ihrer Nasenwurzel. »Wie meinst du das? Fort… aus der Burg weg?«

Eileen zuckte die Achseln. »Keine Ahnung. Die Torwachen haben sie allerdings nicht gesehen.«

Genevier rannte los.

»He!«, rief Ygrain. »Wohin?«

»Zur Pforte!«, rief die Königin über die Schulter.

Genevier und Eileen folgten ihr rasch. Einige Schwestern, die sich im Heiligen Hain aufhielten, blickten den drei Frauen entgeistert nach, wie diese in wehenden Gewändern über die Pfützen des Plattenweges sprangen.

Die Pforte war – offen.

Genevier erstarrte zur Salzsäule. Mehrere Atemzüge lang war sie unfähig auch nur ein Wort herauszubringen.

»Verdammte Merowinger Hure!«, knirschte Ygrain und es klang gefährlicher als eine Herde Panther.

Die helle Gesichtshaut Eileens nahm noch eine Spur Weiß mehr an. Langsam sank sie in die Knie und stammelte: »Ich... glaub's nicht...«

Endlich hatte sich die Königin wieder in der Gewalt. Sie trat durch die Pforte und musterte sowohl den Weg, der sich verschlungen durch das mannshohe Unkraut um die Felsen zog, wie auch die Pforte selbst.

Obwohl der erste Eindruck – nämlich Samarahs Flucht durch diese Tür – sehr eindeutig schien, kamen Genevier Zweifel.

Sie untersuchte den Boden genau. Zwischen einzelnen Felsplatten, hatten sich Sandfelder gebildet. In einem solchen Feld zeigte sich ein Abdruck. Der Abdruck einer Sandale. Samarah trug keine Sandalen.

»Das bedeutet doch lediglich, dass sie mit ihrem Freier durchgebrannt ist!«, fauchte Ygrain.

Doch dann fand Genevier noch etwas anderes. Einen feingearbeiteten Goldring. Sie hob ihn auf und reichte ihn der Heerführerin. »An diesem Ring hängt Samarah sehr. Er stammt von ihrer Mutter. Niemals würde sie ihn leichtfertig verlieren.«

»Pah!«, machte Ygrain verächtlich. »Wenn sie uns verrät, verrät sie auch ihre Mutter.«

Eileen ergriff die Hand der aufgebrachten Gefährtin. »Keine Voreiligkeiten. Das ganze sieht mir eher nach einer Entführung aus. Möglicherweise hat man Samarah eine Falle gestellt.«

»Das ändert nichts an ihrem Verrat!«

Genevier winkte den Freundinnen zu. »Kommt! Folgt mir.«

Die Königin rannte, den Blick immer fest auf den Boden gerichtet, den Weg entlang. Sie achtete nicht auf Brennnesseln und Disteln, die ihre nackten Beine zerschrammten. Etwas verständnislos folgten Ygrain und Eileen.

Bald hatten sie die Hälfte des nun steil abwärts führenden Weges hinter sich gebracht, als sie auf eine dünne Blutspur trafen. In einem Ginsterbusch, der auf dem steilen Felsenhang zur Rechten wuchs, hing ein winziges Stück hellblauen Stoffes.

Genevier schluckte. Der stürmische Wind zerrte an ihrer Kleidung und dem langen rötlich braunen Haar. Dann sagte sie mit eisiger Stimme: »Was auch immer hier vorgefallen ist – es ist ein Verbrechen an Samarah.

Kommt zurück. Wir werden die Pforte sofort zumauern und diesen Bereich außerdem bewachen.«

Zurück in der Burg, schlug Genevier sogleich den Weg zur Waffenkammer ein.

»Was hast du vor?«, erkundigte sich Ygrain gereizt.

Genevier schaute sich nicht um, sondern entgegnete nur: »Ein Leben retten.«

»He! Warte mal!«

Doch Genevier ließ sich nicht aufhalten. Die Keltin rannte hinter ihr her. In der Waffenkammer riss sich die Königin das blaue Tempelkleid herunter und legte die leichte Kampfrüstung an. Ygrain hatte die Arme in die Hüften gestemmt und machte ein finsteres Gesicht.

»Du willst doch nicht wirklich hinter diesem Miststück her?!«

Genevier wirbelte herum und sagte mit harter Stimme: »Samarah ist in eine Falle gegangen und ich werde sie darin nicht umkommen lassen!«

Sie legte das Schwert um und warf dann die Reitdecke auf den Falben.

Ygrain rannte zu dem Eichenregal und angelte nun ebenfalls eine der Rüstungen heraus. »Dann warte gefälligst, bis ich auch so weit bin«, zürnte sie.

Genevier, die gerade das Pferd besteigen wollte, hielt in der Bewegung inne und schaute über die Schulter.

»Weshalb? Damit du vor mir an Ort und Stelle bist und ohne weiter zu fragen Samarah den Kopf abschlägst?«

Ygrain stieß zischend die Luft aus. Sie blickte aus leicht gebückter Haltung zur Königin hinüber. Das schwarzrote Haar hing wirr in ihrer Stirn.

»Nein! Weil ich nicht will, dass dir der Kopf abgeschlagen wird.«

»Wie nobel«, kam es schnippisch zurück. Mit einem Satz aus dem Stand saß Genevier auf dem Rücken des Falben. Doch ehe sie aus dem Stall preschen konnte, hielt Ygrain den Zügel fest.

Mit funkelnden Augen blickte sie zu Genevier hinauf. »Hör zu«, kam es gefährlich leise und es hörte sich an wie eine Wölfin vor dem Angriff. »Wir werden Samarah befreien. Wenn es sein muss aus der Hölle. Sollte sie aber auch nur eine Spur schuldig sein, bekommt sie von mir persönlich fünfzig Hiebe auf ihre Fußsohlen. Ist das klar?«

Geneviers Augen zogen sich etwas zusammen. Sie wusste nicht recht, ob sie auf die treue Ygrain zornig sein sollte oder ob sie lachen sollte.

Endlich sagte sie knapp: »Los!«

Dann stob der Falbe los. Ygrain konnte gerade noch einen Schild an sich reißen und ihren Braunen losbinden. Sie sprang auf seinen Rücken und jagte hinter der Königin her. Als sie um die Ecke der Stallungen bog, donnerte Genevier bereits über die Bohlen der Zugbrücke.

»Verdammt! Bei Diana!«, schrie die Keltin hinter ihr her. »Weißt du, wohin du reitest?«

»Nach Rennes!«, kam es zurück.

Ygrain holte nun auf. Als sie mit der Königin auf gleicher Höhe in halsbrecherischem Tempo die Serpentinen hinab raste, keuchte sie: »Du willst in Chlodwigs Höhle?«

Genevier lachte aus vollem Hals. Dabei warf sie den Kopf in den Nacken und ihr Haar flog nur so. »Ja! Ich war bereits einmal dort – hast du das vergessen?«

»Wie könnte ich«, kam es trocken zurück.

Ihre Pferde schienen kaum den Boden zu berühren und in einer Rekordzeit erreichten sie die Pläne des Plimizol. Den Fluss, den die Einheimischen in ihrer Mundart auch Rio Muga nannten.

Erneut setzte Regen ein und verwandelte die Straße nach Rennes in eine Schlammbahn.

*

Die Sonne warf ihre ersten Strahlen über die Pyrenäen, als Genevier sich auf dem Strohsack aufrichtete.

Spät in der Nacht waren sie in dieser Herberge eingekehrt. Durchnässt und müde.

Genevier wandte den Kopf und schaute auf die noch schlafende Ygrain.

Die Königin musste lächeln. Wie schön die Keltin doch war. Und so friedlich, wenn sie schlief.

Genevier beugte sich leicht über sie und flüsterte: »Oh meine Ygrain – wärst du doch nicht immer solch ein Ungestüm.« Dann gab sie ihr einen leichten Kuss auf die Stirn.

Die Königin trat an das schmale Fenster und blickte auf den Hof der bäuerlichen Herberge. Dann glitt der Blick über die Weite der Wiesen und Felder.

Der neue Tag zeigte sich in keinem Vergleich zum Unwetter des Vortages. Die Vögel zwitscherten vergnügt und ganz dicht an dem Fenster flog ein Schmetterling vorbei.

»Ein Pfauenauge«, kam es leiste hinter Genevier.

Ygrain war aufgewacht und stand nun hinter der Königin und schaute über deren Schulter hinweg.

»Wie friedlich könnte unsere Welt sein«, seufzte die Herrin des Mont Salvage.

»Tja – es könnte vieles ruhiger sein.«

Genevier wandte sich der Keltin zu und fragte leicht amüsiert: »Na – du würdest doch vor Langeweile sterben.«

Ygrain grinste breit. »Nun ja –«, meinte sie mit einem Achselzucken. »Ab und zu mal ein niedlicher Merowinger vor meiner Klinge sollte schon sein.«

Genevier zog die Gefährtin lachend an sich.

»Du bist unverbesserlich. Doch komm – wir haben etwas zu tun.«

Wenig später hatten sie sich am Brunnen gewaschen und ein kurzes Frühstück zu sich genommen. Sie bestiegen danach die Pferde und hielten wieder auf die Straße nach Rennes zu.

Kurz vor der Stadt bogen sie in ein Wäldchen ab.

Ygrain lenkte ihren Braunen in ein Dickicht. Dort stieg sie ab und band das Tier fest.

Genevier tat es ihr gleich.

»So weit wären wir«, murmelte die Keltin und schaute zu dem hohen Blätterdach hinauf. So, als erwarte sie von dort eine Antwort darauf, wie es nun weiter gehen sollte.

Ein frecher Spatz stieß sich von einem der Äste ab und segelte dicht an Ygrains Nase vorbei.

»Verpfeif dich!«, rief diese ihm nach. Sie hatte sich doch etwas erschreckt.

»Seit wann ist die große Kriegerin so empfindlich«, kam es belustigt von Genevier.

Als Antwort erntete sie lediglich einen Blick aus blitzenden Augen. »Erkläre mir lieber, wie es weiter gehen soll«, knurrte die Heerführerin.

»Nun – die guten Herbergsleute haben mir netter Weise einige regionsübliche Kleidung überlassen. Auf diese Art bin ich schon einmal in die Burg hinein gekommen. Ich sehe keinen Grund dafür, weshalb es diesmal nicht funktionieren sollte.«

Wenig später konnte man beide nicht von normalen Bäuerinnen unterscheiden.

Ygrain schaute mit gerunzelter Stirn auf die Strohsandalen. »So etwas bin ich gar nicht mehr gewöhnt.«

Die Herrin des Mont Salvage überlegte kurz, dann steckte sie die Fußbekleidung zurück in den Lederbeutel. »Die meisten Landfrauen hier gehen barfuß. Also werden wir nicht auffallen.«

Die beiden Priesterinnen des Gral wollten sich eben auf den Weg machen, als sie fernen Hufschlag vernahmen. Er kam rasch näher. Ygrain legte sich platt auf den Boden und drückte ihr linkes Ohr auf die Erde.

»Es sind mindesten vier Pferde. Beschlagen.«

Genevier runzelte die Stirn. »Demnach Kämpfer. Die Bauern reiten meist unbeschlagene Pferde.«

Die beiden Frauen bahnten sich vorsichtig einen Weg durch das Strauchwerk. Bald erreichten sie den Pfad, der von der Burg in den Ort Rennes le Chateau führte.

Sie hockten sich hinter einen Dornenbusch und warteten. Die erdfarbene Kleidung gab ihnen zusätzliche gute Deckung.

Bald donnerten fünf Reiter vorbei. Einen davon erkannte Genevier.

»Graf Morlec«, flüsterte sie.

»Sieht etwas finster aus, der Gute«, zischelte die Keltin zurück.

»Er ist ein unangenehmer Bursche. Was meine Aufmerksamkeit mehr erregt ist, dass er Fesselketten an seinem Gürtel trägt«, flüsterte die Königin.

Ygrain richtete sich auf. Nur eine Staubwolke zeugte noch von den eiligen Reitern.

»Vielleicht haben sie einen Gefangenen auf der Burg abgeliefert…«, mutmaßte die Keltin. Doch Genevier schüttelte den Kopf.

»Dazu hatten sie es zu eilig. Ich gehe eher davon aus, dass sie einen Gefangenen oder eine Gefangene aus dem Ort holen wollen.«

»Samarah?«

Genevier zuckte die Achseln. »Wenn wir die Abkürzung durch das Feld nehmen, sind wir eher im Ort als diese Bande. Los!«

Damit rannte sie los.

Durch den vorangegangenen Regen fühlte sich der Ackerboden noch angenehm weich unter den bloßen Füßen an. Von den Reitern konnten sie nicht gesehen werden, da die Felder in einer leichten Mulde abwärts führten.

Schwer atmend erreichten sie den Ortseingang. Hier mussten sie die Deckung verlassen und die Strasse überqueren. Eine Strecke von zwei Wagenbreiten.

Sie holten tief Luft und jagten über den Weg. Hinter einem Rhododendron warfen sie sich ins hohe Gras.

Keinen Augenblick zu früh, denn kaum schlugen die hohen Grashalme über ihnen zusammen, preschten auch die Reiter bereits heran. Genevier und Ygrain drückten ihre Köpfe tief auf den Boden.

Als die Staubwolke sich etwas gelegt hatte, sprangen sie wieder auf.

»Schnell!«, rief Genevier. »Wir müssen sehen, wohin sie reiten.«

Also rannten sie los.

Durch die verwinkelten Gassen Rennes konnten sie den Reitern gut folgen. Wenn diese auch rücksichtslos ihren Weg nahmen, kamen sie im Gewirr der Menschen nur langsam weiter. Es war Markttag in Rennes.

Lautstark boten die Händler der Region ihre Waren feil.

Die Reiter schlugen die Richtung zum Verwaltungsgebäude ein.

Genevier lehnte sich erschöpft an eine Hauswand. Ygrain tat es ihr gleich.

»Puh!«, machte die Keltin. »Ich werde alt.«

Genevier lachte leise. »Na na, Lass das nicht deine Kriegerinnen hören.«

Direkt vor ihnen plätscherte ein Springbrunnen lustig. Die Sonne schien warm und zauberte auf die Wasserstrahlen einen silbernen Glimmer.

Plötzlich stutzte Genevier. Sie zog die Augen leicht zusammen und schaute wie hypnotisiert auf einen der nahe stehenden Händler.

Seine Kleidung zeigte sich kostbarer, als die der anderen Menschen hier. Dichtes schwarzes Haar kräuselte sich in seine Stirn und ein ebenfalls dichter schwarzer Bart umrahmte das Gesicht mit der scharfgebogenen Nase.

»Herban«, flüsterte Genevier.

Es gab keinen Zweifel. Es handelte sich um Herban den Phönizier. Ein Mann, dem Genevier einmal das Leben gerettet hatte.

»Diana – du hast uns einen Freund geschickt.«

Ygrain sah leicht irritiert zu ihrer Königin. Da lief Genevier bereits auf den Phönizier zu.

Der blickte erstaunt, dann überzog ein strahlendes Lächeln sein Gesicht. Stürmisch nahm er die Frau in die Arme.

»Die Herrin von San Salvador de Verdera«, sagte er und küsste sie auf die Stirn.

Genevier machte sich etwas aus seiner Umarmung los und flüsterte: »Nenne nicht meinen Namen. Man darf uns nicht erkennen«, setzte sie mit einem Seitenblick auf Ygrain hinzu.

Der Phönizier besaß einen scharfen Verstand und zog beide hinter eine Zeltwand seines Verkaufstandes.

»Kann ich euch helfen?«, fragte er sogleich.

»Dich schickt die Göttin«, seufzte die Königin. Dann berichtete sie knapp, was vorgefallen war und was sie befürchtete.

Der Phönizier hörte mit angespanntem Gesicht zu. Nachdem Genevier geendet hatte, nickte er nur stumm. Er wandte sich zu Ygrain. »Ich habe eure maskenhaften Züge wohl beobachtet und das Knirschen euerer Zähne vernommen, edle Kämpferin. Doch Lasst euch von mir sagen: Morlec ist jedes Mittel recht, um bei Chlodwig Pluspunkte zu sammeln. Also verurteilt Samarah nicht zu früh.«

»Pah!«, machte die stolze Keltin nur. Das entlockte dem Phönizier ein mildes Lächeln und er legte ihr freundschaftlich den Arm um die Schultern. »Ich lese euere Gedanken. Doch der Pfeil der Liebe – wenn er geheuchelt ist – kann tödlich sein.« Er sah ihr fest in die funkelnden Augen. »Auch ihr seid nicht gegen alles Unrecht gefeit. Bedenkt es gut.«

Dann wandte er sich Genevier zu.

Ygrain musste zugeben, dass die Worte Herbans sie innerlich berührten.

Herban verschwand kurz aus dem Verkaufzelt und kehrte bald mit zwei Männern zurück.

»Das sind Jeras und Carlo – meine beiden Brüder. Sie müssen gleich Waren in das Stadthaus liefern. Sie werden auskundschaften, was dort vorgeht.«

Ehe Genevier Einwände zu machen vermochte, legte Herban ihr die Hand auf die Schulter. »Bleibt ruhig. Wartet hier.«

Jeras und Carlo verschwanden lautlos. Herban servierte Genevier und Ygrain Kaffee.

Ein Gebräu aus gebrannten Bohnen, dass sich seit längerer Zeit zum Lieblingsgetränk der Phönizier entwickelt hatte.

Als die beiden Brüder Herbans zurückkehrten, sprang die Herrin von San Salvador nervös auf.

»Nun –«, begann Carlos. »Dort im Stadthaus sitzen ein Edler namens Morlec und ein Mann namens Hägar. Eine komische Type. Pechschwarz gekleidet und er nimmt den Flügelhelm nicht ab.«

Genevier schluckte. »Was sagst du? Schwarz gekleidet… Flügelhelm…«

Herban musterte die Sprecherin mit leicht zusammengezogenen Augen. »Du kennst ihn – so scheint es mir.«

»Hat er nur ein Auge?«

Jeras nickte zur Bestätigung.

Die Herrin von San Salvador de Verdera knirschte mit den Zähnen. »Hagen von Tronje oder auch Hägar von Tronsfeld. Ein Halbsachse und halb Hunar. Meine Begegnungen mit ihm sind nicht sehr freundlich gewesen und eigentlich hatte ich gehofft er sei tot.«

Carlos grunzte. »Er machte einen quicklebendigen Eindruck.«

»Wisst ihr, was Morlec und dieser Hagen ausbrüten?«

»Nur so viel – sie haben eine Frau in ihrer Gewalt. Sie soll eine Cousine Childerichs sein. Sie wollen sie mit irgendeinem gallischen Grafen verheiraten. Doch wie ich dem Gespräch entnehmen konnte, ist die Dame nicht sehr willig.«

Genevier rieb sich leicht über das Kinn. »Wer dieser Gallier ist, konntest du nicht in Erfahrung bringen?"

Carlos grinste. »Ein gewisser Jean Patrick de Dordogne.«

Genevier hatte diesen Namen noch nie gehört.

»Weißt du etwas über diese Dame?«, wollte Ygrain nun wissen.

Nun ergriff Jeras wieder das Wort. »In irgend einem der unterirdischen Räume hält man sie fest. Doch sie soll morgen nach Nicäa gebracht werden.«

Geneviers Herz begann wild zu schlagen. Herban – der ihre innere Unruhe wohl bemerkte – drückte sanft ihre Hand. »Carlos und Jeras – ihr beide müsst das Stadthaus beobachten. Nehmt euch noch zwei unserer Männer mit. Wenn diese Burschen sich auf den Weg machen, werden wir eine Möglichkeit finden, die Dame zu befreien.«

*

Der Wind pfiff bösartig durch den Hohlweg.

Genevier, Ygrain, Herban, Carlos und Jeras hockten mit etwa zwanzig Männern in dem dichten Gebüsch.

Sie warteten.

Ygrain hatte ihre Hand um den Schwertgriff gekrampft.

»Wenn sie Samarah etwas angetan haben, bringe ich jeden einzelnen von dieser Bastardbrut um!«, zischte sie.

Genevier bedachte sie mit einem Seitenblick und konnte sich, trotz der ernsten Lage, ein Grinsen nicht verkneifen. »Das sind ja ganz neue Töne, meine Liebe.«

Die Keltin gab einen grunzenden Laut von sich und zog dabei die Oberlippe hoch, dass sich ihre Zähne entblößten. »Das bedeutet nicht, dass ich der Dame nicht anschließend das Fell gerben werde.«

Die Herrin von San Salvador de Verdera lachte nun leise auf. »Schon gut.«

Da erklang in der Ferne leichter Hufschlag.

Ygrain und Genevier richteten sich unwillkürlich etwas auf.

»Sie kommen«, flüsterte die Keltin.

Auch Herbans Männer machten sich bereit.

Der Hufschlag kam näher und wurde lauter.

Behände erklomm Ygrain eine nahe stehende Eiche. Von dort konnte sie den Eingang des Hohlweges sehen.

Kaum befand sie sich auf dem Baum, rutschte sie auch bereits wieder herunter.

»Es ist eine Frau. Allein.«

Genevier schaute etwas ratlos. Dann befahl sie: »Egal – wir nehmen sie erst einmal fest.«

Gesagt getan. Kaum hatte die Reiterin – im recht vornehmen Hofkleid – die Mitte des Hohlweges erreicht, da saß Ygrain ihr im Nacken.

Es dauerte nur wenige Augenblicke, da lag die Dame gefesselt und geknebelt in den Büschen. Herban versteckte das Pferd.

Sie warteten weiter, aber niemand folgte der Frau.

Endlich ging Genevier zu ihr und nahm ihr den Knebel aus dem Mund.

»Wer bist du?«

Die Gefangene holte rasselnd Atem. Durch den derben Sturz vom Pferd hatte sie sich eine leichte Abschürfung an der Stirn zugezogen. Ein dünner Blutfaden zog sich von der Augenbraue bis zum Hals herab.

»Bitte… tut mir nichts. Ich suche eine Genevier.«

Wenn es auf der Welt ein ausgesprochen verdutztes Gesicht gab, dann war es in diesem Moment das der Herrin des Gral.

»Wieso…« Genevier fasste sich wieder. »Ich bin Genevier.«

»Ich soll euch ausrichten, dass man Samarah per Schiff nach Salamanka bringt.«

Ygrain, die nun neben der Königin stand, fauchte: »Wer bist du und woher weißt du, dass wir hier sind?«

Diese berechtigte Frage bewegte alle.

»Sir Morlec hat es mir gesagt. Meine Name ist Suzan. Ich bin Kammerzofe des Herrn. Er trug mir auf, euch diese Nachricht zu bringen.«

Nun wischte sich Herban über sein bärtiges Kinn. »Bei Astarte! Niemand konnte wissen, dass wir hier an dieser Stelle…« Er stampfte wütend mit dem Fuß auf. »Wie kann der Hurensohn das erfahren haben?«

Genevier atmete hektisch. »Hat uns jemand belauscht?«

»Kann ich mir nicht vorstellen.«

Der Phönizier war ratlos.

Anders dagegen die impulsive Ygrain. »Wir werden es von der Dame hier erfahren. Zieht sie splitternackt aus und hängt sie kopfüber an den nächsten Ast. Das regt die Gehirntätigkeit enorm an.«

Genevier hielt sie fest. »Ygrain!«, sagte sie ernst. »Dein Zorn in allen Ehren, aber ich denke nicht, dass Suzan etwas anderes weiß. Wir sind verraten worden. Zu erfahren von wem, ist viel wichtiger. Außerdem ist die Frage, ob die Nachricht stimmt.«

Sie wandte sich an die Gefangene. »Was hat Morlec noch gesagt?«

Suzan schaute ängstlich. »Bitte tut mir nichts. Ich kann doch nichts dafür.«

»Schon gut.« Genevier löste ihre Fesseln, was bei Ygrain wieder zu einem Protestausruf führte. Suzan fiel vor Genevier auf die Knie. »Ich sollte lediglich diese Nachricht überbringen.«

Genevier ging vor ihr in die Hocke. »Berichte uns genau, was vorgefallen ist. Erinnere dich an alles!«

»Der Herr rief mich heute morgen zu sich und sagte: In einem Hohlweg, auf der Strecke nach Nicäa wird eine Genevier auf mich warten. Überbringe ihr folgende Botschaft – Samarah wird per Schiff nach Salamanka reisen. Mehr weiß ich nicht.«

Alle schauten sich ratlos an. Doch dann kam Leben in Herban.

»Sie können sich nur von Rosaria einschiffen. Den Hafen zu erreichen dauert seine Zeit. Wir werden sie abfangen!«

Genevier nickte. »Übernimm du das. Ygrain und ich werden uns in Rennes umschauen.«

*

Ygrain blickte missmutig auf die beiden Wächter.

»Die Burschen sehen nicht gerade gemütlich aus«, brummte sie und zeigte auf das Tor des Stadthauses von Rennes.

»Trotzdem müssen wir hinein«, stellte Genevier sachlich fest. »Der Gedanke lässt mich nicht los, dass Samarah sich noch dort befindet. Außerdem denke ich, dass wir den illegalen Informanten auch dort finden werden.«

»Was macht dich da so sicher?« Die Keltin rollte aufgeregt mit den Augen.

»Nur ein Gefühl. Komm!«

Geduckt näherten sie sich den Wachen.

Dann ging alles blitzschnell. Ygrain griff mit beiden Händen in den Gürtel und…

Ohne auch nur die geringste Gelegenheit zu einem Schrei zu haben, sackten die beiden Wachen zusammen. Die beidseitig geschliffenen Dolche hatten die Kehlen glatt durchstochen. Die Toten wurden rasch ins nahe Gebüsch gezogen. Niemand würde sie so schnell finden können.

Dann huschten Genevier und Ygrain ins Haus.

Der Eingangsbereich wirkte düster und bedrückend. Eine breite Treppe mit ausgetretenen steinernen Stufen führte aufwärts. Rechts und links zweigte ein Gang ab. Mehrere Türen standen offen. Die Räume dahinter zeigten sich leer.

»Verdammt!«, stieß die Keltin hervor. »Hier ist im ganzen Bau niemand!«

Genevier verhielt im Schritt. Ihre Augenbrauen schossen nach oben.

»In den Keller!«, kam es knapp.

Sie hasteten hinunter. Die breite Treppe verengte sich zu einer schmalen Stiege. Muffige Luft kroch ihnen entgegen.

Plötzlich verhielt Ygrain im Schritt und legte den Zeigefinger auf die Lippen.

Fernes Stimmengemurmel drang zu den beiden Frauen. Dann nahmen sie auch den schwachen Lichtschein wahr.

Genevier griff unwillkürlich zu ihrem Dolch, den sie als einzige Bewaffnung trug. Schwert und Schild hatten die Frauen bei den Pferden gelassen, um mehr Bewegungsfreiheit zu haben.

Sie schlichen sich näher an die Tür am Ende eines schmalen Ganges. Von dort kamen die Stimmen. Eine davon war einwandfrei weiblich.

»Niemals werde ich ihn heiraten!«

Genevier zog die rechte Augenbraue hoch. Das war Samarah!

»Du wirst, meine Liebe. Du wirst.«

Ygrain presste nun die Lippen zusammen. Sie kannte diese männliche Stimme. Und auch Genevier zuckte zusammen, wie unter einem Peitschenschlag.

Die beiden Frauen sahen sich entgeistert an.

Lautlos formten Geneviers Lippen scheint's selbständig den Namen.

Galahad!

Genevier war das Blut vollständig aus dem Gesicht gewichen. Das konnte doch nicht sein. Der Freund verwickelt in ein Komplott? Gemeinsame Sache mit den Merowingern gegen den Gralsorden?

Ygrain ergriff die Hand der Gefährtin und drückte sie. So, als wolle sie sagen: Es wird sich alles klären.

Da hörten sie wieder Galahads Stimme. »Wir bringen dich morgen aufs Schiff. Dann sehen wir weiter. Einige Nächte im Bugraum bei den Ratten werden deinen Willen sicherlich beugen.«

»Bastard! Ein Gralsspross schlägt sich auf die Seite des Franken!«

»Ha! Du vergisst, dass zum Teil auch in meinen Adern Merowingerblut fließt. Nur hat es sich als stärker erwiesen.«

Dieser Satz ließ Geneviers Herz rasen. »Oh Diana«, flüsterte sie erregt.

Galahads Stimme fuhr fort: »Durch die Heirat wird Chlodwig stärker. Außerdem könnt ihr den schwerfälligen Tunnelangriff auf San Salvador abblasen. Ihr habt überhaupt Glück, dass man euch noch nicht bemerkt habt.«

Da schaltete sich eine Stimme ein, die eindeutig zu Morlec gehörte. »Meine Männer sind eben besondere Ingenieure. Wir hätten höchstens noch zwei Tage benötigt, um die Südmauer San Salvadors zum wanken zu bringen. Doch dann tauchtest du auf und zeigtest uns den Geheimweg. Das ist natürlich weit besser. Erst beabsichtigte ich ja die Burg zu zerstören, doch so kann ich sie selbst nutzen und bin unangreifbar.«

Genevier wurde schlecht und ihre Knie begannen weich zu werden. Ygrain fing sie rasch auf.

»Wie seid ihr überhaupt auf die Idee gekommen, gerade an der Südseite den Tunnel in den Hang zu treiben?«, erkundigte sich Galahad nun.

Morlec lachte leise. Normalerweise käme niemand auf die Idee. Die Burg gilt als unangreifbar. Aber Amfortas war einst ein Freund meines Großvaters. Nun – dessen Vetter hat die Burg damals mit erbaut. Zufällig geriet mir vor einiger Zeit der Plan in die Finger und dort hatte man diesen einzigen Schwachpunkt eingezeichnet. Nur eine Sandschicht schützt den Raum zwischen Steinaufbau und Felsplateau.«

»Wer weiß noch davon?«

Morlec kicherte. »Zum Glück niemand mehr.«

»Schweine!«, rief Samarah und in ihrer Stimme klang die Panik mit.

»Ruhe!«, fauchte Galahad. »Morlec – wann treffen deine Leute ein?«

»Übermorgen sind sie an der Pläne Plimizol. Dann werden wir über den Geheimgang in diesen Heiligen Hain eindringen. Wir werden diese Priesterinnen so überraschen, dass sie zu keiner Gegenwehr fähig sein werden. Dann wird das Haupttor geöffnet und der zweite Trupp wird eingelassen. Die Burg gehört uns.«

»Bastard!«, kam es wieder von Samarah. »Dein Vater Lancelot würde sich deiner schämen!«

Galahad lachte nun rau auf. »Ach kleine dumme Merowingerin. Du wirst keine Gelegenheit mehr haben, dir darüber Gedanken zu machen. Durch deine Heirat wird übrigens auch ein Wunsch deines Vetters Childerich endlich wahr – wenn er es auch nicht mehr miterleben kann.«

Ygrain ergriff Genevier bei der Hand und zog sie mit sich in einen kleinen Nebengang.

Keinen Wimpernschlag zu früh, denn Galahad und Morlec verließen den Raum.

Es rasselte laut, als Galahad den Schlüssel im Schloss herumdrehte.

Aus dem Versteck heraus beobachteten Genevier und Ygrain, wie er und Morlec die Treppe hinaufstiegen.

Genevier war bleich wie der Tod.

»Galahad will San Salvador für den Merowinger erobern. Ich kann es nicht ...«

Schluchzend sackte sie in die Knie. Ygrain riss sie hart wieder hoch. »Nimm dich zusammen! Wir müssen Samarah befreien. Das ist vielleicht die letzte Gelegenheit! Dann geht es zum Mont Salvage. Los!«

Marionettenartig folgte die Königin.

Ygrain inspizierte die schwere Eichentür – dann drückte sie vorsichtig die geschmiedete Klinke herab.

Die Verblüffung stand in ihrem Gesicht geschrieben. »Es... ist... offen.«

Nun kam auch in Genevier wieder Leben. Sie stürmten den Raum und fanden Samarah in Ketten liegend am Boden. Doch dann gab es die nächste Überraschung. Die Ketten waren zwar eingerastet, aber auch nicht gesichert. Samarah hätte sich sogar selbst befreien können.

Ygrain und Genevier dachten jetzt nicht weiter darüber nach. Sie packten sich Samarah und es gelang ihnen tatsächlich ungesehen das Stadthaus zu verlassen.

Ygrain hatte Samarah vor sich aufs Pferd genommen. Sie jagten durch eine kleine Gasse. Die wenigen Menschen sprangen erschrocken zur Seite. Weder die Keltin, noch die Herrin von San Salvador nahmen irgend welche Rücksichten.

Die Gasse mündete an einer Kreuzung, von der ein Weg zurück nach Rennes führte und zwei vom Ort weg. Von diesen zweigten wieder einer zu dem nahe gelegenen Wäldchen. Dort hatten Ygrain und Genevier ihre eigenen Pferde versteckt.

Die Keltin steuerte sogleich darauf zu, als sie einen Schatten neben sich wahr nahm.

Abrupt hielt sie ihr Ross an. Genevier konnte gerade noch ausweichen.

Wie ein mächtiger Fels stand Galahad da. Auf seinem Rappen – den Oberkörper steif aufgerichtet und die Hand am Schwertgriff. Sein Blick war düster. Die Sonnenstrahlen bildeten im Brustpanzer seiner Rüstung strahlende Reflexe und schienen eine unausgesprochene Drohung zu unterstreichen.

Geneviers Hand zuckte zum Schwert, dass an der rechten Seite ihres Pferdes hing.

»Verräter!«, zischte sie.

Wie der Blitz schnellte Galahads Rappe vor und brachte sich und Reiter direkt neben das Pferd der Königin. Einer eisernen Zwinge gleich umspannte die sehnige Hand des Ritters die von Genevier. »Keine Zeit zur Diskussion. Folgt mir!«

»Einem Verräter? Niemals!«

Galahads Augen blitzten gefährlich. »Tut es! Oder euer Orden wird unter gehen!«

Damit preschte der Ritter auf das Wäldchen zu.

Ygrain und Genevier hatten kaum eine andere Chance, als zu folgen.

Tief im Dickicht hielt Galahad an und sprang von seinem Rappen herab auf den Moosboden.

Genevier blickte sich misstrauisch um – das Schwert stoßbereit.

Der junge Ritter lächelte nun erstmalig wieder.

Ungeachtet Ygrain's finsteren Blicks, trat er auf die Frauen zu.

»Ihr habt im Keller des Stadthauses gelauscht. Ich wusste es. Ihr müsst mich wirklich für ein abstoßendes Subjekt halten. Ich kann es euch nicht übel nehmen.«

»Ach nein?«, kam es schnippisch von der Keltin. Genevier sah aus, alle würde sie dem jungen Recken an die Gurgel fahren. Dann rutschte sie von ihrem Pferd.

Sie stieß ihr Schwert in den Boden und stützte sich auf den Griff. »Ist das hier ein Hinterhalt? Gut! Bring uns um, wenn es dir ruhige Nächte bringt. Doch frage dich, ob du deines Vaters würdig bist.«

Galahad nickte. »Das hoffe ich sehr. Schließlich rette ich gerade San Salvador und den Gralsorden.«

Genevier legte den Kopf schief und fragte mit rauer Stimme: »Vielleicht bin ich etwas begriffsstutzig. Kannst du deutlicher werden?«

Der Ritter strich sich eine widerspenstige Haarsträhne aus dem Gesicht.

»Wir haben nicht viel Zeit. Meine Männer sind postiert. Um Mitternacht wird Morlec in den geheimen Weg zum Heiligen Hain eindringen…«

»Den du verraten hast!«, fauchte Genevier.

»Unterbrich mich nicht!«, herrschte der Sohn Lancelots sie an. »Ja – ich habe den Weg verraten. Aber nur, um euch zu retten. Jetzt hört mir zu, die Zeit wird immer knapper. Wir machen uns jetzt auf den Weg nach San Salvador de Verdera. Ihr werdet ganz normal in die Burg reiten, schließt aber bei Einbruch der Dunkelheit die Zugbrücke. Dann zieht ihr fünfzig Kriegerinnen im Heiligen Hain zusammen. Die anderen postierst ihr im Tor- und im Südbereich. Alles andere überlasst mir.«

Damit sprang er auf's Pferd. Als er einen apathischen Blick Samarahs auffing, sagte er leise: »Tut mir leid, dass ich deine Gefühle missbrauchen musste.«

Auf Geneviers fragenden Blick antwortete er: »Sie hat als erstes die Männer bemerkt und gesehen, dass sich Risse in der Südmauer befanden.«

Genevier schluckte. »Ich denke, es gibt später eine Menge zu erklären. Aber jetzt auf nach San Salvador!«

*

Morlec starrte entgeistert auf Genevier.

Sie stand hochaufgerichtet auf der Mauer neben der geöffneten Pforte des Heiligen Hains. Das Mondlicht spiegelte sich in der Schwertklinge. Ihre Augen unter dem Goldhelm blitzten.

»Das staunt ihr?! Wollt ihr die Klinge mit mir kreuzen oder ergebt ihr euch?«

»Verdammte Pendragonbrut!«, geiferte der Merowinger.

»Ihr seid eingeschlossen. Vorn am Tor nehmen meine Kriegerinnen euere Männer in Empfang. Hier hinten riegelt Galahad mit seinen Rittern den Weg ab. Euch bleibt aber der Kampf mit mir.«

»Ha Weib! Dann nimm dies…« Er stieß mit dem Schwert zu, doch Genevier hatte damit gerechnet. Sie parierte und ihr zweiter Hieb spaltete den Wappenschild des Merowingers bis zur Hälfte.

Morlec wankte unter der Wucht des Schlages, den er der Frau niemals zugetraut hätte.

Dann entspann sich ein Zweikampf im Heiligen Hain von San Salvador de Verdera, von dem noch Generationen später gesprochen wurde.

Morlec drängte Genevier zurück. Er war ein ausgezeichneter Kämpfer.

Die Breitseite seines Schwertes traf den Goldhelm der Königin. Er flog ihr vom Kopf.

Leicht benommen stand sie da. Dies nutzte Morlec für einen Rundschlag. Doch Genevier sprang gerade rechtzeitig zur Seite, so dass die Klinge ins Leere traf. Von der eigenen Kraft herumgerissen, geriet Morlec ins Stolpern. Dies nutzte die Königin aus. Die Breitseite ihres Schwertes knallte ihm voll in den Rücken.

Wie ein Stein stürzte der Merowinger zu Boden.

Der Rest war ein Kinderspiel.

Galahad nahm den Rest von Morlecs völlig desorientierten Rittern fest.

Die Angreifer am Tor wurden durch einen Ausfallangriff von Geneviers Kriegerinnen so überrascht, dass sie so gut wie keine Gegenwehr leisteten. Ein Husarenstück Ygrains.

Der Morgen dämmerte bereits, als man alle Angreifer endlich unter der Obhut von Galahads Rittern sicher verwahrt in ein nahe gelegenes Felsental gebracht hatte. Von hier gab es bei guter Bewachung kein Entkommen.

»Wir lassen sie einige Tage schmoren, dann jagen wir sie davon«, knurrte der Sohn Lancelots.

Schlaf wollte allerdings kaum jemand finden.

Ein enger Kreis saß in der Halle von San Salvador zusammen.

»Ihr müsst rasch die Südwand wieder stabilisieren«, mahnte Galahad. »Ich schicke euch den Baumeister Radame. Er ist arabischer Abstammung und der beste Architekt, den ich kenne.«

Genevier ergriff die Hand des jungen Ritters.

»Ich danke dir. Bitte verzeih, dass …«

Galahad lächelte nun. »Du musstest mich für einen Verräter halten. Es ist auch mehr ein Zufall gewesen, dass ich den Plan durchschaute. Ich wollte euch besuchen und wurde auf ein merkwürdiges Treiben unterhalb des Plateaus aufmerksam. Erst nahm ich an, du hättest Bauleute bestellt. Doch dann kam mir alles sehr komisch vor. Nach heimlichem Getue. Da erinnerte ich mich daran, was mein Vater einmal erzählt hatte. Er wusste von Amfortas, dass die Südmauer die einzige Schwachstelle der Burg sei. Dann sah ich auch Morlec. Nun – ich konnte San Salvador jetzt nicht mehr offiziell besuchen. Das hätte Morlec gewarnt oder ihn zur übertriebenen Eile angestachelt.«

Genevier, Ygrain, Eileen und andere Gefährtinnen lauschten dem Bericht.

Es war Genevier, die das momentane Schweigen brach. »Erkläre mir, was Samarah damit zu tun hat.«

Samarah saß in sich gekehrt am Ende des langen Tisches.

Galahad schaute zu ihr herüber. »Sie ist eigentlich euere Retterin. Ich schlich mich in der Dunkelheit an die Pforte des Heiligen Hains. Ich kannte den Weg gut. Als Kind habe ich dort öfter gespielt. Ich klopfte – in der Hoffnung, dass mich jemand hören würde. Da vernahm ich Samarahs Stimme, die erschrocken fragte, wer da sei. Ich nannte meinen Namen und sie ließ mich ein.«

»Das hätte sie nicht tun dürfen«, warf Ygrain mit harter Stimme ein. Es hätte auch ein Feind sein können.«

Der Ritter nickte. »Stimmt. Aber so war es unser aller Glück. Ich fragte nach Genevier«, berichtete er und wandte sich der Königin zu. »Samarah erklärte, du seiest nicht anwesend. Dann erkundigte ich mich, ob ihr etwas aufgefallen sei und sie sagte aufgeregt, sie habe an der Südmauer einen Riss entdeckt und suche nun den Bereich der Burg nach weiteren Schäden ab. Der Heilige Hain liegt zum Teil auch im Südbereich.«

Ygrain ballte die Fäuste. »Sie hätte sofort mich, Eileen oder sonst jemanden informieren müssen.«

Galahad ergriff die Hand der wütenden Ygrain. »Ich verpflichtete sie zum Stillschweigen. Es hätte von euch unkalkulierbare Reaktionen geben können.«

Ygrain zog unwirsch ihre Hand fort. »Trotzdem hat sie sich mit einem Merowinger eingelassen!«

»Als Spion war ich doch gar nicht so schlecht«, entrüstete sich der junge Recke.

Nun erst schaute Samarah auf. »Ihr wart das?«

Galahad schaute auf die Tischplatte. »Was sollte ich tun? Ich musste Morlec von seinem Plan abbringen, die Südmauer einstürzen zu lassen. Also erzählte ich ihm eine wilde Geschichte. Von wegen Blutsbande und ich hätte nur wegen meines Vaters zum Pendragon tendiert. Dann erklärte ich ihm den Geheimgang und setzte noch eines drauf. Ich erzählte ihm, das die Cousine Childerichs sich in der Burg befände und Chlodwig es ihm hoch anrechnen würde, wenn er diese in den Schoß der lieben Familie zurückbrächte. Nun in Verkleidung und mit Wappen Morlecs suchte ich Samarah ein paar Mal auf. Ich hielt mich immer im Halbschatten, so erkannte sie meinen falschen Bart nicht. Ich erzählte ihr, ihr kleiner Neffe – der Sohn ihrer Schwester – sei in großer Gefahr. So lockte ich sie aus der Burg. Ich übergab sie Morlec und konnte meinen Plan entwickeln. Ich rechnete mit Geneviers spontaner Aktion und setzte meinen treuen Diener Armand zur Observierung ein. Er belauschte auch das Gespräch mit Herban. Nun musste ich verhindern, dass du den Konvoi überfällst. So schickte ich Saija, eine gute Freundin, als angebliche Zofe Morlecs.

Morlec tischte ich eine Geschichte auf, von der ich hoffte, dass er sie schlucken würde.

Gleichzeitig hoffte ich, dass du das Stadthaus aufsuchst. Ich appellierte heimlich an deinen scharfen Verstand. Nun – den Rest kennst du.«

Tiefe Stille füllte danach die Halle.

Endlich hob Genevier den Kopf, den sie während der letzten Minuten zur Tischplatte gesenkt gehalten hatte. Sie blickte Galahad an – dann Samarah.

»Obwohl Samarah unvorsichtig gewesen ist, hat ihre Aufmerksamkeit und dein Einsatz die Burg gerettet. Wir alle sind euch beiden zu großem Dank verpflichtet.«

Galahad schüttelte den Kopf. »Dankt nicht mir. Es ist Fügung gewesen. Vielleicht die Fügung euerer Göttin Diana.«

Dann schaute er der Herrin von San Salvador fest in die Augen. »Noch etwas – zürnt Samarah nicht.«

*

Der Kormoran zog seine elegante Schleife um den Hauptturm, um dann mit leichtem Rauschen der Schwingen zur Ebene hinab zu gleiten.

In der Frühmorgensonne wirkte die Burg San Salvador de Verdera wie die Arbeit eines begnadeten Bildhauers.

Im heiligen Hain saß Genevier gegenüber dem plätschernden Diana-Brunnen. Sie studierte eine Depesche des Konsuls von Emporda.

Vier Tage waren seit den letzten Ereignissen vergangen.

Das freigelegte Fundament der Südmauer hatten die Priesterinnen einstweilen wieder mit Erde und Felssteinen bedeckt, so dass niemand den Schwachpunkt erkennen konnte.

Galahad hatte versprochen, den Baumeister so rasch wie möglich zu schicken.

»Seit Galahads Abreise ist Samarah abgetaucht«, bemerkte Ygrain.

Genevier zuckte leicht zusammen. Sie hatte die schöne Keltin nicht kommen hören.

»Kannst du deinen Schleichgang nicht mal abstellen?«, schallt sie scherzend.

Ygrain grinste. »Barfuß ist man eben leise.«

Sie setzte sich neben die Königin.

»Samarah geht mir aus dem Weg.«

Genevier nickte. »Das ist doch verständlich – oder? Deine drohende Haltung ihr gegenüber muss sie doch das Schlimmste befürchten lassen.

Wolltest du ihr nicht die Peitsche geben? Oder trügt da meine Erinnerung?!«

Ygrain knurrte etwas vor sich hin.

Genevier konnte sich ein Lächeln nicht verkneifen. »Ich habe nichts verstanden.«

Die Heerführerin sprang auf. »Sie hat uns in Gefahr gebracht!«

Die Gesichtszüge der Herrin von San Salvador wurden ernst. »Das stimmt allerdings. Doch denke ich, sie hat während ihrer inszenierten Entführung durch ihre Angst gebüßt.«

Ygrain entblößte etwas die Schneidezähne, in dem sie ihre Oberlippe in unnachahmlicher Art hochzog. Es sah aus, als ob eine Wölfin einen Feind anknurre.

»Sie muss bestraft werden!«, polterte die Keltin.

Genevier stand auf. »Gut. Aber du übernimmst das.«

»Mit Vergnügen!«

Die Königin rief Taimira zu sich. »Ich glaube, Samarah hält sich bei den Stallungen auf. Würdest du sie bitte zu mir schicken? Hierher?«

Die Melderin ging los, um den Auftrag zu erfüllen.

Wenig später näherte sich Samarah zögernd. Sie blieb vor Genevier und Ygrain stehen.

»Du hast mich rufen lassen…« Sie schaute die Königin an.

»Ja!«, bemerkte Genevier knapp. »Ygrain wird tun, was sie tun muss. Vielleicht solltest du dich schon einmal ausziehen. Auf der Folter ist man nackt.«

Mit wütendem Gesicht verließ sie den Hain.

Mit bleichem Gesicht stand Samarah vor der Keltin. Dann sank sie in die Knie.

»Ich bin mir meiner Verfehlung bewusst. Wen du mich also wirklich…«

Ygrain hob theatralisch die Arme in die Luft und rief: »Oh Diana! Was tust du mir an?!«

Dann senkte sie den Blick auf Samarah. Der Blick, der sich so hart gebenden Heerführerin wurde weich. Sie ging vor der bejammernswerten Gestalt in die Hocke, legte ihre die Hände sanft an die Wangen und küsste sie auf die Stirn.

»Oh, Samarah – bring uns nie wieder in solche Furcht …«

ENDE

Hiermit enden die Aufzeichnungen über GENEVIER in den Chroniken. Was weiter passiert sein kann, sind nur Vermutungen. Möglicherweise übernahmen um 900 n. Chr. die Grafen von Emporda durch Einheiratungen das Erbe. Aber die Legenden um »DONNA GENEBRA« sind heute noch lebendig und setzen ihr ein ewiges Denkmal.

GLOSSAR

GENEVIER

Guinevere, Gvinevere, Gwywivere, Genebra (an die 18 div. Schreibweisen nach Mundarten) entstammt einem römischen Patriciergeschlecht väterlicherseits und der Gralsfamilie mütterlicherseits. Frau des Artus und Königin der Briten und der Bretagne. Sie wurde durch Intrigen Modreds des Ehebruchs mit Bedwir/Lancelot bezichtigt. Genevier verhinderte, dass die Merowinger jemals Catalunien erobern konnten.

MORGANA

Morgan le Fey – Herrin von der Ille de Sein (Sena). Die Insel, vorgelagert der Bretagne, mutierte durch fälschliche Überlieferungen zur Glasinsel Avalonis. Morgana war oberste Priesterin des »Dinana-Ordens«. Es gab eine große Tempelanlage auf Sena – deren winzige Reste heute noch bestehen.

MORGAUSE

Jüngere Schwester Morganas, oft mit ihr verwechselt

YGRAIN

Die Italo-Keltin und Halbsächsin ist ein Draufgänger. Sie lieferte sich einst mit Morgana ein Duell auf Leben und Tod. Genevier rettete sie vom Pranger der Merowinger. Durch einen Überfall auf ihr Dorf wurde sie zur Rächerin. Sie ist Heerführerin der Burg San Salvador de Verdera

SHERAZEDA

Königin von Marakis (heute Marrakesch) – erste Frau auf dem dortigen Thron.

SANDERAH

Sie übernahm das Amt der Heerführerin der Gralsburg, in der Nachfolge von Ygrain, die am Hofe Sherazedas blieb.

BOLTAR

Wikingerführer aus Gotland und enger Freund der ehemaligen Königin Genevier.

EILEEN

Führerin des Heerbanners der Burg San Salvador de Verdera (damit zweitmächtigste Frau auf Burg San Salvador und eine Schwester des Merowingers Childerich.

ZIERAH

Sie ist die Frau eines Müllers und kam nach der Ermordung ihrer Familie zur Burg. Dort entwickelte sich zur begnadeten Schmiedin. Sie stellte Geneviers berühmtes Schwert ANGUIS her.

ALYSHIA

Heilkundige und Ärztin der Gralsburg

SIR KAIE (KEYE)

Ehemaliger Seneschall von Camelot

GALAHAD

Sohn des Lancelot und Elene von Astolat. Das Geschlecht der Astolats stammt aus Ampulien – verwand mit den Mazadans (Gralsfamilie).

EREC VON ESCALOT

Ehemaliger Artusritter. Guter Freund Geneviers und Vater ihres ungeborenen Kindes. Wurde kurz vor der Heirat mit Genevier ermordet. (Sie verlor das Kind durch einen Sturz vom Pferd)

TIMAIOS

Konsul von Emporion – der alten Hafenstadt.
Nachfolger des ermordeten Kareios. Eine tiefe Freundschaft verband ihn mit den Frauen der Gralsburg.

SEEKÖNIGIN ARIANE

Beherrscherin einer Inselgruppe im Griechischen Meer. Musste wegen des Tyrannen Doran mit wenigen Getreuen – die sie retten konnte – fliehen.
Sie zog als Piratin über das Meer um ihren Schützlingen das Überleben zu sichern. Genevier eroberte ihr das Inselreich zurück.

DORAN

Ehemaliger Führer der Leibwache der Königin Ariane. Er putschte und die Königin konnte sich mit einigen Getreuen auf ein Schiff retten. Seit dem nennt man sie die Seekönigin. In einem Zweikampf auf Leben und Tod schlägt Genevier den Rebellen.

HAGEN VON TRONJE

Ein Halbbruder der Niflungen (Nebenlinie der Merowinger aus Zülpich) Verdingte sich für jeden der gut zahlte – so auch für Clodwig. Überfiel die heilige Insel Sena (Avalonis). Starb durch die Hand Galahads.

BURG *SAN SALVADOR DE VERDERA*

Liegt oberhalb von Port de La Selva an der span./ franz. Grenze – oberhalb des berühmten Klosters San Pere de Rodes. Urkundlich um 300 erwähnt, zahlreiche Legenden, dann erst wieder um 910 urkundlich erfasst (Chroniken von Castello de Empurias).

Sitz der Gralsfamilien, später Burg Geneviers, dann der Grafen von Emporda. Reger Handel mit der Hafenstadt EMPURIAS (griech. Entstehung ca. 3400 v. Chr.) Größter Handels- und Kriegshafen. Größte Burganlage der Region, mit dem alten Tempel der Astarte der Pyrenäen (In.anna) und Termenanlagen. Auf den Grundmauern des Tempels steht heute das Kloster SAN PERE DE RODES. Die Burg wurde 470 von Childerich I. zerstört, um 472/473 von Genevier wieder aufgebaut. Sitz des neuen Ordens der Diana (In.anna / Astarte der Pyrenäen) Von hier aus verteidigte Genevier mit ihren Kriegerinnen das Land gegen die Merowinger.

SAN PERE DE RODES

Altes Zysterzienser Kloster (um 900) – Schirmherr lange Zeit der Hl. Bernhard. Enge Verbindung später zu den Templern. Mönche sagten von sich selbst, sie seien die letzten Gralshüter und Bewahrer des Geheimnisses von SAN SALVADOR.

ST. ELENA

Ehemalige Einsiedelei unterhalb der Burg – um 900 vergrößert. Es spricht viel dafür, dass hier das wahre Grab Marias aus Magdala ist. Die Kirche macht sonst keinen Sinn.

JUNCARIA

Alter Name für die heutige Kreisstadt FIGUERAS. Hier erbaute Genevier mit Hilfe Sherazedas (Schwester des Königs von Marakis) das erste richtige Hospital.

AVALLON

Merowinger Garnison in Gallien (besitzt heute ein großes Merowinger-Museum). Bis hier hin lässt sich nach der letzten Schlacht der Fluchtweg des Artus verfolgen. Dann verliert sich die Spur. Über den eigentlichen Tod ist nichts bekannt.

EMPORION

Größter Handelshafen – zur damaligen Zeit (470 – 500) – Welthafen (heute größte archäologische Ausgrabungsstätte in Spanien).

INSEL *SENA*

Sie liegt vor der Bretagne. Reste des Tempels der Morgana sind noch schwach erkennbar. Diese Insel und ihr Orakel war selbst den Sachsen heilig. Durch Vermischung mit dem Fluchtweg des Artus zur Stadt Avalon vermischten sich die Insel u. Stadt zur Zauberinsel AVALONIS

BURG CARBONIC

Burg Lancelots/Bedwirs an der Dordogne. Heute als Beynac bekannt.